徐志摩作品精选

名家作品精选

徐志摩 著

长江出版传媒 | 长江文艺出版社

图书在版编目（ＣＩＰ）数据

徐志摩作品精选 / 徐志摩著.-- 武汉 ：长江文艺
出版社， 2019.11
（名家作品精选）
ISBN 978-7-5702-1085-5

Ⅰ．①徐… Ⅱ．①徐… Ⅲ．①诗集－中国－现代②散
文集－中国－现代 Ⅳ．①I216.2

中国版本图书馆 CIP 数据核字(2019)第 188508 号

责任编辑：梅若冰　　　　　　　责任校对：毛　娟
封面设计：沐希设计　　　　　　责任印制：邱　莉　杨　帆

出版　长江出版传媒　　长江文艺出版社
地址：武汉市雄楚大街 268 号　　　　邮编：430070
发行：长江文艺出版社
http://www.cjlap.com
印刷：湖北新华印务有限公司

开本：640 毫米×970 毫米　　　1/16　　印张：21　插页：1 页
版次：2019 年 11 月第 1 版　　　　　2019 年 11 月第 1 次印刷
字数：300 千字

定价：32.00 元

前　言

　　1897 年 1 月 15 日徐志摩出生在浙江海宁县一个富商家庭，5 岁开始接受中国传统文化的教育。11 岁时，四书五经已将他美妙的童心熏陶得通体透亮。随后进入开智学堂接受新式教育。1915 年夏天，已是翩翩青年的徐志摩从杭州一中毕业考入北京大学预科。也就在这一年，徐志摩与张幼仪完婚。1918 年，"想做一个中国的 Hamilton（汉密尔顿）"的徐志摩赴美国留学，开始系统而直接地接触西方文化。在克拉克大学徐志摩仅用了一年的时间就顺利地完成了学业，并以一等荣誉奖毕业。1919 年 9 月徐志摩转入纽约哥伦比亚大学攻读硕士学位，第二年即以优异成绩获得硕士学位。按常规，此时的徐志摩应该继续攻读博士学位，这对他来说，是轻而易举之事，但他没有按常规走自己的求学之路，此时他的眼光已经被远在英伦三岛上的 20 世纪哲学泰斗罗素吸引了。于是，他"摆脱了哥伦比亚大学博士衔的引诱，买船票过大西洋"，来到了世界著名学府剑桥大学。在剑桥，他不仅从知性到情感，得到了剑桥风范的陶冶，而且，其言谈举止也深得剑桥文化之三昧。也是在剑桥，徐志摩与林徽因坠入了爱河，成为徐志摩一生诉不完的诗兴的重要源泉，而林徽因也成了徐志摩"爱"的理想的象征。1922 年，徐志摩与发妻张幼仪离婚。同年，沐浴了欧风美雨的徐志摩回到了祖国，开始了他生命中最辉煌的文学之旅，也开始了他新的"爱"的追求。

　　1925 年，徐志摩的第一部诗集《志摩的诗》出版，收入徐志摩 1922—1925 年创作的诗歌 55 首。1926 年徐志摩在北京与陆小曼结婚。这一段姻缘，既是徐志摩生命中闪耀的"吻火"，也是徐志摩生命中忧郁的渊薮，它也就成了徐志摩以后诗歌、散文、书信、日记中那些缤纷话语的酵母。1927 年春，徐志摩与胡适、闻一多等人筹建的新月书店在上海成立，也在这一年，他的第二部诗集《翡冷翠的一夜》出版。另有散文集《落叶》《自剖》《巴黎的鳞爪》等也相继出版。1931年8月徐志摩自己编定的最后一部诗集《猛虎集》出版。1931年11月19日，徐志摩在从上海返回北京的途中，因乘坐的飞机失事而蒙难，终年36岁。

徐志摩的"文名"和闻名，皆因其诗歌而来。徐志摩的诗歌创作，可以分为两个时期，1925年前为前期，之后为后期。前期的诗歌主要收入《志摩的诗》集中；后期的诗歌主要收入《翡冷翠的一夜》《猛虎集》中。两个时期的诗歌创作，虽然在思想倾向、情感内涵、风格追求上有一些差异，但在总体倾向，特别是在诗味、诗趣、诗美、话语方式上却是一脉相承的。

徐志摩的诗歌世界与他的思想、生活一样，既丰富多彩，并不时表现出矛盾，又相对单纯，并始终表现出童稚似的浪漫。希望与绝望、生活与梦想、诅咒与礼赞、苦恋与反叛、进取与颓唐、乐观与悲观、正义与糊涂、严肃与随意……在他的诗歌世界中排列组合成多样的形态，显露出多样的色彩。他既发出过"我不知道风是在哪一个方向吹"的喟叹，也激昂地号召人们"冲破这黑暗的冥凶，冲破一切恐怖，迟疑，畏葸，苦痛"，顽强地向"最理想的高峰"前冲；他既讽刺过"花尽开可结不成果"的"主义"，又在《梅雪争春》中表达过对为反抗暴力而牺牲的烈士的敬意与悼念；他既用人道主义的思想将下层不幸人们的生活熔炼成《叫化活该》等诗篇，又无可奈何地"独自沉思这世界的古怪"；他既悲观地吟唱出"但自己又何尚能支使运命"的诗句，又乐观地写下"苦痛是短的，是暂时的；快乐是长的"的格言；他既一往情深地写下"康桥再会"，又十分潇洒地在说："我挥一挥衣袖，不带走一片云彩"；他既在诗歌中赞美"光"，又在诗歌中沉思"夜"；他既用不多的篇什写出了神州大地哀鸿遍野的惨景，又用清秀、飘逸的笔调画出了美的自然、美的人、美的情……

他的确有点复杂，但他又总是那么单纯。他的思想和艺术的眼光，虽然投向外部世界的各个地方，在欧洲大地上寻找诗思，在中国的山川、乡村、城市中寻觅意象，但他却始终忠实于他自己的个性，恪守他灵魂中宝贵的性灵，并总是用真诚、动人的歌喉，歌咏性灵，表露美与爱的心曲，在美与爱中升华理想，写下了一系列主观色彩浓厚，具有典型的浪漫主义特色的诗篇。这些诗歌，是徐志摩诗歌中生命力最强的，也是影响最大的诗歌。《雪花的快乐》《再别康桥》《沙扬娜拉》《黄鹂》《杜鹃》《东山小曲》《幻想》……随便就可举出一大串。在这些诗歌中，风云与四季，光色与声乐，情与智，意与象，人与自然，生与死，爱的神奇与凄苦都被他的灵气灌注得意趣生动，将真善美的芬芳撒向四面八方。它们构成了徐志摩诗歌世界的主体，成为了20世纪中国诗歌的经典。虽经过了几十年的风风雨雨，遭遇了来自有意和无意的各种批评，受到了种种苛刻、反复的阅读、审视，它们却如金子一样，被岁月洗涤得更加明亮，而且，随着社会审美意识的发展，随着人文精神的醇化、美化、大众化，它们的美学价值、社会价值将日益被人们所认识。

在这些诗歌中，徐志摩集中地展示了自己横溢的才情。他用艺术的辩证法驾驭语言的魔方，写出了，也写活了汉语的神采和魅力，"一掠颜色飞上了树"（《黄鹂》），一句话，动态、静态全写出，几个词，色彩、性灵相辉映；他将中国传统诗歌的意境追求与西方诗歌的情理原则有机融合，一首《月夜听琴》，既有中国诗仙李白的神奇，又映照出19世纪英国浪漫派诗人的灵气；他既依循情感表达的需要，自由地调遣各种手法、形式为自己服务，又以诗歌"三美"的原则为形式的规范，追求诗歌的音乐美、绘画美、建筑美，构造了富丽而整饬的艺术大厦；他既注意在情绪的张力场中，凸现、强化各种情绪，又常常追求用美的背景衬托各种离愁别绪的艺术效果，《再别康桥》最集中地体现了徐志摩在这方面圆熟的技巧；他既善于用细腻的手法写出情感微妙的喜怒哀乐，描摹出美的生动形态，也善于用象征的手法寄托自己真的感受、善的情怀、美的理想，《沙扬娜拉》的最后一首是前者的代表，《为寻找一颗星》是后者的代表。

总之，在徐志摩的诗歌中，我们很难找到在艺术形式上完全相同的两首诗，这是因为，他诗歌的形式是千变万化的，尤其在那些以抒发性灵为主的诗歌中，更是如此；同样，在徐志摩的诗歌中，我们也很难发现，在遣词、造句、笔调、意境、手法等方面完全相同的两首诗，这是因为，他是一位堪称"技巧专家"的杰出诗人，是一位总是孜孜不倦地追求新异、追求创意的才子。

在徐志摩的文学创作中，他的散文，也是十分出色的。杨振声先生在《与志摩最后一别》中甚至认为："他那'跑野马'的散文，我老早就认为比他的诗还好。那用字，多生动活泼！那颜色，真是'浓得化不开'！那联想的富丽，那生趣的充溢！尤其是他那态度与口吻，

够多轻清，多顽皮，多伶俐！而那气力也真足，文章里永不看出懈怠，老那样像夏云的层涌，春泉的潺湲！他的文章的确有他独到的风格，在散文里不能不让他占一席地。比之于诗，正因为散文没有形式的追求与束缚，所以更容易表现他不羁的天才吧？"杨振声先生的评说，已描摹出了徐志摩散文的神采和地位，事实上，徐志摩的散文的确是有独到之处的。在散文中，徐志摩不仅尽显了他在诗歌中的才情，而且，将他的诗思、诗情灌注于散文中，构造了流丽清脆的风格，在中国现代散文中自成一家。周作人先生在《徐志摩纪念》中曾如是说："据我个人的愚见，中国散文中现有几派，适之、仲甫一派的文章清新明白，长于说理讲学，好像西瓜之有口皆甜，平伯、废名一派的涩如青果，志摩可以与冰心女士归在一派，仿佛是鸭儿梨的样子流丽清脆，在白话的基本上加入古方言欧化种种成分，使引车卖浆之徒的话进而成一种富有表现力的文章，这就是单从文体变迁上讲，他是很大的一个贡献。"徐志摩的书信、日记，也都是优美的散文。所以，本作品选，也酌情选入了一些。

编　者

目　录

诗　歌

散　文

徐 志 摩

作 品 精 选

诗

歌

徐　志　摩

作　品　精　选

草上的露珠儿

草上的露珠儿
　　颗颗是透明的水晶球,
新归来的燕儿
　　在旧巢里呢喃个不休;

诗人哟! 可不是春至人间
　　　　还不开放你
　　　　创造的喷泉,
嘻嘻! 吐不尽南山北山的璠瑜,
　　　　洒不完东海西海的琼珠,
　　　　融和琴瑟箫笙的音韵,
　　　　饮餐星辰日月的光明!
诗人哟! 可不是春在人间
　　　　还不开放你
　　　　创造的喷泉!

这一声霹雳
　　震破了漫天的云雾,
显焕的旭日
　　又升临在黄金的宝座;
柔软的南风
　　吹皱了大海慷慨的面容,
洁白的海鸥
　　上穿云下没波自在优游;

诗人哟！可不是趁航时候，
　　还不准备你
　　　　歌吟的渔舟！
看哟！那白浪里
　　　　金翅的海鲤，
　　　　白嫩的长鲵，
　　　　虾须和螯脐！
快哟！一头撒网一头放钩，
　　　　收！　收！
你父母妻儿亲戚朋友
　　享定了希世的珍馐。
诗人哟！可不是趁航时候，
　　还不准备你
　　　　歌吟的渔舟！

诗人哟！
　　你是时代精神的先觉者哟！
　　你是思想艺术的集成者哟！
　　你是人天之际的创造者哟！

　　你资材是河海风云，
　　鸟兽花草神鬼蝇蚊，
　　一言以蔽之：天文地文人文；

　　你的洪炉是"印曼桀乃欣"，①
　　永生的火焰"烟士披里纯"，②
　　炼制着诗化美化灿烂的鸿钧；

　　你是高高在上的云雀天鹦，
　　纵横四海不问今古春秋，

---

①　英文 imagination 的音译，意为想象。
②　英文 inspiration 的音译，意为灵感。

散布着希世的音乐锦绣；

你是精神困穷的慈善翁，
你展览真善美的万丈虹，
你居住在真生命的最高峰！

据台湾传记文学出版社 1980 年 8 月 31 日再版《徐志摩
全集》第 1 辑，写作日期疑为 1921 年。

夏日田间即景

（近沙士顿）①

柳条青青，
南风熏熏，
幻成奇峰瑶岛，②
一天的黄云白云，
那边麦浪中间，③
有农妇笑语殷殷。

笑语殷殷——
问后园豌豆肥否，
问杨梅可有鸟来偷；
好几天不下雨了，
玫瑰花还未曾红透；
梅夫人今天进城去，
且看她有新闻无有。

笑语殷殷——
"我们家的如今好了，
已经照常上工去，

---

① 沙士顿在英国剑桥附近，徐志摩留学剑桥大学时曾住此。据台湾传记文学出版社 1980 年 8 月 31 日再版《徐志摩全集》第 1 辑手迹，标题无"（近沙士顿）"字样。

②③ 手迹此处无"，"。

不再整天的无聊，
不再逞酒使气，
回家来有说有笑，
疼他儿女——爱他的妻；
呀！真巧！你看那边，
蓬着头，走来的，笑嘻嘻，
可不是他（哈哈！），满身是泥！"

南风熏熏，
草木青青，
满地和暖的阳光，
满天的白云黄云，
那边麦浪中间，①
有农夫农妇，笑语殷殷。

April   30' 22

原载 1923 年 3 月 14 日《时事新报·学灯》第 5 卷 3 册 11 号。

---

① 手迹此处无"，"。

听槐格讷（Wagner）^① 乐剧

是神权还是魔力，
搓揉着雷霆霹雳，
暴风、广漠的怒号，
绝海里骇浪惊涛；

地心的火窖咆哮，
回荡，狮虎似狂嗥，
仿佛是海裂天崩，
星陨日烂的朕兆；

忽然静了；只剩有
松林附近，乌云里
漏下的微嘘，拂扭
村前的酒帘青旗；

可怖的伟大凄静
万壑层岩的雪景，
偶尔有冻鸟横空
摇曳零落的悲鸣；
悲鸣，胡笳的幽引，
雾结冰封的无垠，

① Wagner 即 Richard Wagner（1813—1883），通译瓦格纳，德国作曲家、文学家。

隐隐有马蹄铁甲
篷帐悉索的荒音；

荒音，洪变的先声，
鼍鼓金钲鼍荡怒，
霎时间万马奔腾，
酣斗里血流虎虎；

是泼牢米修仡司（Prometheus）①
的反叛，抗天拯人
的奋斗，高加山前
挚鹰刳胸的创呻；

是恋情，悲情，惨情，
是欢心，苦心，赤心；
是弥漫，普遍，神幻，
消金灭圣的性爱；

是艺术家的幽骚，
是天壤间的烦恼，
是人类千年万年
郁积未吐的无聊；

这沉郁酝酿的牢骚，
这猖獗圣洁的恋爱，
这悲天悯人的精神，
贯透了艺术的天才。

性灵，愤怒，慷慨，悲哀，

---

① 通译普罗米修斯，希腊神话中从天上盗取火种造福人类的神。

管弦运化，金革调合，
创制了无双的乐剧，
革音革心的槐格讷！

五月二十五日

原载 1923 年 3 月 10 日《时事新报·学灯》第 5 卷 3 册 8 号。

情 死
（Liebstch）

玫瑰，压倒群芳的红玫瑰，昨夜的雷雨，原来是①你发
　　出②的信号——真娇贵的丽质！
你的颜色，是我视觉的醇醪；我想走近你，但我又不敢。
青年！几滴白露在你额上，在晨光中吐艳。
你颊上的笑容，定是天上带来的；可惜世界太庸俗，③
　　不能供给他们常住的机会。
你的美是你的运命！
我④走近来了；你迷醉的色香又征服了一个灵魂——我
　　是你的俘虏！
你在那里微笑！我在这里发抖，⑤
你已经登了生命的峰极。你向你足下望——一个无底的
　　深潭！
你站在潭边，我站在你的背后，——我，你的俘虏。
我在这里微笑！你在那里发抖。
丽质是命运的命运。⑥

---

①　据商务印书馆香港分馆 1983 年 10 月初版《徐志摩全集·诗集》，此处以
下另行排列。
②　香港商务版"发出"为"出世"。
③　香港商务版此处下面一句另行排列。
④　香港商务版"我"为"你"。
⑤　香港商务版"，"为"。"。
⑥　香港商务版此句为"丽质是运命的运命"。

我已经将你禽捉在手内！① 我爱你，玫瑰！

色，香，肉体，灵魂，美，迷力——尽在我掌握之中。

我在这里发抖，你——笑。

玫瑰！我顾不得你玉碎香销，我爱你！

花瓣，花萼，花蕊，花刺，你，我——多么痛快
 啊！——尽胶结在一起；一片狼藉的猩红，两手模糊
 的鲜血。

玫瑰！我爱你！

一九二二，六月。

原载 1923 年 2 月 4 日《努力周报》第 10 期。

---

① 香港商务版"！"为"——"。

小 诗

月，我含羞地说，
请你登记我冷热交感的情泪，
在你专登泪债的哀情录里；

月，我哽咽着说，
请你查一查我年表的滴滴清泪
是放新账还是清旧欠呢？

原载 1923 年 4 月 30 日《时事新报·学灯》第 5 卷 4 册 30 号。

私　语

秋雨在一流清冷的秋水池，
一棵憔悴的秋柳里，
一条怯懦的秋枝上，
一片将黄未黄的秋叶上，
听他亲亲切切喁喁唼唼，
私语三秋的情思情事，情语情节，
临了轻轻将他拂落在秋水秋波的秋晕里，一涡半转，
跟着秋流去。
这秋雨的私语，三秋的情思情事，
情诗情节，也掉落在秋水秋波的秋晕里，一涡半转，
跟着秋流去。

七月二十一日

原载 1923 年 4 月 30 日《时事新报·学灯》第 5 卷 4 册 30 号。

夜

一·①

夜，无所不包的夜，我颂美你！

夜，现在万象都像乳饱了的婴孩，在你大母温柔的怀抱
　　中眠熟。

一天只是紧叠的乌云，像野外一座帐篷，静悄悄的，静
　　悄悄的；

河面只闪着些纤微，软弱的辉芒，桥边的长梗水草，黑
　　沉沉的像几条烂醉的鲜鱼横浮在水上，任凭惫懒的柳
　　条，在他们的肩尾边撩拂；

对岸的牧场，屏围着墨青色的榆荫，阴森森的，像一座
　　才空的古墓；那边树背光芒，又是什么呢？

我在这沉静的境界中徘徊，在凝神地倾听，……听不出
　　青林的夜乐，听不出康河的梦呓，听不出鸟翅的飞声；

我却在这静温中，听出宇宙进行的声息，黑夜的脉搏与
　　呼吸，听出无数的梦魂的匆忙踪迹；

也听出我自己的幻想，感受了神秘的冲动，在豁动他久
　　敛的羽翮，准备飞出他沉闷的巢居，飞出这沉寂的环
　　境，去寻访

黑夜的奇观，去寻访更玄奥的秘密——

听呀，他已经沙沙的飞出云外去了！

---

① 发表时漏排段标，此系编者补上。

二

一座大海的边沿，黑夜将慈母似的胸怀，紧贴住安息的
  万象；

波澜也只是睡意，只是懒懒的向空疏的沙滩上洗淹，像
  一个小沙弥在瞌睡的撞他的夜钟，只是一片模糊的
  声响。

那边岩石的面前，直竖着一个伟大的黑影——是人吗？

一头的长发，散披在肩上，在微风中颤动；

他的两肩，瘦的，长的，向着无限的天空举着，——

他似在祷告，又似在悲泣——

是呀，悲泣——

海浪还只在慢沉沉的推送——

看呀，那不是他的一滴眼泪？

一颗明星似的眼泪，掉落在空疏的海砂上，落在倦懒的
  浪头上，落在睡海的心窝上，落在黑夜的脚边——一
  颗明星似的眼泪！

一颗神灵，有力的眼泪，仿佛是发酵的酒酿，作炸的引
  火，霹雳的电子；

他唤醒了海，唤醒了天，唤醒了黑夜，唤醒了浪涛——
  真伟大的革命——

霎时地扯开了满天的云幕，化散了迟重的雾气，

纯碧的天中，复现出一轮团圆的明月，

一阵威武的西风，猛扫着大宝的琴弦，开始，神伟的
  音乐。

海见了月光的笑容，听了大风的呼啸，也像初醒的狮虎，
  摇摆咆哮起来——

霎时地浩大的声响，霎时地普遍的猖狂！

夜呀！你曾经见过几滴那明星似的眼泪？

三

到了二十世纪的不夜城。

夜呀，这是你的叛逆，这是恶俗文明的广告，无耻，淫
　猥，残暴，肮脏，——表面却是一致的辉耀，看，这
　边是跳舞会的尾声，

那边是夜宴的收梢，那厢高楼上一个肥狠的犹大，正在
　奸污他钱掳的新娘；

那边街道的转角上，有两个强人，擒住一个过客，一手
　用刀割断他的喉管，一手掏他的钱包；

那边酒店的门外，麇聚着一群醉鬼，蹒跚地在秽语，狂
　歌，音似钝刀刮锅底——

幻想更不忍观望，赶快的掉转翅膀，向清净境界飞去。

飞过了海，飞过了山，也飞回了一百多年的光阴——

他到了"湖滨诗侣"的故乡。

多明净的夜色！只淡淡的星辉在湖胸上舞旋，三四个草
　虫叫夜；

四围的山峰都把宽广的身影，寄宿在葛濑士迷亚柔软的
　湖心，沉酣的睡熟；

那边"乳鸽山庄"放射出几缕油灯的稀光，斜偻在庄前
　的荆篱上；

听呀，那不是罪翁①吟诗的清音——The poets who in
　earth have made us heirs of truth and pure delight by heav-
　enly lays! Oh! Might my name be numbered among theirs,
　Then gladly would I end my mortal days! 诗人解释大自
　然的精神，美妙与诗歌的欢乐，苏解人间爱困！无羡富
　贵，但求为此高尚的诗歌者之一人，便撒手长暝，我
　已不负吾生。我便无憾地辞尘埃，返归无垠。

————————

① 指骚塞（Robert Southey, 1774—1843），英国湖畔派代表诗人。

他音虽不亮，然韵节流畅，证见旷达的情怀，一个个的
　　音符，都变成了活动的火星，从窗棂里点飞出来！飞
　　入天空，仿佛一串鸢灯，凭彻青云，下照流波，余音
　　洒洒的惊起了林里的栖禽，放歌称叹。
接着清脆的嗓音，又不是他妹妹桃绿水（Dorothy）的？
呀，原来新染烟癖的高柳列奇（Coleridge）① 也在他家
　　作客，三人围坐在那间湫隘的客室里，壁炉前烤火炉
　　里烧着他们早上在园里亲劈的栗柴，在必拍的作响，
　　铁架上的水壶也已经滚沸，嗤嗤有声：To sit without
　　emotion, hope or aim In the loved presence of my cottage-
　　fire, And listen to the flapping of the flame Or kettle whis-
　　pering its faint undersong,
坐处在可爱的将息炉火之前，
无情绪的兴奋，无冀，无筹营，
听，但听火焰，飐摇的微喧，
听水壶的沸响，自然的乐音。

夜呀，像这样人间难得的纪念，你保了多少……

四②

他又离了诗侣的山庄，飞出了湖滨，重复逆溯着汹涌的
　　时潮，到了几百年前海岱儿堡（Heidelberg）的一个跳
　　舞盛会。
雄伟的赭色宫堡一体沉浸在满月的银涛中，山下的尼波
　　河（Nubes）在悄悄地进行。
堡内只是舞过闹酒的欢声，那位海量的侏儒今晚已经喝
　　到第六十三瓶啤酒，嚷着要吃那大厨里烧烤的全牛，
　　引得满庭假发粉面的男客、长裙如云的女宾，哄堂的

---

① 现通译为柯勒律治（Samuel Taylor Coleridge, 1772—1834），英国湖畔派
代表诗人。
② 发表时漏排段标，此系编者补加。

大笑。

在这笑声里幻想又溜回了不知几十世纪的一个昏夜——

眼前只见烽烟四起，巴南苏斯的群山点成一座照彻云天
　　大火屏，

远远听得呼声，古朴壮硕的呼声，——

"阿加孟龙打破了屈次奄，夺回了海伦，现在凯旋回雅
　　典了，

希腊的人氏呀，大家快来欢呼呀！——阿加孟龙，王中
　　的王！"

这呼声又将我幻想的双翼，吹回更不知无量数的由旬，
　　到了一个更古的黑夜，一座大山洞的跟前；

一群男女，老的、少的、腰围兽皮或树叶的原民，蹲踞
　　在一堆柴火的跟前，在煨烤大块的兽肉。猛烈地腾蹿
　　的火光，照出他们强固的躯体，黝黑多毛的肌肤——
　　这是人类文明的摇荡时期。夜呀，你是我们的老乳娘！

五

最后飞出了气围，飞出了时空的关塞。

当前是宇宙的大观！

几百万个太阳，大的小的，红的黄的，放花竹似的在无
　　极中激震，旋转——

但人类的地球呢？

一海的星砂，却向哪里找去，

不好，他的归路迷了！

夜呀，你在哪里？

光明，你又在哪里？

六

"不要怕，前面有我。"一个声音说。

"你是谁呀？"

"不必问，跟着我来不会错的。我是宇宙的枢纽，我是

光明的泉源，我是神圣的冲动，我是生命的生命，我是诗魂的向导；不要多心，跟我来不会错的。"

"我不认识你。"

"你已经认识我！在我的眼前，太阳，草木，星，月，介壳，鸟兽，各类的人，虫豸，都是同胞，他们都是从我取得生命，都受我的爱护，我是太阳的太阳，永生的火焰；

你只要听我指导，不必猜疑，我叫你上山，你不要怕险；我教你入水，你不要怕淹；我教你蹈火，你不要怕烧；我叫你跟我走，你不要问我是谁；

我不在这里，也不在那里，但只随便哪里都有我。若然万象都是空的幻的，我是终古不变的真理与实在；

你方才遨游黑夜的胜迹，你已经得见他许多珍藏的秘密，——你方才经过大海的边沿，不是看见一颗明星似的眼泪吗？——那就是我。

你要真静定，须向狂风暴雨的底里求去；

你要真和谐，须向混沌的底里求去；

你要真平安，须向大变乱，大革命的底里求去；

你要真幸福，须向真痛里尝去；

你要真实在，须向真空虚里悟去；

你要真生命，须向最危险的方向访去；

你要真天堂，须向地狱里守去；

这方向就是我。

这是我的话，我的教训，我的启方；

我现在已经领你回到你好奇的出发处，引起你游兴的夜里；

你看这不是湛露的绿草，这不是温驯的康河？愿你再不要多疑，听我的话，不会错的，——我永远在你的周围。"

志　摩　一九二二年七月康桥

志摩这首长诗，确是另创出一种新的格局与艺术，请读者注意！

记　者

原载 1923 年 12 月 1 日《晨报·文学旬刊》第 19 号。

清风吹断春朝梦

片片鹅绒眼前纷舞，
　疑是梅心蝶骨醉春风；
一阵阵残琴碎箫鼓，
　依稀山风催瀑弄青松；

梦底的幽情，素心，
缥缈的梦魂，梦境，——

都教晓鸟声里的清风，
轻轻吹拂——吹拂我枕衾，
枕上的温存——，将春梦解成
丝丝缕缕，零落的颜色声音！
这些深灰浅紫，梦魂的认识，
依然粘恋在梦上的边陲，
无如风吹尘起，漫漶梦屐，
纵心愿归去，也难不见涂踪便；

清风！你来自青林幽谷，
款布自然的音乐，
　轻怀草意和花香，
　温慰诗人的幽独，
　攀帘问小姑无恙，
　知否你晨来呼唤，
　唤散一缘绻缱——
　梦里深浓的恩缘？

任春朝富的温柔，
问谁偿逍遥自由？
只看一般梦意阑珊，——
诗心，恋魂，理想的彩昙，——
一似狼藉春阴的玫瑰，
一似鹃鸟黎明的幽叹，
韵断香散，仰望天高云远，
梦翅双飞，一逝不复还！

十日前作《春梦》，偶然拈得此题，今日始勉强成咏，诗意过柔且隐，词只掠影之功，音节不纯，尤所深憾；然梦固难显，灵奥亦何能遽达，独恨神游未远，又被岗来阻隔耳！

八月三日

原载 1923 年 6 月 5 日《时事新报·学灯》第 5 卷 6 册 5 号。

康桥再会吧

康桥，再会吧；
我心头盛满了别离的情绪，
你是我难得的知己，我当年
辞别家乡父母，登太平洋去，
（算来一秋二秋，已过了四度
春秋，浪迹在海外，美土欧洲）
扶桑风色，檀香山芭蕉况味，
平波大海，开拓我心胸神意，
如今都变了梦里的山河，
渺茫明灭，在我灵府的底里；
我母亲临别的泪痕，她弱手
向波轮远去送爱儿的巾色，
海风咸味，海鸟依恋的雅①意，
尽是我记忆的珍藏，我每次
摩按，总不免心酸泪落，便想
理箧归家，重向母怀中匐伏，
回复我天伦挚爱的幸福；
我每想人生多少跋涉劳苦，
多少牺牲，都只是枉费无补，
我四载奔波，称名求学，毕竟
在知识道上，采得几茎花草，
在真理山中，爬上几个峰腰，

---

① 发表时"雅"为"稚"。

钧天妙乐，曾否闻得，彩红色，
可仍记得？——但我如何能回答？
我但自喜楼高车快的文明，
不曾将我的心灵污抹，今日
我对此古风古色，桥影藻密，
依然能坦胸相见，惺惺惜别。

康桥，再会吧！
你我相知虽迟，然这一年中
我心灵革命的怒潮，尽冲泻
在你妩媚河身的两岸，此后
清风明月夜，当照见我情热
狂溢的旧痕，尚留草底桥边，
明年燕子归来，当记我幽叹
音节，歌吟声息，缦烂的云纹
霞彩，应反映我的思想情感，
此日撒向天空的恋意诗心，
赞颂穆静腾辉的晚景，清晨
富丽的温柔；听！那和缓的钟声
解释了新秋凉绪，旅人别意，
我精魂腾跃，满想化入音波，
震天彻地，弥盖我爱的康桥，①
如慈母之于睡儿，缓抱软吻；
康桥！汝永为我精神依恋之乡！
此去身虽万里，梦魂必常绕
汝左右，任地中海疾风东指，
我亦必纡道西回，瞻望颜色；
归家后我母若问海外交好，
我必首数康桥；在温清冬夜
蜡梅前，再细辨此日相与况味；

---

① 发表时，自此行至"……再细辨此日相与况味"一段插于"……沐日月光辉"之后。

设如我星明有福，素愿竟酬，
则来春花香时节，当复西航，
重来此地，再捡起诗针诗线，
绣我理想生命的鲜花，实现
年来梦境缠绵的销魂踪迹，
散香柔韵节，增媚河上风流；
故我别意虽深，我愿望亦密，
昨宵明月照林，我已向倾吐
心胸的蕴积，今晨雨色凄清，
小鸟无欢，难道也为是怅别
情深，累藤长草茂，涕泪交零！

康桥！山中有黄金，天上有明星，
人生至宝是情爱交感，即使
山中金尽，天上星散，同情还
永远是宇宙间不尽的黄金，
不昧的明星；赖你和悦宁静
的环境，和圣洁欢乐的光阴，
我心我智，方始经爬梳洗涤，
灵苗随春草怒生，沐日月光辉，
听自然音乐，哺啜古今不朽
——强半汝亲栽育——的文艺精英；
恍登万丈高峰，猛回头惊见
真善美浩瀚的光华，覆翼在
人道蠕动的下界，朗然照出
生命的经纬脉络，血赤金黄，
尽是爱主恋神的辛勤手绩；
康桥！你岂非是我生命的泉源？
你惠我珍品，数不胜数；最难忘
骞士德顿桥下的星磷坝乐，①

---

① 发表时此处为"星磷，坝乐"。

弹舞殷勤，我常夜半凭阑干，
倾听牧地黑野①中倦牛夜嚼，
水草间鱼跃虫嗤，轻挑静寞；
难忘春阳晚照，泼翻一海纯金，
淹没了寺塔钟楼，长垣短堞，
千百家屋顶烟突，白水青田，
难忘茂林中老树纵横；巨干上
黛薄茶青，却教斜刺的朝霞，
抹上些微胭脂春意，忸怩神色；
难忘七月的黄昏，远树凝寂，
像墨泼的山形，衬出轻柔暝色，
密稠稠，七分鹅黄，三分橘绿，
那妙意只可去秋梦边缘捕捉；
难忘榆荫中深宵清唳的诗禽，
一腔情热，教玫瑰噙泪点首，
满天星环②舞幽吟，款住远近
浪漫的梦魂，深深迷恋香境；
难忘村里姑娘的腮红颈白；
难忘屏绣康河的垂柳婆娑，
婀娜的克莱亚，硕美的校友居；
——但我如何能尽数，总之此地
人天妙合，虽微如寸芥残垣，
亦不乏纯美精神：流贯其间，
而此精神，正如宛次宛士所谓
"通我血液，浃我心脏"，有"镇驯
矫饬之功"；我此去虽归乡土，
而临行怫怫，转若离家赴远；
康桥！我故里闻此，能弗怨汝
僭爱，然我自有谠言代汝答付；
我今去了，记好明春新杨梅

---

① 发表时"野"为"影"。
② 发表时无"环"字。

上市时节，盼我含笑归来，
再见吧，我爱的康桥！①

原载 1923 年 3 月 12 日《时事新报·学灯》第 5 卷 3 册 9 号，因格式排错，又于 3 月 25 日《学灯》第 5 卷 3 册 20 号重排发表。

---

① 发表时篇末署有"八月十日"。

笑解烦恼结

(送幼仪)①

一

这烦恼结，是谁家扭得水尖儿难透？

这千缕万缕烦恼结是谁家忍心机织？

这结里多少泪痕血迹，应化沉碧！

忠孝节义——咳，忠孝节义谢你维系

　　四千年史髅不绝，

却不过把人道灵魂磨成粉屑，

黄海不潮，昆仑叹息，

四万万生灵，心死神灭，中原鬼泣！

咳，忠孝节义！

二

东方晓，到底明复出，

如今这盘糊涂账，

如何清结？

---

① 本诗写于1922年3月徐志摩和张幼仪在德国柏林离婚之后。与《徐志摩、张幼仪离婚通告》同时发表。

三

莫焦急，万事在人为，只消耐心
　　共解烦恼结。
虽严密，是结，总有丝缕可觅，
莫怨手指儿酸、眼珠儿倦，
可不是抬头已见，快努力！

四

如何！毕竟解散，烦恼难结，烦恼苦结。
来，如今放开容颜喜笑，握手相劳；
此去清风白日，自由道风景好。
听身后一片声欢，争道解散了结儿，
　　消除了烦恼！

原载 1922 年 11 月 8 日《新浙江·新朋友》。

马 赛

马赛，你神态何以如此惨淡？
　空气中仿佛掺透了铁色的矿质，
　你拓臂环拥着的一湾海，也在迟重的阳光中，沉
　　闷地呼吸；
　一涌青波，一峰白沫，一声呜咽；

地中海呀！
　你满怀的牢骚，
　恐只有蟠白的阿尔帕斯——永远自万呎高处冷眼下
　　瞰——深浅知悉。

马赛，你面容何以如此惨淡？
　这岂是情热猖獗的欧南？
　看这一带山岭，筑成天然城堡，
　雄阔沉着，
　一床床的大灰岩，
　一丛丛的暗绿林，
　一堆堆的方形石灰屋——
　光土毛石的尊严，
　朴素自然的尊严，
　淡净颜色的尊严——
　无愧是水让（Cézanne）① 神感的故乡，

---

① 现通译为塞尚（Paul Cézanne，1839—1906），法国画家。

廓大艺术灵魂的手笔!

但普鲁冈司情歌缠绵真挚的精神,
在黑暗中布植文艺复兴种子的精神,
难道也深隐在这些岩片杂草的中间,
惨雾淡抹的中间?

马赛,你惨淡的神情,
倍增了我别离的幽感,别离欧土的怆心;
我爱欧化,然我不恋欧洲;
此地景物已非,不如归去:
家乡有长梗菜饭,米酒肥羔,
此地景物已非,不堪存想。

我游都会繁庶,时有踯躅墟墓之感。
在繁华声色场中,有梦亦多恐怖:
我似见莱茵河边,难民麋伏,
冷月照鸠面青肌,凉风吹襜褛衣结,
柴火几星,便鸡犬也噤无声息;

又似身在咖啡夜馆中,
烟雾里酒香袂影,笑语微闻,
场中有裸女作猥舞,
场首有黑面奴弄器出淫声;

百年来野心迷梦,已教大战血潮冲破;
如今凄惶遍地,兽性横行:
不如归去,此地难寻干净人道,
此地难得真挚人情,不如归去!

原载 1922 年 12 月 17 日《努力周报》第 33 期。题前署
有"归国杂题(一)"。

地 中 海

海呀，你宏大幽秘的音息，不是无因而来的，
　这风稳日丽，也不是无因而然的，
这些进行不歇的波浪，唤起了思想同情的反应——
　涨，落——隐，现——去，来……
无量数的浪花，各各不同，各有奇趣的花样，——
　　一树上没有两张相同的叶片，
　天上没有两片相同的云彩。
地中海呀！你是欧洲文明最老的见证！
魔大的帝国，曾经一再笼卷你的两岸；
霸业的命运，曾经再三在你酥胸上定夺；
无数的帝王，英雄，诗人，僧侣，寇盗，商贾，曾
　　经在你怀抱中得意，失志，死亡；
无数的财货，牲畜，人命，舰队，商船，渔艇，曾
　　经沉入你无底的渊壑；
无数的朝彩晚霞，星光月色，血腥，血糜，曾经浸
　　染涂糁你的面庞；
无数的风涛，雷电，炮声，潜艇，曾经扰乱你平安
　的居处；
屈洛安城焚的火光，阿脱洛庵家的惨剧，
沙伦女的歌声，迦太基奴女被掳过海的哭声，
维雪维亚炸裂的彩色，
尼罗河口，铁拉法尔加唱凯的歌音……
都曾经供你耳目刹那的欢娱。

历史来，历史去；

　　埃及，波斯，希腊，马其顿，罗马，西班牙——

　　至多也不过抵你一缕浪花的涨歇，一茎春花的开

　　　落！

但是你呢——

　　依旧冲洗着欧非亚的海岸，

　　依旧保存着你青年的颜色，

　　（时间不曾在你面上留痕迹。）

　　依旧继续着你自在无罣的涨落，

　　依旧呼啸着你厌世的骚愁，

　　依旧翻新着你浪花的样式，——

　　这孤零零的神秘伟大的地中海呀！

　　原载 1922 年 12 月 24 日《努力周报》第 34 期。题前署有"归国杂题（二）"。

北方的冬天是冬天

北方的冬天是冬天！
满眼黄沙漠漠的地与天；
赤膊的树枝，硬搅着北风光——
一队队敢死的健儿，傲立在战阵前！
不留半片残青，没有一丝粘恋，
只拼着精光的筋骨；凝敛着生命的精液，
耐，耐三冬的霜鞭与雪拳与风剑，
直耐到春阳征服了消杀与枯寂与凶惨，
直耐到春阳打开了生命的牢监，放出一瓣的树头鲜！
直耐到忍耐的奋斗功效见，健儿克敌回家酣笑颜！
北方的冬天是冬天！
满眼黄沙茫茫的地与天；
田里一只呆顿的黄牛，
西天边画出几线的悲鸣雁

一月二十二 志摩

原载 1923 年 1 月 28 日《努力周报》第 39 期。

希望的埋葬

希望，只如今……
如今只剩些遗骸；①
可怜，我的心……
却教我如何埋掩？

希望，我抚摩着②
你惨变的创伤，
在这冷默的冬夜③
谁与我商量埋葬？

埋你在秋林之中，
幽涧之边，你愿否，
朝餐泉乐的玎琮，
暮偎着松茵香柔？④

我收拾一筐的红叶，
露凋秋伤的枫叶，
铺盖在你新坟之上——，⑤
长眠着美丽的希望！

---

① 发表时此句后有"——"。
② 发表时无"着"。
③ 发表时此句作："这冷默的冬宵——"。
④ 发表时此句作："暮偎松茵的温柔"。
⑤ 发表时此句无"——"。

我唱一支惨淡的歌，
与秋林的秋声相和；
滴滴凉露似的清泪，
洒遍了清冷的新墓！①

我手抱你冷残的衣裳，
凄怀你生前的经过——
一个遭不幸的爱母②
回想一场抚养的辛苦。③

我又④舍不得将你埋葬，
希望，我的生命与光明！⑤
像那个情疯了的公主，⑥
紧搂住她爱人的冷尸！⑦

梦境似的惝恍，⑧
毕竟是谁存与谁亡？⑨
是谁在悲唱，希望！
你，我，是谁替谁埋葬？⑩

"美是人间不死的光芒"，

---

① 发表时此句作："洒遍了你清冷的新墓"。
② 发表时此句无"遭"字。
③ 发表时此句作："思想一场空养的辛苦！"。
④ 发表时此处无"又"字。
⑤ 发表时此处作："希望！我的生命与光明——"。
⑥ 发表时此句后注有："D' Anunzio's Dream of Autumn Morning"。
⑦ 发表时"！"为"。"。
⑧ 发表时此句作："梦境似惝恍迷离，"。
⑨ 发表时此句作："毕竟是谁存谁死；"。
⑩ 发表时"？"为"！"。

　　不论是生命，或是希望；①
　　便冷骸也发生命的神光，
　　何必问秋林红叶去埋葬？②

　　　　原载 1923 年 1 月 28 日《努力周报》第 39 期，又载同年
6 月 1 日《时事新报・学灯》第 5 卷 6 册 1 号。

---

　　①　发表时此句作："不论是生命，是希望！"。
　　②　发表时此句作："何必问秋林红叶作埋葬！"篇末并署有"十二年一月二
十四日"。

沙士顿重游随笔

一

许久不见了，满田的青草黄花！
你们在风前点头微笑，仿佛说彼此无恙。
今春雨少，你们的面容着实清癯；
我一年来也无非是烦恼踉跄；
见否我白发骈添，眉峰的愁痕未隐？
你们是需要雨露，人间只缺少同情。——
青年不受恋爱的滋润，比如春阳霖雨，照洒沙碛永远不
　　得收成。
但你们还有众多的伴侣；
在"大母"慈爱的胸前，和晨风软语，听晨星骈唱，
每天农夫赶他牛车经过，谈论村前村后的新闻，
有时还有美发罗裙的女郎，来对你们声诉她遭逢的薄
　　幸。
至于我的灵魂，只是常在他囚羁中忧伤岑寂；
他仿佛是"衣司业尔"彷徨的圣羊。

二

许久不见了，最仁善公允的阳光。
你们现正斜倚在这残破的墙上，
牵动了我不尽的回忆，无限的凄怆。
我从前每晚散步的欢怀，

总少不了你殷勤的照顾。
你吸起人间畅快和悦的心潮,
有似明月钩引湖海的夜汐;
就此苒苒临逝的回光,不但完成一天的功绩,
并且预告晴好的清晨,吩咐勤作的农人,安度良宵。
这满地零乱的栗花,都像在你仁荫里欢舞。
对面楼窗口无告的老翁,
也在饱啜你和煦的同情;
他皱缩昏花的老眼,似告诉人说,
都亏这养老棚朝西,容我每晚享用暮景的温存:
这是天父给我不用求讨的慰藉。

<h1 style="text-align:center">三</h1>

许久不见了,和悦的旧邻居!
那位白须白发的先生,正在趁晚凉将水浇菜,
老夫人穿着蓝布的长裙,站在园篱边微笑,
一年过得容易,
那篱畔的苹花,已经落地成泥!
这些色香两绝的玫瑰的种畤在八十老人跟前,
好比艳眼的少艾,独倚在虬松古柏的中间,
他们笑着对我说结婚已经五十三年,
今年十月里预备金婚;
来到此村三十九年,老夫人从不曾半日离家,
每天五时起工作,眠食时刻,四十年如一日;
莫有儿女,彼此如形影相随,
但管门前花草后园蔬果,
从不问村中事情,更不晓世上有春秋,
老夫人拿出他新制的杨梅酱来请我尝味,
因为去年我们在时吃过,曾经赞好。

四

那灰色墙边的自来井前，上面盖着栗树的浓荫，残花还
　　不时地堕落，
站着位十八九岁的女郎，
她发上络住一支藤黄色的梳子，衬托着一大股蓬松的褐
　　色细麻，
转过头来见了我，微微一笑，
脂红的唇缝里，漏出了一声有意无意的
"你好！"

五

那边半尺多厚干草，铺顶的低屋前，
依旧站着一年前整天在此的一位褴褛老翁，
他曲着背将身子承住在一根黑色杖上，
后脑仅存几茎白发，和着他有音节的咳嗽，上下颤动。
我走过他跟前，照例说了晚安，
他抬起头问我端详，
一时口角的皱纹，齐向下颌紧叠，
吐露些不易辨认的声响，接着几声干涸的咳嗽，
我瞥见他右眼红腐，像烂桃颜色（并不可怕），
一张绝扁的口，挂着一线口涎。
我心里想阿弥陀佛，这才是老贫病的三角同盟。

六

两条牛并肩在街心里走来，
卖弄他们最庄严的步法。
沉着迟重的蹄声，轻撼了晚村的静默。
一个赤腿的小孩，一手扳着门枢，
一手的指甲腌在口里，

瞪着眼看牛尾的撩拂。

七

一个穿制服的人，向我行礼，
原来是从前替我们送信的邮差。
他依旧穿黑呢红边的制衣，背着皮袋，手里握着一叠信，
只见他这家进，那家出，有几家人在门外等他。
他捱户过去，继续说他的晚安，只管对门牌投信，
他上午中午下午一共巡行三次，每次都是刻板的面目；
雨天风天，晴天雪天，春天冬天，
他总是循行他制定的责务；
他似乎不知道他是这全村多少喜怒悲欢的中介者；
他像是不可防御的运命自身。
有人张着笑口迎他，
有人听得他的足音，便惶恐震栗；
但他自来自去，总是不变的态度。
他好比双手满抓着各式情绪的种子，向心田里四撒；
这家的笑声，那边的幽泣；
全村顿时增加的脉搏心跳，歔欷叹息，
都是他盲目工程的结果。
他哪里知道人间最大的消息，
都曾在他褴旧的皮袋里住过，
在他干黄的手指里经过——
可爱可怖的邮差呀！

原载 1923 年 3 月 13 日《时事新报·学灯》第 5 卷 3 册 10 号。

小 花 篮

（送卫礼贤先生）

一年前此时，我正与博生、通伯同游槐马与耶纳①，访葛德西喇之故居②，买得一小花篮，随采野草实之，今草已全悴，把玩不觉兴感，因作左诗。

（卫礼贤先生，通我国学，传播甚力，其生平所最崇拜者，孔子而外，其邦人葛德是；今在北大讲葛德，正及其意大利十八月之留。）

我买一只小小的花篮，
杜陵人手编的蓝花的篮；

我采集一把青翠的小草，
从玫瑰园外的小河河边；

把那些小草装入了小篮：
小小的纪念，别有风趣可爱。

当年葛德自罗马归来，
载回朝旭似文化的光彩；

---

① 槐马，民主德国西南部城市，通译作魏玛；耶纳，民主德国西南部城市，通译作耶拿。

② 葛德通译作歌德（Johann Wolfgang von Goethe, 1749—1832），德国诗人、剧作家、思想家。西喇通译作席勒（Johann Christoph Friedrich Von Schiller, 1759—1805），德国剧作家、诗人。

如今玫瑰园中清简的屋内，
贴近他创制诗歌的书案。
（Rose-garden① 在 Weimar② 葛德制诗处）

留着个小小的纪念：非造像，
非书件，亦非是古代史迹！

一束罗马特产的鲜叶，
如今僵缩成一小撮的灰骸！

这一小撮僵缩的灰骸，
却最证见他宏坦的诗怀！

我冥想历史进行之参差，
问何年这伟大的明星再来？

听否那黄海东海南海的潮声，
声声问华族的灵魂何时自由？

我自游槐马归来，不过一年，
那小篮里的鲜花，已成枯蜷；

我感怀于光阴造作之荣衰，
亦憬然于生生无已之循环；

便历尽了人间的悲欢变幻，
也只似微波在造化无边之海！

徐志摩　三月十六日

原载 1923 年 3 月 23 日《晨报副镌》第 72 号。

①　意为玫瑰园。
②　即魏玛。

青年杂咏

一

青年！

你为什么沉湎于悲哀？

你为什么耽乐于悲哀？

你不幸为今世的青年，

你的天是沉碧奈何天；

你筑起了一座水晶宫殿，

在"眸冷骨累"①（melancholy）的河水边；

河流流不尽骨累眸冷，

还夹着些些残枝断梗，

一声声失群雁的悲鸣，

水晶宫朝朝暮暮反映——

映出悲哀，飘零，眸子吟，

无聊，宇宙，灰色的人生，

你独生在宫中，青年呀，

霉朽了你冠上的黄金！

---

① 即英文 melancholy 的音译，意为忧郁。

二

青年！
你为什么迟徊于梦境？
你为什么迷恋于梦境？
你幸而为今世的青年，
你的心是自由梦魂心，
你抛弃你尘秽的头巾，
解脱你肮脏的外内衿，
露出赤条条的洁白身，
跃入缥缈的梦潮清冷，
浪势奔腾，侧眼波罅里，
看朝彩晚霞，满天的星，——
梦里的光景，模糊，绵延，
却又分明；梦魂。不愿醒，
为这大自在的无终始，
任凭长鲸吞噬，亦甘心。

三

青年！
你为什么醉心于革命，
你为什么牺牲于革命？
黄河之水来自昆仑巅，
泛流华族支离之遗骸，
挟黄沙莽莽，沉郁音响，
苍凉，惨如鬼哭满中原！
华族之遗骸！浪花荡处，
尚可认伦常礼教，祖先，
神主之断片：——君不见
两岸遗孽，枉戴着忠冠
孝辫，抱缺守残，泪眼看

风云暗淡，"道丧"的人间！
运也！这狂澜，有谁能挽，
问谁能挽精神之狂澜？

原载 1923 年 3 月 18 日《时事新报·学灯》第 5 卷 3 册 14 号。

月下待杜鹃不来

看一回凝静的桥影，
数一数螺钿的波纹，
我倚暖了石栏的青苔，
青苔凉透了我的心坎；

月儿，你休学新娘羞，
把锦被掩盖你光艳首，
你昨宵也在此勾留，
可听她允许今夜来否？

听远村寺塔的钟声，
像梦里的轻涛吐复收，
省心海念潮的涨歇，
依稀漂泊踉跄的孤舟；

水粼粼，夜冥冥，思悠悠，
何处是我恋的多情友？
风飕飕，柳飘飘，榆钱斗斗，
令人长忆伤春的歌喉。

原载 1923 年 3 月 29 日《时事新报·学灯》第 5 卷 3 册 23 号。

月夜听琴

是谁家的歌声，
和悲缓的琴音，
星茫下，松影间，
有我独步静听。

音波，颤震的音波，
穿破昏夜的凄清，
幽冥，草尖的鲜露，
动荡了我的灵府。

我听，我听，我听出了
琴情，歌者的深心，
枝头的宿鸟休惊，
我们已心心相印。

休道她的芳心忍，
她为你也曾吞声，
休道她淡漠，冰心里
满蕴着热恋的火星。

记否她临别的神情，
满眼的温柔和酸辛，
你握着她颤动的手——
一把恋爱的神经？

记否你临别的心境，
冰流沦彻你全身，
满腔的抑郁，一海的泪，
可怜不自由的魂灵？

松林中的风声哟！
休扰我同情的倾听；
人海中能有几次
恋潮淹没我的心滨？

那边光明的秋月，
已经脱卸了云衣，
仿佛喜声地笑道：
"恋爱是人类的生机！"

我多情的伴侣哟！
我羡你蜜甜的爱焦，
却不道黄昏和琴音
联就了你我的神交？

原载 1923 年 4 月 1 日《时事新报·学灯》第 5 卷 4 册 1 号。

默　境①

我友，记否那西山的黄昏，
钝氤里透出的紫霭红晕，
漠沉沉，黄沙弥望，恨不能
登山顶，饱餐西陲的菁英，
全仗你吊古殷勤，趋别院，
度边门，惊起了卧犬狰狞。
墓庭的光景，却别是一味
苍凉，别是一番苍凉境地：
我手剔生苔碑碣，看冢里
僧骸是何年何代，你轻踹
生苔庭砖，细数松针几枚；
不期间彼此缄默的相对，
僵立在寂静的墓庭墙外，②
同化于自然的宁静，默辨
静里深蕴着普遍的义韵；
我注目在墙畔一穗枯草，
听邻庵经声，听风抱树梢，

① 发表时有作者前言如下：

12 月 8 日与 KY 及 SP 同游西山灵寺僧冢，时暮霭已苍，风籁喋寂，抚摩碑碣，仰看长松，彼此忽不期缄默，游神有顷，此中消息，非亲身经历者，孰能领会，因作长句，以问我友焉。徐志摩附识。

② 发表时以上二行作："其时 SP 说，静一会吧，彼此就僵立在墓园之外；"。

听落叶，冻鸟零落的音调，①
心定如不波的湖，却又教
连珠似的潜思泛破，神凝
如千年僧骸的尘埃，却又
被静的底里的热焰熏点；

我友，感否这柔韧的静里，
蕴有钢似的迷力，满充着
悲哀的况味，阐悟的几微，
此中不分春秋，不辨古今，
生命即寂灭，寂灭即生命，
在这无终始的洪流之中，
难得素心人悄然共游泳；
纵使阐不透这凄伟的静，
我也怀抱了这静中涵濡，
温柔的心灵；我便化野鸟
飞去，翅羽上也永远染了
欢欣的光明，我便向深山
去隐，也难忘你游目云天，
游神象外的 Transfiguration②

我友！知否你妙目——漆黑的
圆睛——放射的神辉，照彻了
我灵府的奥隐，恍如昏夜
行旅，骤得了明灯，刹那间
周遭转换，涌现了无量数
理想的楼台，更不见墓园
风色，再不闻衰冬吁喟，但
见玫瑰丛中，青春的舞蹈
与欢容，只闻歌颂青春的

---

① 发表时"音调"作"好调"。
② 英文，变形，改貌的意思。

谐乐与欢惊；——
　　　　轻捷的步履，
你永向前领，欢乐的光明，
你永向前引：我是个崇拜
青春，欢乐与光明的灵魂。

原载 1923 年 4 月 20 日《时事新报·学灯》第 5 卷 4 册 20 号。

威尼市①

我站在桥上，
这甜熟的黄昏，
远处来的箫声和琴音——点儿，线儿，
圆形，方形，长形，
尽是灿烂的黄金，
倾泻在波涟里，
澄蓝而凝匀。
歌声，游艇，
灯烛的辉莹，
梦寐似生，
——绸缊——
幻景似消泯，
在流水的胸前——
鲜妍，绻缱——
流，流，
流入沉沉的黄昏，
我灵魂的弦琴，
感受了无形的冲动，
怔忡，惺忪，
悄悄地吟弄，
一支红朵蜡的新曲，
出咽的香浓；

---

① 即 Venezia，通译威尼斯，意大利东北部名城。

但这微妙的心琴哟，
有谁领略，
有谁能听！

原载 1923 年 4 月 28 日《时事新报·学灯》第 5 卷 4 册 28 号。

无 儿

夜色

溟蒙。①

野鸽

在巢中,

窸窣,②

翀毲,

蓬松。③

这鸽儿的抖动,④

恍似⑤小孩的嫩掌——

嫩又丰——

扪胸,

可爱的逗痒

茸茸:⑥

"鸽儿呀!

休动休动,

我心忡忡,

我泪溶溶,

---

① 据台湾传记文学出版社 1980 年 8 月 31 日再版《徐志摩全集》第 1 辑手
迹,此处"。"为","。

② 手迹此处无","。

③ 手迹此处"。"为";"。

④ 手迹此处无","。

⑤ 手迹"似"为"同",以下另行排列。

⑥ 手迹此处":"为";",以下空一行。

鸽儿呀，
休动休动，
无儿的我，
忍不住伤痛。"

原载 1923 年 5 月 4 日《时事新报·学灯》第 5 卷 5 册 4 号。

你是谁呀？

　　　　你是谁呀？
面熟得很，你我曾经会过的，
但在哪里呢，竟是无从记起；
是谁引你到我密室里来的？
你满面忧怆的精神，你何以
默不出声，我觉得有些怕惧；
你的肤色好比干蜡，两眼里
泄露无限的饥渴；呀！他们在
进泪，鲜红，枯干，凶狠的眼泪，
胶在睡帘边，多可怕，多凄惨！
——我明白了：我知晓你的伤感，
憔悴的根源；可怜！我也记起，
依稀，你我的关系像在这里，
那里，云里雾里，哦，是的是的！
但是再休提起：你我的交谊，
从今起，另辟一番天地，是呀，
另辟一番天地；再不用问你
——我希冀——"你是谁呀"？

原载 1923 年 5 月 4 日《时事新报·学灯》第 5 卷 5 册 4 号。

诗①

Will-O-the-wisp②

[Lonely is the Soul that sees the Vision...]③

我是个无依无伴的小孩，
无意地来到生疏的人间：

我忘了我的生年与生地，
只记从来处的草青日丽；

青草里满泛我活泼的童心，
好鸟常伴我在艳阳中游戏；

我爱啜野花上的白露清鲜，
爱去流涧边照弄我的童颜；

我爱与初生的小鹿儿竞赛，
爱聚砂砾仿造梦里的亭园；

---

① 商务印书馆香港分馆 1983 年 10 月初版《徐志摩全集·诗集》及我社 1987 年版《徐志摩诗全编》，此诗题目作《我是个无依无伴的小孩》。
② 英文，意为鬼火。
③ 英文，意为：孤独的灵魂看到幻景……。

我梦里常游安琪儿的仙府，
白羽的安琪儿，教导我歌舞；

我只晓天公的喜悦与震怒，
从不感人生的痛苦与欢娱；

所以我是个自然的婴孩，
误入了人间峻险的城围：

我骇诧于市街车马之喧扰，
行路人尽戴着忧惨的面罩；

铅般的烟雾迷障我的心府，
在人丛中反感恐惧与寂寥；

啊！此地不见了清涧与青草，
更有谁伴我笑语，疗我饥馈；

我只觉刺痛的冷眼与冷笑，
我足上沾污了沟渠的泞潦；

我忍住两眼热泪，漫步无聊，
漫步着南街北巷，小径长桥，

我走近一家富丽的门前，
门上有金色题标，两字"慈悲"；

金字的慈悲，令我欢慰，
我便放胆跨进了门槛，

慈悲的门庭寂无声响，
堂上隐隐有阴惨的偶像；

偶像在伸臂，似庄似戏，
真骇我狂奔出慈悲之第；

我神魂惊悸慌张地前行，
转瞬间又面对"快乐之园"；

快乐园的门前，鼓角声喧，
红衣汉在守卫，神色威严；

游服竞鲜艳，如春蝶舞翩跹，
园林里阵阵香风，花枝隐现；

吹来乐音断片，招诱向前，
赤穷孩蹑近了快乐之园！

守门汉霹雳似的一声呼叱，
震出了我骇愧的两行急泪；

我掩面向僻隐处飞驰，
遭罹了快乐边沿的尖刺；

黄昏，荒街上尘埃舞旋，
凉风里有落叶在呜咽；

天地看似墨色螺形的长卷，
有孤身儿在踟蹰，似退似前；

我仿佛陷落在冰寒的阱锢，
我哭一声我要阳光的暖和！

我想望温柔手掌，偎我心窝，
我想望搂我入怀，纯爱的母；

我悲思正在喷泉似的溢涌，
一闪闪神奇的光，忽耀前路；

光似草际的游萤，乍显乍隐，
又似暑夜的飞星，窜流无定；

神异的精灵！生动了黑夜，
平易了途径，这闪闪的光明；

闪闪的光明！消解了恐惧，
启发了欢欣，这神异的精灵；

昏沉的道上，引导我前进，
一步步离远人间进向天庭；

天庭！在白云深处，白云深处，
有美安琪敛翅羽，安眠未醒，

我亦爱在白云里安眠不醒，
任清风搂抱，明星亲吻殷勤；

光明！我不爱人间，人间难觅
安乐与真情，慈悲与欢欣；

光明，我求祷你引致我上登
天庭，引挚我永住仙神之境；

我即不能上攀天庭，光明，
你也照导我出城围之困，

我是个自然的婴儿，光明知否，
但求回复自然的生活优游；

茂林中有餐不罄的鲜柑野栗，
青草里有享不尽的意趣香柔……

五月六日

原载 1923 年 5 月 13 日《努力周报》第 52 期。

悲　思

悲思在庭前——
　　不；但看
　　新萝憨舞，
　　紫藤吐艳，
　　蜂恣蝶恋——
悲思不在庭前。

悲思在天上——
　　不；但看
　　青白长空，
　　气宇晴朗，
　　云雀回舞——
悲思不在天上。

悲思在我笔里——
　　不；但看
　　白净长毫，
　　正待抒写，
　　浩坦心怀——
悲思不在我的笔里。

悲思在我纸上——
　　不；但看
　　质净色清，

似在觑盼，
诗意春情——
悲思不在我的纸上。

悲思莫非在我……
心里——
心如古墟，
野草不株，
心如冻泉，
冰结活源，
心如冬虫，
久蛰久噤——
不，悲思不在我的心里！

五月十三日

原载 1923 年 5 月 20 日《努力周报》第 53 期。

梦游埃及

龙舟画桨
　　　　地中海海乐悠扬；
浪涛的中心
　　　　有丑怪奋斗詷张；
一轮漆黑的明月，
滚入了青面的太阳——
　　　　青面白发的太阳；
太阳又奔赴涛心，将海怪
　　　　浇成奇伟的偶像；

大海化成了大漠：
开佛伦王的石像
　　　　危峙在天地中央；
张口把太阳吃了，
　　　　遍体发骇人的光亮；

巨万的黄人黑人白人
　　　　蠕伏在浪涛汹涌的地面；
金刚般的勇士
　　　　大倘步走上了人堆；

人堆里呶呶的怪响
　　　　不知是悲切是欢畅；
勇士的金盔金甲

闪闪发亮
烨烨生火；
顷刻大火蟠蟠，火焰里有个
伟丈夫端坐；
像菩萨，
像葛德，
像柏拉图，
坐镇在勇士们头颅砌成的
莲台宝座；

一阵骇人的金电，——
这人宝塔又变形为
大漠里清静静地
一座三角金字塔；
一个个金字，都是
放焰的龙珠，
塔像一只高背的骆驼
驮着个不长不短的
人魔——他睁着怪眼大喊道：——
"奴隶的人间，可曾看出
此中的消息呀？"

原载 1923 年 5 月 14 日《时事新报·学灯》第 5 卷 5 册 14 号。

春

　　康河右岸皆学院，左岸牧场之背，榆荫密覆，大道纡回，一望葱翠，春尤浓郁，但闻虫声鸟语，校舍寺塔掩映林巅，真胜处也。迩来草长日丽，时有情耦隐卧草中，密话风流。我常往覆其间，辄成左作。

河水在夕阳里缓流，
暮霞胶抹树干树头；
蚱蜢飞，蚱蜢戏吻草光光，
我在春草里看看走走。

蚱蜢匍伏在钱花胸前，
钱花羞得不住的摇头，
草里忽伸出只藕嫩的手，
将孟浪的跳虫拦腰紧拶。

金花菜，银花菜，星星澜澜，
点缀着天然温暖的青毡，
青毡上青年的情耦，
情意胶胶，情话啾啾。

我点头微笑，南向前走，
观赏这青透春透的园囿，
树尽交柯，草也骈偶，

到处是缱绻，是绸缪。

雀儿在人前猥盼亵语，
人在草处心欢面赧，
我羡他们的双双对对，
有谁羡我孤独的徘徊？

孤独的徘徊！
我心须何尝不热奋震颤，
答应这青春的呼唤，
燃点着希望灿灿，
春呀！你在我怀抱中也！

原载 1923 年 5 月 30 日《时事新报·学灯》第 5 卷 5 册 30 号。

破　庙

慌张的急雨将我
赶入了黑丛丛的山坳，
迫近我头顶在腾拿，
恶狠狠的乌龙巨爪；
枣树兀兀地隐蔽着
一座静悄悄的破庙，
我满身的雨点雨块，
躲进了昏沉沉的破庙；

雷雨越发来得大了：
霍隆隆半天里霹雳，
豁喇喇林叶树根苗，
山谷山石，一齐怒号，
千万条的金剪金蛇，
飞入阴森森的破庙，
我浑身战抖，趁电光
估量这冷冰冰的破庙；

我禁不住大声啼叫，
电光火把似的照耀，
照出我身旁神龛里
一个①青面狞笑的神道，

---

① 发表时无"一个"。

电光去了，霹雳又到，
不见了狞笑的神道，
硬雨石块似的倒泻——
我独身藏躲在破庙；

千年万年应该过了！
只觉得浑身的毛窍，
只听得骇人的怪叫，
只记得那凶恶的神道，
忘记①了我现在的破庙；
好容易雨收了，雷休了，
血红的太阳，满天照耀，
照出一个我，一座破庙！

原载 1923 年 6 月 11 日《晨报·文学旬刊》第 2 号。

---

① 发表时无"记"字。

雀儿，雀儿[①]

雀儿，雀儿，
你进我的门儿，
你又想出我的门儿，
嘭呀，嘭呀，
玻璃老碰你的头儿；
屋子里阴凉
院子里有太阳——
屋子里就有我——你不爱；
院子里有的是
你的姐姐妹妹好朋友；
我张开一双手儿，
叫一声雀儿雀儿，
我愿意做你的妈，
你做我乖乖的儿，
每天吃茶的时候，
我喂你碎饼干儿，
回头我们俩睡一床，
一同到甜甜的梦里去，
唱一个新鲜的歌儿。

原载 1923 年 6 月 24 日《努力周报》第 58 期。

---

① 这是摘自徐志摩《童话一则》里的儿歌。题为编者所拟。

一个祈祷①

请听我悲哽的声音，祈求于我爱的神：
人间哪一个的身上，不带些儿创与伤！
哪有高洁的灵魂，不经地狱，便登天堂；
我是肉薄过刀山炮烙，闯度了奈何桥，
方有今日这颗赤裸裸的心，自由高傲！

这颗赤裸裸的心，请收了吧，我的爱神！
因为除了你更无人，给他温慰与生命，
否则，你就将他磨成齑粉，散入西天云，
但他精诚的颜色，却永远点染你春朝的
新思，秋夜的梦境；怜悯吧，我的爱神！

原载 1923 年 7 月 1 日《晨报·文学旬刊》第 4 期。

---

① 发表时题为"A Prayer"（即"一次祈祷"）。

康桥西野暮色

——我常以为文字无论韵散的圈点并非绝对的必要。我们口里说笔上写得清利晓畅的时候，段落语气自然分明，何必多添枝叶去加点画。近来我们崇拜西洋了，非但现代做的文字都要循规蹈矩，应用"新圈钟"，就是无辜的圣经贤传红楼水浒，也教一班无事忙的先生，支离宰割，这里添了几只钩，那边画上几枝怕人的黑杠!!! 真好文字其实没有圈点的必要，就怕那些"科学的"先生们倒有省事的必要。

你们不要骂我守旧，我至少比你们新些。现在大家喜欢讲新，潮流新的，色彩新的，文艺新的，所以我也只好随波逐流跟着维新。唯其为要新鲜，所以我胆敢主张一部分的诗文废弃圈点。这并不是我的创见，自今以后我们多少免不了仰西洋的鼻息。我想你们应该知道英国的小说家 George Moore，你们要看过他的名著《The Brook Kerith》就知道散文的新定义新趣味新音节。

还有一位爱尔兰人叫做 James Joyce，他在国际文学界的名气恐怕和蓝宁在国际政治界上差不多，一样受人崇拜，受人攻击。他五六年前出了一部《The Portrait of an Artist as Young Men》，独创体裁，在散文里开了一个新纪元，恐怕这就是一部不朽的贡献。他又做了一部书叫《Ulysses》，英国美国谁都不肯不敢替他印，后来他自己在巴黎印行。这部书恐怕非但是今年，也许是这个时期里的一部独一著作。他书后最后一百页（全书共七百几十页）那真是纯粹的"prose"，像牛酪一样润滑，像教堂里石坛一样光澄，非但大写字母没有，连，。……?：——；——！（ ）" "等可厌的符号一齐灭迹，也不分章句篇节，只有一大股清丽浩瀚的文章排橐而前，像一大匹白罗披泻，一大卷瀑布倒挂，丝毫不露痕迹，真大手笔！

至于新体诗的废句须大写，废句法点画，更属寻常，用不着引证。但这都是乘便的饶舌。下面一首乱词，并非故意不用句读，实在因为没有句读的必要，所以画好了蛇没有添足上去。

一个大红日挂在西天
紫云绯云褐云
簇簇斑斑田田
青草黄田白水
郁郁密密鬖鬖
红瓣黑蕊长梗
罂粟花三三两两

一大块透明的琥珀
千百折云凹云凸
南天北天暗暗默默
东天中天舒舒阖阖
宇宙在寂静中构合
太阳在头赫里告别
一阵临风
几声"可可"

一颗大胆的明星
仿佛骄矜的小艇
抵牾着云涛云潮
兀兀漂漂潇潇，
侧眼看暮焰沉销
回头见伙伴来了

晚霞在林间田里
晚霞在原上溪底
晚霞在风头风尾
晚霞在村姑眉际

晚霞在燕喉鸦背
晚霞在鸡啼犬吠

晚霞在田垄陌上
陌上田垄行人种种
白发的老妇老翁
屈躬咳嗽龙钟
农夫工罢回家
肩锄手篮口衔菰巴
白衣裳的红腮女郎
攀折几茎白葩红英
笑盈盈翳入绿荫森森
跟着肥满蓬松的"北京"
罂粟在凉园里摇曳
白杨树上一阵鸦啼
夕照只剩了几痕紫气
满天镶嵌着星巨星细
田里路上寂无声响
榆荫里的村屋微泄灯芒
冉冉有风打树叶的抑扬
前面远远的树影塔光
罂粟老鸦宇宙婴孩
一齐沉沉奄奄眠熟了也

原载 1923 年 7 月 7 日《时事新报·学灯》第 5 卷 7 册 7 号。

石虎胡同七号①

我们的小园庭，有时荡漾着无限温柔：
善笑的藤娘，袒酥怀任团团的柿掌绸缪，
百尺的槐翁，在微风中俯身将棠姑抱搂，
黄狗在篱边，守候睡熟的珀儿，它的小友，
小雀儿新制求婚的艳曲，在媚唱无休——
我们的小园庭，有时荡漾着无限温柔。

我们的小园庭，有时淡描着依稀的梦景；
雨过的苍茫与满庭荫绿，织成无声幽冥，
小蛙独坐在残兰的胸前，听隔院蚯鸣，
一片化不尽的雨云，倦展在老槐树顶，
掠檐前作圆形的舞旋，是蝙蝠，还是蜻蜓？
我们的小园庭，有时淡描着依稀的梦景。

我们的小园庭，有时轻喟着一声奈何；
奈何在暴雨时，雨槌下捣烂鲜红无数，
奈何在新秋时，未凋的青叶惆怅地辞树，
奈何在深夜里，月儿乘云艇归去，西墙已度，
远巷蔷露的乐音，一阵阵被冷风吹过——
我们的小园庭，有时轻喟着一声奈何。

---

① 北京西单牌楼石虎胡同七号是北京松坡图书馆，专藏外文书籍之处，徐志摩曾在此工作过。

我们的小园庭，有时沉浸在快乐之中；
雨后的黄昏，满院只美荫，清香与凉风，
大量的蹇翁，巨樽在手，蹇足直指天空，
一斤，两斤，杯底喝尽，满怀酒欢，满面酒红，
连珠的笑响中，浮沉着神仙似的酒翁——
我们的小园庭，有时沉浸在快乐之中。

原载 1923 年 8 月 6 日《文学周报》第 82 期。

幻　想

天空里幻出一带的长虹，
一条七彩双首乔背的神龙；
一头的龙喙与龙须与龙髯，
淹没在埂奇河春泛之濑湍，
一头的龙爪，下踞在河北江南，
饮啜于长江大河，咽响如雷，
　　这彩色神明的巨怪，
　　满吸了东亚的大水，
昂首向坎坷的地面寻看，
吼一声，可怜，苦旱的人间！
遍野的饥农，在面天求怜，
求救渡的甘霖，满溢田田——
看呀，电闪里长鬣舞旋，
转惨酷为欢欣在俄顷之间！

天空里幻出长虹一带，
在碧玉的天空镶嵌，
一端挽住昆仑的山坳，
一端围绕在喜马拉雅之巉岩；
是谁何的匠心，制此巨采，
问伟男何在，问伟男何在？
披苍空普盖的青衫，
束此神异光明之带，
举步在浩宇里徘徊，

啊，踏翻，南北白头的高山，
霎时的雪花狂舞，雪花狂洒，
普化了东与西，洒遍北与南，
丈夫！这纯澈无路的世界，
产生于一转之俄顷之间。

原载 1923 年 9 月 10 日《小说月报》第 14 卷 9 期。

月下雷峰影片①

我送你一个雷峰塔影，
　满天稠密的黑云与白云；
我送你一个雷峰塔顶，
　明月泻影在眠熟的波心。

深深的黑夜，依依的塔影，
　团团的月彩，纤纤的波鳞——
假如你我荡一支无遮的小艇，
　假如你我创一个完全的梦境！

　　　　曾编入《志摩的诗》。写于 1923 年 9 月 26 日。

---

① 　新月书店 1933 年 2 月 6 版（1928 年 8 月重印初版）《志摩的诗》目录中
此题作《月下雷峰》，而书内则为《月下雷峰影片》。

雷 峰 塔

(杭白)

那首是白娘娘的古墓，
（划船的手指着野草深处；）
客人，你知道西湖上的佳话，
白娘娘是个多情的妖魔。

她为了多情①，反而受苦，
爱了个没出息的许仙，她的情夫；
他听信了一个和尚，一时的糊涂，
拿一个钵盂，把他妻子的原形罩住。

到今朝已有千百年的光景，
可怜她被镇压在雷峰塔底，——
一座残败的古塔②，凄凉地，
庄严地，独自在南屏的晚钟声里③！

原载 1923 年 10 月 11 日《晨报·文学旬刊》第 14 号。

---

① 原日记内无"了"字。
② 原日记内"一座"作"这座"。
③ 原日记内"独自"作"永远"。

灰色的人生

我想——我想开放我的宽阔的粗暴的嗓音,唱一支野蛮
　　的大胆的骇人的新歌;
我想拉破我的袍服,我的整齐的袍服,露出我的胸膛,
　　肚腹,肋骨与筋络;
我想放散我一头的长发,像一个游方僧似的散披着一头
　　的乱发;
我也想跣我的脚,跣我的脚,在巉牙似的道上,快活地,
　　无畏地走着。

我要调谐我的嗓音,傲慢的,粗暴的,唱一阕荒唐的,
　　摧残的,弥漫的歌调;
我伸出我的巨大的手掌,向着天与地,海与山,无餍地
　　求讨,寻捞;
我一把揪住了西北风,问它要落叶的颜色,
我一把揪住了东南风,问它要嫩芽的光泽;
我蹲身在大海的边旁,倾听它的伟大的酣睡的声浪;
我捉住了落日的彩霞,远山的露霭,秋月的明辉,散放
　　在我的发上,胸前,袖里,脚底……
我只是狂喜地大踏步地向前——向前——口唱着暴烈的,
　　粗伧的,不成章的歌调;
来,我邀你们到海边去,听风涛震撼大空的声调;
来,我邀你们到山中去,听一柄利斧斫伐老树的清音;
来,我邀你们到密室里去,听残废的,寂寞的灵魂的
　　呻吟;

来，我邀你们到云霄外去，听古怪的大鸟孤独的悲鸣；
来，我邀你们到民间去，听衰老的，病痛的，贫苦的，
残毁的，受压迫的，烦闷的，奴役的，懦怯的，丑陋
的，罪恶的，自杀的，——和着深秋的风声与雨
声——合唱的"灰色的人生"！

原载 1923 年 10 月 21 日《努力周报》第 75 期。

常州天宁寺闻礼忏声

有如在火一般可爱的阳光里，偃卧在长梗的，杂乱的丛
　　草里，听初夏第一声的鹂鸪，从天边直响入云中，从
　　云中又回响到天边；
有如在月夜的沙漠里，月光温柔的手指，轻轻的抚摩着
　　一颗颗热伤了的砂砾，在鹅绒般软滑的热带的空气里，
　　听一个骆驼的铃声，轻灵的，轻灵的，在远处响着，
　　近了，近了，又远了……
有如在一个荒凉的山谷里，大胆的黄昏星，独自临照着
　　阳光死去了的宇宙，野草与野树默默的祈祷着，听一
　　个瞎子，手扶着一个幼童，铛的一响算命锣，在这黑
　　沉沉的世界里回响着；
有如在大海里的一块礁石上，浪涛像猛虎般的狂扑着，
　　天空紧紧的绷着黑云的厚幕，听大海向那威吓着的风
　　暴，低声的，柔声的，忏悔它一切的罪恶；
有如在喜马拉雅的顶巅，听天外的风，追赶着天外的云
　　的急步声，在无数雪亮的山壑间回响着；
有如在生命的舞台的幕背，听空虚的笑声，失望与痛苦
　　的呼吁声，残杀与淫暴的狂欢声，厌世与自杀的高歌
　　声，在生命的舞台上合奏着；

我听着了天宁寺的礼忏声！
这是哪里来的神明？人间再没有这样的境界！

这鼓一声，钟一声，磬一声，木鱼一声，佛号一声……

乐音在大殿里，迂缓的，曼长的回荡着，无数冲突的
波流谐合了，无数相反的色彩净化了，无数现世的高
低消灭了……

这一声佛号，一声钟，一声鼓，一声木鱼，一声磬，谐
音盘礴在宇宙间——解开一小颗时间的埃尘，收束了
无量数世纪的因果；

这是哪里来的大和谐——星海里的光彩，大千世界的音
籁，真生命的洪流：止息了一切的动，一切的扰攘；

在天地的尽头，在金漆的殿椽间，在佛像的眉宇间，在
我的衣袖里，在耳鬓边，在官感里，在心灵里，在梦
里……

在梦里，这一瞥间的显示，青天，白水，绿草，慈母温
软的胸怀，是故乡吗？是故乡吗？

光明的翅羽，在无极中飞舞！

大圆觉底里流出的欢喜，在伟大的，庄严的，寂灭的，
无疆的，和谐的静定中实现了！

颂美呀，涅槃！赞美呀，涅槃！①

原载 1923 年 11 月 11 日《晨报·文学旬刊》第 17 号。

---

① 发表时篇末署有："志摩十月二十六夜再稿西湖"。

沪杭车中①

匆匆匆！催催催！
一卷烟，一片山，几点云影，
一道水，一条桥，一支橹声，
一林松，一丛竹，红叶纷纷：

艳色的田野，艳色的秋景，
梦境似的分明，模糊，消隐，——
催催催！是车轮还是光阴？②
催老了秋容，催老了人生！③

原载 1923 年 11 月 10 日《小说月报》第 14 卷 11 号。

---

① 最初发表时，题为《沪杭道中》。
② 发表时 "?" 作 ":"。
③ 发表时篇末署有："十月，三十日"。

自然与人生

风，雨，山岳的震怒：
　　猛进，猛进！
显你们的猖獗，暴烈，威武，①
　　霹雳是你们的酣嗷，
　　雷震是你们的军鼓——
万丈的峰峦在涌汹的战阵里
　　失色，动摇，颠播；
　　猛进，猛进！
这黑沉沉的下界，是你们的俘虏！

壮观！仿佛是跳出了人生的关塞，
凭着智慧的明辉，回看
这伟大的悲惨的趣剧，在时空
无际的舞台上，更番的演着：——
我驻足在岱岳的顶巅，②
在阳光朗照着的顶巅，俯看山腰里③
蜂起的云潮敛着，叠着，渐缓的
淹没了眼下的青峦与幽壑；
霎时的开始了，骇人的工作。④

---

① 《晨报·文学旬刊》发表稿此处"，"为"；"。
② 《晨报·文学旬刊》发表稿此句中"岱岳"为"泰岱"。
③ 《晨报·文学旬刊》发表稿此句中无"，"。
④ 《晨报·文学旬刊》发表稿此句中无"，"。

风，雨，雷霆，山岳的震怒——
　　猛进，猛进！
矫捷的，猛烈的：吼着，打击着，咆哮着；①
烈情的火焰，在层云中狂窜：②
恋爱，嫉妒，咒诅，嘲讽，报复，牺牲，烦闷，
　　疯犬似的跳着，追着，嗥着，咬着，
毒蟒似的绞着，翻着，扫着，舐着——③
　　猛进，猛进！
狂风，暴雨，电闪，雷霆：
　　烈情与人生！

　　静了，静了——④
不见了晦盲的云罗与雾锢，
只有轻纱似的浮沤⑤，在透明的晴空，
冉冉的飞升，冉冉的翳隐，
像是白羽的安琪，捷报天庭。

　　静了，静了，——
眼前消失了战阵的幻景，
回复了幽谷与冈峦与森林，⑥
青葱，凝静，芳馨，像一个浴罢的处女，
忸怩的无言，默默的自怜。

变幻的自然，变幻的人生，
瞬息的转变，暴烈与和平，

---

① 《晨报·文学旬刊》发表时，此句为："矫捷的，猛烈的吼着，咆哮着，打击着；"。
② 《晨报·文学旬刊》发表时此句中无"，"；"："后有"——"。
③ 《晨报·文学旬刊》发表时，此句中"翻着"为"绕着"。
④ 《晨报·文学旬刊》发表时，此句作"静了——静了——"。
⑤ 《晨报·文学旬刊》发表时"浮沤"作"浮鸥"。
⑥ 《晨报·文学旬刊》发表时，此句为"回复了幽谷冈峦与森林："。

剚心的惨剧与怡神的宁静：——①
谁是主，谁是宾，谁幻复谁真？

莫非是造化儿的诙谐与游戏，
恣意的反覆着涕泪与欢喜，②
厄难③与幸运，娱乐他的冷酷的心，
与我在云外看雷阵，一般的无情？④

原载 1924 年 2 月 10 日《小说月报》第 15 卷 2 号及 1925
年 2 月 5 日《晨报·文学旬刊》第 60 号。

---

① 《晨报·文学旬刊》发表时"剚心"为"剜心"；句末无"——"。
② 《晨报·文学旬刊》发表时","为";"。
③ 《晨报·文学旬刊》发表时"厄难"为"危难"。
④ 《晨报·文学旬刊》发表时篇末署有"正月五日再稿"。

一 封 信

（给抱怨生活干燥的朋友）

得到你的信，像是掘到了地下的珍藏，一样的希罕一样的宝贵。

看你的信，像是看古代的残碑，表面是模糊的，意致却是深微的。

又像是在尼罗河旁边幕夜，在月正照着金字塔的时候，梦见一个穿黄金袍服的帝王，对着我作谜语，我知道他的意思，他说："我无非是一个体面的木乃伊。"

又像是我在这重山脚下半夜梦醒时，听见松林里夜莺的 soprano①，可怜的遭人厌毁的鸟，他虽则没有子规那样天赋的妙舌，但我却懂得他的怨愤，他的理想，他的急调，是他的嘲讽与咒诅：我知道他怎样的鄙蔑一切，鄙蔑光明，鄙蔑烦嚣的燕雀，也鄙弃自喜的画眉。

又像是我在普陀山发现的一个奇景：外面看是一大块岩石，但里面却早被海水蚀空，只剩罗汉头似的一个脑壳，每次海涛向这岛身搂抱时，发出极奥妙的音响，像是情话，像是咒诅，像是祈祷，在雕空的石笋，钟乳间呜咽，像大和琴的谐音，在皋雪格的古寺的花椽，石楹间回荡——但除非你有耐心与勇气，攀下几重的石岩，俯身下去凝神的察看与倾听，你也许永远不会想象，不必说发现这样的秘密。

又像是……但是我知道，朋友，你已经听够了我的比喻，也许你愿意听我自然的嗓音与不做作的语调，不愿意收受用幻想的亮箔包裹着的话，虽则，我不能不补一句，你自己就是最喜欢从一个弯曲的白银喇叭里，吹弄你的古怪的调子。

你说："风大土大，生活干燥。"这话仿佛是一阵奇怪的凉风，使我感觉一个恐惧的战栗：像一团飘零的秋叶，使我的灵魂里掉下一滴

---

① 英文，意为高音或女高音。

悲悯的清泪。

我的记忆里，我似乎自信，并不是没有葡萄酒的颜色与香味，并不是没妩媚的微笑的痕迹，我想我总可以抵抗你那句灰色的语调的影响——

是的，昨天下午我在田里散步的时候，我不是分明看见两块凶恶的黑云消灭在太阳猛烈的光焰里，五只小山羊，兔子一样的白净，听着她们妈的吩咐在路旁寻草吃，三个捉草的小孩在一个稻屯前抛掷镰刀；自然的活泼给我不少的鼓舞，我对着白云里矗着的宝塔喊说我知道生命是有意趣的。

今天太阳不曾出来，一捆捆的云在空中紧紧的挨着，你的那句话碰巧又添上了几重云蒙，我又疑惑我昨天的宣言了。

我也觉得奇怪，朋友，何以你那句话在我的心里，竟像白垩涂在玻璃上，这半透明的沉闷是一种很巧妙的刑罚，我差不多要喊痛了。

我向我的窗外望，暗沉沉的一片，也没有月亮，也没有星光，日光更不必想，他早已离别了，那边黑蔚蔚的是林子，树上，我知道，是夜鹗的寓处，树下累累的在初夜的微芒中排列着，我也知道，是坟墓，僵的白骨埋在硬的泥里，磷火也不一星，这样的静，这样的惨，黑夜的胜利是完全的了。

我闭着眼向我的灵府里问讯，呀，我竟寻不到一个与干燥脱离的生活的意象，干燥像一个影子，永远跟着生活的脚后，又像是葱头的葱管，永远附着在生活的头顶，这是一件奇事。

朋友，我抱歉，我不能答覆你的话，虽则我很想，我不是爽恺的西风，吹不散天上的云罗，我手里只有一把粗拙的泥锹，如其有美丽的理想或是希望要埋葬，我的工作是现成的——我也有过我的经验。

朋友，我并且恐怕，说到最后，我只得收受你的影响，因为你那句话，已经凶狠的咬入我的心里，像一个有毒的蝎子，已经沉沉的压在我的心上，像一块盘陀石，我只能忍耐，我只能忍耐。……

二月二十六日

原载 1924 年 3 月 10 日《小说月报》第 15 卷 3 期。

去 吧

去吧，人间，去吧！
　我独立①在高山的峰上；
去吧，人间，去吧！
　我面对着无极的穹苍。

去吧，青年，去吧！
　与幽谷的香草同埋；
去吧，青年，去吧！
　悲哀付与暮天的群鸦②。

去吧，梦乡，去吧！
　我把幻景的玉杯摔破；
去吧，梦乡，去吧！
　我笑受山风与海涛之贺。

去吧，种种，去吧！
　当前有插天的高峰！
去吧，一切，去吧！
　当前有无穷的无穷！③

原载 1924 年 6 月 17 日《晨报副镌》第 138 号及《小说月报》第 15 卷 4 号。

---

① 发表时，此处有"的"字。
② 发表时，此处为"暮天之鸦"。
③ 发表时篇末署有"五月二十日"。

留别日本

我惭愧我来自古文明的乡国，
 我惭愧我脉管中有古先民的遗血，
我惭愧扬子江的流波如今溷浊，
 我惭愧——我面对着富士山的清越！

古唐时的壮健常萦我的梦想：
 那时洛邑的月色，那时长安的阳光；
那时蜀道的啼猿，那时巫峡的涛响；
 更有那哀怨的琵琶，在深夜的浔阳！

但这千余年的痿痹，千余年的懵懂：
 更无从辨认——当初华族的优美，从容！
摧残这生命的艺术，是何处来的狂风？——
 缅念那遍中原的白骨，我不能无恫！

我是一枚飘泊的黄叶，在旋风里飘泊，
 回想所从来的巨干，如今枯秃；
我是一颗不幸的水滴，在泥潭里匍匐——
 但这干涸了的涧身，亦曾有水流活泼。

我欲化一阵春风，一阵吹嘘生命的春风，
 催促那寂寞的大木，惊破他深长的迷梦；
我要一把倔强的铁锹，铲除淤塞与臃肿，
 开放那伟大的潜流，又一度在宇宙间汹涌。

为此我羡慕这岛民依旧保持着往古的风尚，
　　在朴素的乡间想见古社会的雅驯，清洁，壮旷；
我不敢不祈祷古家邦的重光，但同时我愿望——
　　愿东方的朝霞永葆扶桑的优美，优美的扶桑！

　　据台湾时报文化公司 1980 年版《徐志摩诗文补遗》约
写于 1924 年夏与泰戈尔访日之后。

沙扬娜拉^①十八首

我记得扶桑海上的朝阳，
　　黄金似的散布在扶桑的海上；
我记得扶桑海上的群岛，
　　翡翠似的浮沤在扶桑的海上——
　　　　沙扬娜拉！

趁航在轻涛间，悠悠的，
　　我见有一星星古式的渔舟，
像一群无忧的海鸟，
　　在黄昏的波光里息羽优游，
　　　　沙扬娜拉！

这是一座墓园；谁家的墓园
　　占尽这山中的清风，松馨与流云？
我最不忘那美丽的墓碑与碑铭，
　　墓中人生前亦有山风与松馨似的清明——
　　　　沙扬娜拉！（神户山中墓园）

听几折风前的流莺，
　　看阔翅的鹰鹞穿度浮云，
我倚着一本古松瞑睇：
　　问墓中人何似墓上人的清闲？——

---

① 日语"再见"的音译。

沙扬娜拉！（神户山中墓园）

健康，欢欣，疯魔，我羡慕，
　　你们同声的欢呼"阿罗呀嗜"①！
我欣幸我参与这满城的花雨，
　　连翩的蛱蝶飞舞，"阿罗呀嗜"！
　　　沙扬娜拉！（大阪典祝）

增添我梦里的乐音——便如今——
　　一声声的木屐，清脆，新鲜，殷勤，
又况是满街艳丽的灯影，
　　灯影里欢声腾跃，"阿罗呀嗜"！
　　　沙扬娜拉！（大阪典祝）

仿佛三峡间的风流，
　　保津川有青嶂连绵的锦绣；
仿佛山峡间的险巇，
　　飞沫里趁急矢似的扁舟——
　　　沙扬娜拉！（保津川急湍）

度一关湍险，驶一段清涟，
　　清涟里有青山的倩影；
撑定了长篙，小驻在波心，
　　波心里看闲适的鱼群——
　　　沙扬娜拉！（同前）

静！且停那桨声胶爱，
　　听青林里嘹亮的欢欣，
是画眉，是知更？像是滴滴的香液，
　　滴入我的苦渴的心灵——

---

① 日语"谢谢"的音译。

沙扬娜拉！（同前）

"乌塔"：莫讪笑游客的疯狂，
　舟人，你们享尽山水的清幽，
喝一杯"沙鸡"，朋友，共醉风光，
　"乌塔，乌塔"！山灵不嫌粗鲁的歌喉——
　　沙扬娜拉！（同前）

我不辨——辨亦无须——这异样的歌词，
　像不逞的波澜在岩窟间咿嘶，
像衰老的武士诉说壮年时的身世，
　"乌塔乌塔"！我满怀滟滟的遐思——
　　沙扬娜拉！（同前）

那是杜鹃！她绣一条锦带，
　迤逦着那青山的青麓；
啊，那碧波里亦有她的芳躅，
　碧波里掩映着她桃蕊似的娇怯——
　　沙扬娜拉！（同前）

但供给我沉酣的陶醉，
　不仅是杜鹃花的幽芳；
倍胜于娇柔的杜鹃，
　最难忘更娇柔的女郎！
　　沙扬娜拉！

我爱慕她们体态的轻盈，
　妩媚是天生，妩媚是天生！
我爱慕她们颜色的调匀，
　蝴蝶似的光艳，蛱蝶似的轻盈——
　　沙扬娜拉！

不辜负造化主的匠心，

她们流昀中有无限的殷勤；
　比如熏风与花香似的自由，
　我餐不尽她们的笑靥与柔情——
　　沙扬娜拉！

我是一只幽谷里的夜蝶：
　在草丛间成形，在黑暗里飞行，
我献致我翅羽上美丽的金粉，
　我爱恋万万里外闪亮的明星——
　　沙扬娜拉！

我是一只酣醉了的花蜂：
　我饱啜了芬芳，我不讳我的猖狂：
如今，在归途上嘤嗡着我的小嗓，
　想赞美那别样的花酿，我曾经恣尝——
　　沙扬娜拉！

最是那一低头的温柔，
　像一朵水莲花不胜凉风的娇羞，
道一声珍重，道一声珍重，
　那一声珍重里有甜蜜的忧愁——
　　沙扬娜拉！

　　曾编入《志摩的诗》（中华书局 1925 年版），1928 年 8 月新月书店重印时作者删去前 17 首，仅留最末一首，题作《沙扬娜拉一首（赠日本女郎）》。

叫化活该

"行善的大姑，修好的爷，"
　西北风尖刀似的猛刺着他的脸，
"赏给我一点你们吃剩的油水吧！"
　一团模糊的黑影，捱紧在大门边。

"可怜我快饿死了，发财的爷，"
　大门内有欢笑，有红炉，有玉杯；
"可怜我快冻死了，有福的爷，"
　大门外西北风笑说，"叫化活该！"

我也是战栗的黑影一堆，
　蠕伏在人道的前街；
我也只要一些同情的温暖，
　遮掩我的剐残的余骸——

但这沉沉的紧闭的大门：谁来理睬；
街道上只冷风的嘲讽，"叫化活该"！

　原载 1924 年 12 月 1 日《晨报六周年纪念增刊》。

庐山小诗两首

（一）朝雾里的小草花①

这岂是偶然，小玲珑的野花！
　　你轻含着鲜露颗颗，
　　怦动的，像是慕光明的花蛾，
在黑暗里想念焰彩，晴霞；②

我此时在这蔓草丛中过路，
　　无端的内感，③惆怅与惊讶，
　　在这迷雾里，在这岩壁下，
思忖着，④泪怦怦的，人生与鲜露？

（二）山中大雾看景

这一瞬息的晨雾——
　　是山雾，
　　是台幕？

---

① 此诗曾收入《志摩的诗》（中华书局 1925 年版），1928 年新月书店重印时作者删去。

② 1925 年版《志摩的诗》以上三行诗为："你轻含着闪亮的珍珠，/像是慕光明的花蛾，/在黑暗里想念着焰彩、晴霞；"。

③④ 收入集子时此处均无逗号。

这一转瞬的沉闷，
　是云蒸，
　是人生？

那分明是山，水，田，庐；
又分明是悲，欢，喜，怒：
啊，这眼前刹那间开朗——
我仿佛感悟了造化的无常！

原载 1924 年 12 月 5 日《晨报副刊·文学旬刊》第 55 号。

在那山道旁①

在那山道旁，一天雾蒙蒙的朝上，
初生的小蓝花在草丛里窥觑，
我送别她归去，与她在此分离，
在青草里飘拂她的洁白的裙衣。

我不曾开言，她亦不曾告辞，
驻足在山道旁，我暗暗的寻思；
"吐露你的秘密，这不是最好时机?"——
露湛的小草花②，仿佛恼我的迟疑。

为什么迟疑，这是最后的时机，
在这山道旁，在这雾盲在朝上？
收集了勇气，向着她我旋转身去：——
但是啊！为什么她这③满眼凄惶？

我咽住了我的话，低下了我的头：
火灼与冰激在我的心胸间回荡，
啊，我认识了我的命运，她的忧愁，——
在这浓雾里，在这凄清的道旁！
在那天朝上，在雾茫茫的山道旁，④

---

① 发表时诗题下标有"（送歆海）"。
② 1925 年初版《志摩的诗》"小草花"为"小花"。
③ 1925 年初版《志摩的诗》无"这"字。
④ 发表时此句为"在那天朝上，在妖雾的山道旁，"。

新生的小蓝花在草丛里睥睨，
我目送她远去，与她从此分离——
在青草间飘拂她那洁白的裙衣！①

原载 1924 年 12 月 15 日《晨报·文学旬刊》第 56 号。

---

① 发表时"！"为"。"。

消 息

雷雨暂时收敛了；
　双龙似的双虹，
　显现在雾霭中，
　夭矫，鲜艳，生动，——
好兆！明天准是好天了。

什么！又（是一阵）打雷了，——①
　在云外，在天外，
　又是一片暗淡，
　不见了鲜虹彩，——
希望，不曾站稳，又毁了。

原载 1924 年 12 月《孤军周报》第 4 期。

---

① 编入《新月诗选》时此句为："什么！又是一阵打雷了，——"。

雪花的快乐

假如我是一朵雪花，
翩翩的在半空里潇洒，
　我一定认清我的方向——
　飞飏，飞飏，飞飏，——
这地面上有我的方向。

不去那冷寞的幽谷，
不去那凄清的山麓，
　也不上荒街去惆怅——
　飞飏，飞飏，飞飏，——
你看，我有我的方向！

在半空里娟娟的飞舞，
认明了那清幽的住处，
　等着她来花园里探望——
　飞飏，飞飏，飞飏，——
啊，她身上有朱砂梅的清香！

那时我凭借我的身轻，
盈盈的①，沾住了她的衣襟，
　贴近她柔波似的心胸——

---

① 1925 年初版《志摩的诗》"盈盈的"为"凝凝的"。

消溶，消溶，消溶——
溶入了她柔波似的心胸！

原载 1925 年 1 月 17 日《现代评论》第 1 卷 6 期。

残 诗①

怨谁？怨谁？这不是青天里打雷？
关着，锁上；赶明儿瓷花砖上堆灰！
别瞧这白石台阶儿光滑，赶明儿，唉，
石缝里长草，石板上青青的②全是霉！
那廊下的青玉缸里养着鱼，真凤尾，③
可还有谁给换水，谁给捞草，谁给喂？
要不了三五天准翻着白肚鼓着眼，
不浮着死，也就让冰分儿压一个扁！
顶可怜是那几个红嘴绿毛的鹦哥，
让娘娘教得顶乖，会跟着洞箫唱歌，
真娇养惯，喂食一迟，就叫人名儿骂，
现在，您叫去！就剩空院子给您答话！……

原载 1925 年 1 月 15 日《晨报·文学旬刊》第 59 号。

---

① 发表时题为《残诗一首》。
② 发表时"青青的"为"青的"。
③ 发表时此处有"——"。

一块晦色的路碑

脚步轻些，过路人！
休惊动那最可爱的灵魂，
如今安眠在这地下，
有绛色的野草花掩护她的余烬。

你且站定，在这无名的土阜边，
任晚风吹弄你的衣襟；
倘如这片刻的静定感动了你的悲悯，
让你的泪珠圆圆的滴下——
为这长眠着的美丽的灵魂！

过路人，假若你也曾
在这人间不平的道上颠顿，
让你此时的感愤凝成最锋利的悲悯，
在你的激震着的心叶上，
刺出一滴，两滴的鲜血——
为这遭冤屈的最纯洁的灵魂！①

原载 1925 年 3 月 7 日《晨报副镌》第 50 号。

---

① 发表时篇末署有"三月一日"。

那一点神明的火焰

又是一个深夜，寂寞的深夜，
　　在山中，
浓雾里不见月影，星光，
　　就只我：
一个冥蒙的黑影，蹀躞的
　　沉思，
沉思的蹀躞，在深夜，在山中，
　　在雾里，
我想着世界，我的身世；懊怅，
　　凄迷，
灭绝的希冀，又在我的心里
　　惊悸，
摇曳，像雾里的草须；她
　　在哪里？
啊！她；这深夜，这浓雾，
　　淹没了
天外的星光与月彩，却
　　遮不住
那一点的光明，永远的，永远的，
　　像一星
宝石似的火花，在我灵魂的底里；
　　我正愿，
我愿保持这不朽的灵光直到
　　那一天

时间要求我的尘埃，我的心停止了
　跳动，
在时间浩瀚的尘埃里，却还存着
　那一点——
那一点神明的火焰，跳动，光艳，
　不变
　不变！

原载 1925 年 3 月 25 日《晨报·文学旬刊》第 65 号。

翡冷翠的一夜①

你真的走了，明天？那我，那我，……
你也不用管，迟早有那一天；
你愿意记着我，就记着我，
要不然趁早忘了这世界上
有我，省得想起时空着恼，
只当是一个梦，一个幻想；
只当是前天我们见的残红，
怯怜怜的在风前抖擞，一瓣，
两瓣，落地，叫人踩，变泥……
唉，叫人踩，变泥——变了泥倒干净，
这半死不活的才叫是受罪，
看着寒伧，累赘，叫人白眼——
天呀！你何苦来，你何苦来……
我可忘不了你，那一天你来，
就比如黑暗的前途见了光彩，
你是我的先生，我爱，我的恩人，
你教给我什么是生命，什么是爱，
你惊醒我的昏迷，偿还我的天真，
没有你我哪知道天是高，草是青？
你摸摸我的心，它这下跳得多快；
再摸我的脸，烧得多焦，亏这夜黑

---

① 翡冷翠，意大利文 Firenze 的音译。是意大利中部的一个城市，通译为佛罗伦萨（英文作 Florence）。1925 年 3 月 10 日志摩离国访欧。此诗写于意大利。

看不见；爱，我气都喘不过来了，
别亲我了；我受不住这烈火似的活，
这阵子我的灵魂就像是火砖上的
熟铁，在爱的锤子下，砸，砸，火花
四散的飞洒……我晕了，抱着我，
爱，就让我在这儿清静的园内，
闭着眼，死在你的胸前，多美！
头顶白杨树上的风声，沙沙的，
算是我的丧歌，这一阵清风，
橄榄林里吹来的，带着石榴花香，
就带了我的灵魂走，还有那萤火，
多情的殷勤的萤火，有他们照路，
我到了那三环洞的桥上再停步，
听你在这儿抱着我半暖的身体，
悲声的叫我，亲我，摇我，咂我，……
我就微笑的再跟着清风走，
随他领着我，天堂，地狱，哪儿都成，
反正丢了这可厌的人生，实现这死
在爱里，这爱中心的死，不强如
五百次的投生？……自私，我知道。
可我也管不着……你伴着我死？
什么，不成双就不是完全的"爱死"，
要飞升也得两对翅膀儿打伙，
进了天堂还不一样的要照顾，
我少不了你，你也不能没有我；
要是地狱，我单身去你更不放心，
你说地狱不定比这世界文明
（虽则我不信，）像我这娇嫩的花朵，
难保不再遭风暴，不叫雨打，
那时候我喊你，你也听不分明，——
那不是求解脱反投进了泥坑，
倒叫冷眼的鬼串通了冷心的人，
笑我的命运，笑你懦怯的粗心？

这话也有理，那叫我怎么办呢？
活着难，太难，就死也不得自由，
我又不愿你为我牺牲你的前程……
唉！你说还是活着等，等那一天！
有那一天吗？——你在，就是我的信心；
可是天亮你就得走，你真的忍心
丢了我走？我又不能留你，这是命；
但这花，没阳光晒，没甘露浸，
不死也不免瓣尖儿焦萎，多可怜！
你不能忘我，爱，除了在你的心里，
我再没有命；是，我听你的话，我等，
等铁树儿开花我也得耐心等；
爱，你永远是我头顶的一颗明星：
要是不幸死了，我就变一个萤火，
在这园里，挨着草根，暗沉沉的飞，
黄昏飞到半夜，半夜飞到天明，
只愿天空不生云，我望得见天，
天上那颗不变的大星，那是你，
但愿你为我多放光明，隔着夜，
隔着天，通着恋爱的灵犀一点……

六月十一日，一九二五年翡冷翠山中

原载 1926 年 1 月 2 日《现代评论》第 3 卷 56 期及 1926
年 1 月 6 日《晨报副镌》第 60 号。

在哀克刹脱教堂前 （Exeter） ①

这是我自己的身影，今晚间
　倒映在异乡教宇的前庭，②
一座冷峭峭森严的大殿，
　一个峭阴阴孤耸的身影。

我对着寺前的雕像发问：③
　"是谁负责这离奇的人生？"
老朽的雕像瞅着我发愣，
　仿佛怪嫌这离奇的疑问。

我又转问那冷郁郁的大星，
　它正升起在这教堂的后背，④
但它答我以嘲讽似的迷瞬，
　在星光下相对，我与我的迷谜！

这时间我身旁的那棵老树，
　他荫蔽着战迹碑下的无辜，
幽幽的叹一声长气，像是
　凄凉的空院里凄凉的秋雨。
他至少有百余年的经验，

---

　①　即哀克刹脱，Exeter 的音译。
　②　发表时此处有"——"。
　③　发表时此处无"："。
　④　发表时此处为"；"。

人间的变幻他什么①都见过；
生命的顽皮他也曾计数：
　　春夏间汹汹，冬季里婆婆。

他认识这镇上最老的前辈，
　　看他们受洗，长黄毛的婴孩；
看他们配偶，也在这教门内，——
　　最后看他们的名字上墓碑！

这半悲惨的趣剧他早经看厌，
　　他自身痈肿的残余更不沾恋；
因此他与我同心，发一阵叹息——
　　啊！我身影边平添了斑斑的落叶！

一九二五，七月。

原载 1926 年 5 月 27 日《晨报副刊·诗镌》第 9 期。

---

① 发表时"什么"为"长短"。

诗　句

啊明月！你不减旧时的光辉——
　这橄榄林中泛滥着夜莺的欢畅；
啊明月！我也不减旧时的伤悲——
　你来照我枕边的泪痕清露似的滋长！

一九二五，夏，翡冷翠山中。

原载 1925 年 12 月 1 日《晨报七周年纪念增刊》。

给 母 亲

母亲，那还只是前天
我完全是你的，你唯一的儿；
你那时是我思想与关切的中心：
太阳在天上，你在我的心里；
每回你病了，妈妈，如其医生们说病重，
我就忍不住背着你哭，
心想这世界的末日快来了；
那时我再没有更快活的时刻，除了
和你一床睡着，我亲爱的妈妈，
枕着你的臂膀，贴近你的胸膛，
跟着你和平的呼吸放心的睡熟，
正像是一个初离奶的小孩。

但在那二十几年间虽则那样真挚的忠心的爱，
我自己却并不知道；"爱"那个不顺口的字，
那时不在我的口边，
就这先天的一点孝心完全浸没了
我的天性与生命。
这来的变化多大呀！
这不是说，真的，我不再爱你。
妈！或是爱你不比早年，那不是实情；
只是我新近懂得了爱，
再不像原先那天真的童子的爱，
这来是成人的爱了：

我，妈的孩子，已经醒起，并且觉悟了
这古怪的生命要求；

生命，它那进口的大门是
一座不灭的烈焰！——爱——
谁要领略这里面的奥妙，
谁要觉着这里面的搏动，
（在我们中间能有几个到死不留遗憾的！）
就得投身进这焰腾腾的门内去——

但是，妈，亲爱的，让我今天明白的招认
对父母的爱，孝，不是爱的全部；
那是不够的；迟早有一天，
这"爱人"化的儿子会得不自主的
移转他那思想与关切的中心，
从他骨肉的来源，
到那唯一的灵魂，
他如今发现这是上帝的旨意
应得与他自己的融合成一体——

自今以后——
不必担心，亲爱的母亲，不必愁
你唯一的孩儿会得在情感上远着你们——
啊不，你正应得欢喜，妈妈呀！
因为他，你的儿，从今起能爱，
是的，能用双倍的力量来爱你，
他的忠心只是比先前益发的集中了；
因为他，你的孩儿，已经寻着了快乐，
身体与灵魂，
并且初次觉着这世界还是值得一住的，
他从没有这样想过，
人生也不是过分的刻薄——
他这来真的得着了他应有的名分，

因此他在感激与欢喜中竟想
赞美人生与宇宙了！

妈呀"我们俩"赤心的，联心的爱你，
真真的爱你，
像一对同胞的稚鸽在睡醒时
爱白天的清光。

八月一日，一九二五

原载 1925 年 8 月 31 日《晨报副刊》第 1261 号。

海 韵

一

"女郎，单身的女郎，
　　你为什么留恋
　　这黄昏的海边？——
女郎，回家吧，女郎！"
"啊不；回家我不回，
　　我爱这晚风吹："——
　　在沙滩上，在暮霭里，
有一个散发的女郎——
　　　　　　徘徊，徘徊。

二

"女郎，散发的女郎，
　　你为什么彷徨
　　在这冷清的海上？①
女郎，回家吧，女郎！"
"啊不；你听我唱歌，
　　大海，我唱，你来和："——

―――――――――

① 发表时此处有"——"。

在星光下，在凉风①里，
轻荡着少女的清音——
　　　　高吟，低哦。

三

"女郎，胆大的女郎！
　那天边扯起了黑幕，
　这顷刻间有恶风波，——
女郎，回家吧，女郎！"
"啊不；你看我凌空舞，
　学一个海鸥没海波："——
　在夜色里，在沙滩上，
急旋着一个苗条的身影——
　　　　婆娑，婆娑。

四

"听呀，那大海的震怒，
　女郎回家吧，女郎！
看呀，那猛兽似的海波，
　女郎，回家吧，女郎！"
"啊不；海波他不来吞我，
　我爱这大海的颠簸！"
　在潮声里，在波光里，
啊，一个慌张的少女在海沫里，
　　　　蹉跎，蹉跎。

五

"女郎，在哪里，女郎？

① 发表时"凉风"为"深风"。

122

在哪里，你嘹亮的歌声？
在哪里，你窈窕的身影？
　在哪里，啊，勇敢的女郎？"
黑夜吞没了星辉①，
　这海边再没有光芒；
海潮吞没了沙滩，
　沙滩上再不见女郎，——
　　　再不见女郎！

原载 1925 年 8 月 17 日《晨报副刊》第 1252 号。

① 发表时"星辉"为"光辉"。

四行诗一首

忧愁他整天拉着我的心，
像一个琴师操练他的琴；
悲哀像是海礁间的飞涛：
看他那汹涌，听他那呼号！

原载 1925 年 8 月 24 日《晨报副刊》第 1257 号。

呻 吟 语

我亦愿意赞美这神奇的宇宙，
我亦愿意忘却了①人间有忧愁，
　　像一只没挂累的梅花雀，
　　清朝上歌唱，黄昏时跳跃；——
假如她清风似的常在我的左右！

我亦想望我的诗句清水似的流，
我亦想望我的心池鱼似的悠悠；
　　但如今膏火是我的心，
　　再休问我闲暇的诗情？——
上帝！你一天不还她生命与自由！

　　　　原载 1925 年 9 月 3 日《晨报副刊》第 1264 号。

---

① 发表时此处无"了"字。

起造一座墙

你我千万不可亵渎那一个字，
别忘了在上帝跟前起的誓。
我不仅要你最柔软的柔情，
蕉衣似的永远裹着我的心；
我要你的爱有纯钢似的强，
在这流动的生里起造一座墙；
任凭秋风吹尽满园的黄叶，
任凭白蚁蛀烂千年的画壁；
就使有一天霹雳震翻了宇宙，——
也震不翻你我"爱墙"内的自由！

原载 1925 年 9 月 5 日《现代评论》第 2 卷 39 期。

西伯利亚道中忆西湖秋雪庵芦色作歌

我捡起一枝肥圆的芦梗，
　　在这秋月下的芦田；
我试一试芦笛的新声，
　　在月下的秋雪庵前。

这秋月是纷飞的碎玉，
　　芦田是神仙的别殿；
我弄一弄芦管的幽乐——
　　我映影在秋雪庵前。

我先吹我心中的欢喜——
　　清风吹露芦雪的酥胸；
我再弄我欢喜的心机——
　　芦田中见万点的飞萤。

我记起了我生平的惆怅，
　　中怀不禁一阵的凄迷，
笛韵中也听出了新来凄凉——①
　　近水间有断续的蛙啼。

这时候芦雪在明月下翻舞，
　　我暗地思量人生的奥妙，

---

① 发表时此句为："笛韵中也听出了清悠别样——（凄凉）"。

127

我正想谱一折人生的新歌，
　　啊，那芦笛（碎了）再不成音调。

这秋月是缤纷的碎玉，
　　芦田是仙家的别殿；
我弄一弄芦管的幽乐，——
　　我映影在秋雪庵前。

我捡起一枝肥圆的芦梗，
　　在这秋月下的芦田；
我试一试芦笛的新声，
　　在月下的秋雪庵前。

原载 1925 年 9 月 7 日《晨报副刊》第 1267 号。

我来扬子江边买一把莲蓬①

我来扬子江边买一把莲蓬；
　　手剥一层层莲衣，
　　看江鸥在眼前飞，
　　忍含着一眼悲泪——
我想着你，我想着你，啊小龙！②

我尝一尝莲瓤，回味曾经的温存：——
　　那阶前不卷的重帘，
　　掩护着同心③的欢恋：
　　我又听着你的盟言，
"永远是你的，我的身体，我的灵魂。"

我尝一尝莲心，我的心比莲心苦；
　　我长夜里怔忡，
　　挣不开的噩梦，
　　谁知我的苦痛？
你害了我，爱，这日子叫我如何过？

但我不能责你负，我不忍猜你变，
　　我心肠只是一片柔：④

---

① 本诗最初见于 1925 年 9 月 9 日《志摩日记·爱眉小札》内。
② 发表时"龙"为"红"。
③ 日记中"同心"为"消魂"。
④ 日记中此处无"："。

你是我的！我依旧

将你紧紧的抱搂——①

除非是天翻——②但谁能想象那一天？③

原载 1925 年 10 月 29 日《晨报副刊》第 1298 号，署名海谷。

---

① 日记中"——"为"；"。

② 日记中"——"为"，"。

③ 日记中此句为"但我不能想象那一天！"篇末署有："九月四日沪宁道上"。

客 中

今晚天上有半轮的下弦月；
　　我想携着她的手，
　　往明月多处走——
一样是清光，我说，圆满或残缺。

园里有一树开剩的玉兰花；
　　她有的是爱花癖，
　　我爱看她的怜惜——
一样是芬芳，她说，满花与残花。

浓阴里有一只过时的夜莺；
　　她受了秋凉，
　　不如从前浏亮——
快死了，她说，但我不悔我的痴情！

但这莺，这一树花，这半轮月——
　　我独自沉吟，
　　对着我的身影——
她在哪里，啊，为什么伤悲，凋谢，残缺？

原载 1925 年 12 月 10 日《晨报副刊》，署名海谷。

再不见雷峰^①

再不见雷峰，雷峰坍成了一座大荒冢，
　　顶上有不少交抱的青葱；
　　顶上有不少交抱的青葱，
再不见雷峰，雷峰坍成了一座大荒冢。

为^②什么感慨，对着这光阴应分的摧残？
　　世上多的是不应分的变态。
　　世上多的是不应分的变态；
发什么感慨，对着这光阴应分的摧残？

为^③什么感慨：这塔是镇压，这坟是掩埋，
　　镇压还不如掩埋来得痛快！
　　镇压还不如掩埋来得痛快，
发什么感慨：这塔是镇压，这坟是掩埋。

再没有雷峰；雷峰从此掩埋在人的记忆中：
　　像曾经的幻梦，曾经的爱宠；
　　像曾经的幻梦，曾经的爱宠，
再没有雷峰；雷峰从此掩埋在人的记忆中。

　　　　　　　　　　　　　　　　九月，西湖。

　　　原载 1925 年 10 月 5 日《晨报副刊》第 1284 号。

―――――――――

① 本诗最初见于 1925 年 9 月 17 日《志摩日记·爱眉小札》内。
②③ 发表时"为"均作"发"。

决　断

我的爱：
再不可迟疑；
误不得
这唯一的时机，

天平秤——
在你自己心里，
哪头重——
砝码都不用比！

你我的——
哪还用着我提？
下了种，
就得完功到底。

生，爱，死——
三连环的迷谜；
拉动一个，
两个就跟着挤。

老实说，
我不希罕这活，
这皮囊，——
哪处不是拘束。

要恋爱，
要自由，要解脱——
这小刀子，
许是你我的天国！

可是不死
就得跑，远远的跑；
谁耐烦
在这猪圈里牢骚？

险——
不用说，总得冒，
不拼命，
哪件事拿得着？

看那星，
多勇猛的光明！
看这夜，
多庄严，多澄清！

走吧，甜，
前途不是暗昧；
多谢天，
从此跳出了轮回！

原载 1925 年 11 月 25 日《晨报副刊》第 1403 号，署名海谷。

丁当——清新

檐前的秋雨在说什么？
　它说摔了她，忧郁什么？
我手拿起案上的镜框，
　在地平上摔了一个丁当。

檐前的秋雨又在说什么？
　"还有你心里那个留着做什么？"
蓦地里又听见一声清新——
　这回摔破的是我自己的心！

　原载 1925 年 12 月 1 日《晨报七周年纪念增刊》。

这是一个懦怯的世界

这是一个懦怯的世界：
　　容不得恋爱，容不得恋爱！
披散你的满头发，
赤露你的一双脚；
　　跟着我来，我的恋爱，
抛弃这个世界
殉我们的恋爱！

我拉着你的手，
爱，你跟着我走；
　　听凭荆棘把我们的脚心刺透，
　　听凭冰雹劈破我们的头，
你跟着我走，
我拉着你的手，
　　逃出了牢笼，恢复我们的自由！

　　跟着我来，
　　我的恋爱！
人间已经掉落在我们的后背，——
看呀，这不是白茫茫的大海？
白茫茫的大海，
白茫茫的大海，
　　无边的自由，我与你与恋爱！

顺着我的指头看，
那天边一小星的蓝——
　　那是一座岛，岛上有青草，
　　鲜花，美丽的走兽与飞鸟；
快上这轻快的小艇，
去到那理想的天庭——
　　恋爱，欢欣，自由——辞别了人间，永远！

曾编入《志摩的诗》，1925 年中华书局版。

多谢天！我的心又一度的跳荡

多谢天！我的心又一度的跳荡，
这天蓝与海青与明洁的阳光，
驱净了梅雨时期无欢的踪迹，
也散放了我心头的网罗与纽结，
像一朵曼陀罗花英英的露爽，
在空灵与自由中忘却了迷惘：——
迷惘，迷惘！也不知来自何处，
囚禁着我心灵的自然的流露，
可怖的梦魇，黑夜无边的惨酷，
苏醒的盼切，只增剧灵魂的麻木！
曾经有多少的白昼，黄昏，清晨，
嘲讽我这蚕茧似不生产的生存？
也不知有几遭的明月，星群，晴霞，
山岭的高亢与流水的光华……
辜负！辜负自然界叫唤的殷勤，
惊不醒这沉醉的昏迷与顽冥！

如今，多谢这无名的博大的光辉，
在艳色的青波与绿岛间萦回，
更有那渔船与航影，亭亭的粘附
在天边，唤起辽远的梦景与梦趣：
我不由的惊悚，我不由的感愧
（有时微笑的妩媚是启悟的棒槌！）
是何来倏忽的神明，为我解脱

忧愁，新竹似的豁裂了外箨，
透露内裹的青篁，又为我洗净
障眼的盲翳，重见宇宙间的欢欣。

这或许是我生命重新的机兆；
大自然的精神！容纳我的祈祷，
容许我的不踌躇的注视，容许
我的热情的献致，容许我保持
这显示的神奇，这现在与此地，
这不可比拟的一切间隔的毁灭！
我更不问我的希望，我的惆怅，
未来与过去只是渺茫的幻想，
更不向人间访问幸福的进门，
只求每时分给我不死的印痕，——
变一颗埃尘，一颗无形的埃尘，
追随着造化的车轮，进行，进行，……

　　　　　　曾编入《志摩的诗》，1925 年中华书局版。

我有一个恋爱

我有一个恋爱；① ——
我爱天上的明星；②
我爱它们的晶莹：③
　人间没有这异样的神明。④

在冷峭的暮冬的黄昏，
在寂寞的灰色的清晨⑤。
在海上，在风雨后的山顶⑥——
　永远有一颗，万颗的明星！

山涧边⑦小草花的知心，
高楼上⑧小孩童的欢欣，
旅行人的灯亮与南针：——
　万万里外闪烁的精灵！

---

① 台湾传记文学出版社 1980 年 8 月 31 日再版《徐志摩全集》第 1 辑手迹，此处无"；"。

② 手迹此处为"，"。

③ 手迹"晶莹："为"光明，"。

④ 手迹此句为："我爱他们的恒心"。

⑤ 手迹"清晨"为"侵晨"。

⑥ 手迹此处有"，"。

⑦ 手迹"山涧边"作"涧边"。

⑧ 手迹"高楼上"作"楼上"。

我有一个破碎的魂灵①，
像一堆破碎的水晶，
散布在荒野的枯草里——②
　饱啜你一瞬瞬的殷勤。

人生的冰激③与柔情，
我也曾尝味，我也曾容忍；④
有时阶砌下蟋蟀的秋吟，
　引起我心伤⑤，逼迫我泪零。

我袒露我的坦白的胸襟，
　献爱与一天的明星；⑥
任凭人生是幻是真，
地球存在或是消泯⑦——
　太空中永远有不昧的明星!⑧

　　　　　　　曾编入《志摩的诗》，1925年中华书局版。

----

① 手迹"灵魂"为"心灵"。
② 手迹此句为："散放在野外的青茵——"。
③ 手迹"冰激"为"冷激"。
④ 手迹";"为","。
⑤ 手迹"心伤"为"伤心"。
⑥ 手迹";"为"——"。
⑦ 手迹此处有","。
⑧ 手迹篇末注明："二十六日半夜"。

难　得

　　难得，夜这般的清静，
　　　难得，炉火这般的温，
　　更是难得，无言的相对，
　　　一双寂寞的灵魂！

　　也不必筹营，也不必评论，
　　　更没有虚骄，猜忌与嫌憎，
　　只静静的坐对着一炉火，
　　　只静静的默数远巷的更。

　　喝一口白水，朋友，
　　　滋润你的干裂的口唇；
　　你添上几块煤，朋友，
　　　一炉的红焰感念你的殷勤。

　　在冰冷的冬夜，朋友，
　　　人们方始珍重难得的炉薪；
　　在这冰冷的世界，
　　　方始凝结了少数同情的心！

曾编入《志摩的诗》，1925 年中华书局版。

天国的消息

可爱的秋景！无声的落叶，
轻盈的，轻盈的，掉落在这小径，
竹篱内，隐约的，有小儿女的笑声：

呖呖的清音，缭绕着村舍的静谧，
仿佛是幽谷里的小鸟，欢噪着清晨，
驱散了昏夜的晦塞，开始无限光明。

霎那的欢欣，昙花似的涌现，
开豁了我的情绪，忘却了春恋，
人生的惶惑与悲哀，惆怅与短促——
在这稚子的欢笑声里，想见了天国！

晚霞泛滥着金色的枫林，
凉风吹拂着我孤独的身形；
我灵海里啸响着伟大的波涛，
应和更伟大的脉搏，更伟大的灵潮！

曾编入《志摩的诗》，1925 年中华书局版。

乡村里的音籁

小舟在垂柳荫间缓泛——
　　一阵阵初秋的凉风，
　　吹生了水面的漪绒，
吹来两岸乡村里的音籁。

我独自凭着船窗闲憩，
　　静看着一河的波幻，
　　静听着远近的音籁，——
又一度与童年的情景默契！

这是清脆的稚儿的呼唤，
　　田场上工作纷纭，
　　竹篱边犬吠鸡鸣：
但这无端的悲感与凄惋！

白云在蓝天里飞行：
　　我欲把恼人的年岁，
　　我欲把恼人的情爱，
托付与无涯的空灵——消泯；

回复我纯朴的，美丽的童心：
　　像山谷里的冷泉一勺，
　　像晓风里的白头乳鹊，
像池畔的草花，自然的鲜明。

曾编入《志摩的诗》，1925 年中华书局版。

她是睡着了

　　她是睡着了——
　星光下一朵斜欹的白莲；
　　她入梦境了——
　香炉里袅起一缕碧螺烟。

　　她是眠熟了——
　涧泉幽抑了喧响的琴弦；①
　　她在梦乡了——
　粉蝶儿，翠蝶儿，翻飞的欢恋。②

　　停匀的呼吸：
　清芬渗透了她的周遭的清氛；③
　　有福的清氛，
　怀抱着，抚摩着，她纤纤的身形！

　　奢侈的光阴！
　静，沙沙的尽是闪亮的黄金，
　　平铺着无垠，——④
　波鳞间轻漾着光艳的小艇。

---

　　① 台湾传记文学出版社 1980 年 8 月 31 日再版《徐志摩全集》第 1 集手迹，此句为："涧泉幽抑了弦琴的声喧！"。
　　② 手迹此句为："粉蝶儿，翠蝶儿，欢情的绻缱"。
　　③ 手迹此处有"——"。
　　④ 手迹此处无"——"。

醉心的光景：
给我披一件彩衣，啜一坛芳醴，
　折一枝藤花，
舞，在葡萄丛中，颠倒，昏迷。

　看呀，美丽！
三春的颜色移上了她的香肌，
　是玫瑰，是月季，
是朝阳里的水仙，鲜妍，芳菲！

　梦底的幽秘，
挑逗着她的心——①纯洁的灵魂——
　像一只蜂儿，
在花心恣意的唐突——温存。

　童真的梦境！
静默；② 休教惊断了梦神的殷勤；
　抽一丝金络，
抽一丝银络，抽一丝晚霞的紫曛；③

　玉腕与金梭，
织缣似的精审，更番的穿度——
　化生了彩霞，
神阙，安琪儿的歌，安琪儿的舞。

　可爱的梨涡，
解释了处女的梦境的欢喜，
　像一颗露珠，

---

① 手迹此处有"她"。
② 手迹"；"为"："。
③ 手迹以上两行中的"抽"皆为"绌"。

颤动的，在荷盘中闪耀着晨曦！①

曾编入《志摩的诗》，1925 年中华书局版。

---

① 手迹篇末注明："十九日夜二时半"。

五 老 峰

不可摇撼的神奇，
　　　　不容注视的威严，
这耸峙，这横蟠，
　　　　这不可攀援的峻险！
看！那巉岩缺处
　　　　透露着天，窈远的苍天，
在无限广博的怀抱间，
　　　　这磅礴的伟象显现！

是谁的意境，是谁的想象？
　　　　是谁的工程与搏造的手痕？
在这亘古的空灵中
　　　　陵慢着天风，天体与天氛！
有时朵朵明媚的彩云，
　　　　轻颤的妆缀着老人们的苍鬓，
像一树虬干的古梅在月下
　　　　吐露了艳色鲜葩的清芬！

山麓前伐木的村童，
　　　　在山涧的清流中洗濯，呼啸，
认识老人们的嚬釁，
　　　　迷雾海沫似的喷涌，铺罩，
淹没了谷内的青林，
　　　　隔绝了鄱阳的水色渺渺，

陡壁前闪亮着火电，听呀！
　　　五老们在渺茫的雾海外狂笑！

朝霞照他们的前胸，
　　　晚霞戏逗着他们赤秃的头颅；
黄昏时，听异鸟的欢呼，
　　　在他们鸠盘的肩旁怯怯的透露
不昧的星光与月彩：
　　　柔波里，缓泛着的小艇与轻舸；
听呀！在海会静穆的钟声里，
　　　有朝山人在落叶林中过路！

更无有人事的虚荣，
　　　更无有尘世的仓促与噩梦，
灵魂！记取这从容与伟大，
　　　在五老峰前饱啜自由的山风！
这不是山峰，这是古圣人的祈祷
　　　凝聚成这"冻乐"似的建筑神工，
给人间一个不朽的凭证——
　　　一个"倔强的疑问"在无极的蓝空！

　　　　曾编入《志摩的诗》，1925年中华书局版。

青 年 曲

泣与笑，恋与愿与恩怨，
难得的青年，倏忽的青年，
前面有座铁打的城垣，青年，
你进了城垣，永别了春光，
永别了青年，恋与愿与恩怨！

妙乐与酒与玫瑰，不久住人间，
青年，彩虹不常在天边，
梦里的颜色，不能永葆鲜妍，
你须珍重，青年，你有限的脉搏，
休教幻景似的消散了你的青年！

曾编入《志摩的诗》，1925 年中华书局版。

再休怪我的脸沉

不要着恼，乖乖，不要怪嫌
　　我的脸绷得直长，
　　我的脸绷得是长，
可不是对你，对恋爱生厌。

不要凭空往大坑里盲跳：
　　胡猜是一个大坑，
　　这里面坑得死人；
你听我讲，乖，用不着烦恼。

你，我的恋爱，早就不是你：
　　你我早变成一身，
　　呼吸，命运，灵魂——
再没有力量把你我分离。

你我比是桃花接上竹叶，
　　露水合着嘴唇吃，
　　经脉胶成同命丝，
单等春风到开一个满艳。

谁能怀疑他自创的恋爱？①
　　天空有星光耿耿，

---

① 发表时此处有"——"。

冰雪压不倒青春，
任凭海有时枯，石有时烂！

不是的，乖，不是对爱生厌！
　　你胡猜我也不怪，
　　我的样儿是太难，
反正我得对你深深道歉。

不错，我恼，恼的是我自己：
　　（山怨土堆不够高；
　　河对水私下唠叨。）
恨我自己为甚这不争气。

我的心（我信）比似个浅洼；
　　跳动着几条泥鳅，
　　积不住三尺清流，
盼不到天光，映不着彩霞；

又比是个力乏的朝山客，
　　他望见白云缭绕，
　　拥护着山远山高，
但他只能在倦疲中沉默；

也不是不认识上天威力：
　　他何尝甘愿绝望，
　　空对着光阴怅惘——
你到深夜里来听他悲泣！

就说爱，我虽则有了你，爱，
　　不愁在生命道上
　　感受孤立的恐慌，
但天知道我还想往上攀！

恋爱，我要更光明的实现：
　　草堆里一个萤火
　　企慕着天顶星罗：
我要你我的爱高比得天！

我要那洗度灵魂的圣泉，
　　洗掉这皮囊腌臜，
　　解放内里的囚犯，
化一缕轻烟，化一朵青莲。

这，你看，才叫是烦恼自找；
　　从清晨直到黄昏，
　　从天昏又到天明，
活动着我自剖的一把钢刀！

不是自杀，你得认个分明。
　　劈去生活的余渣，
　　为要生命的精华；
给我勇气，啊，唯一的亲亲！
给我勇气，我要的是力量。
　　快来救我这围城，
　　再休怪我的脸沉，
快来，乖乖，抱住我的思想！

　　　　　　　　　　　四月二十二日

原载 1926 年 4 月 29 日《晨报副刊·诗镌》第 5 号。

望 月

月：我隔着窗纱，在黑暗中，①
望她从巉岩的山肩挣起
　轮惺忪的不整的光华：
像一个处女，怀抱着贞洁，
惊惶的，挣出强暴的爪牙；

这使我想起你，② 我爱，当初
也曾在恶运的利齿间捱！
但如今，③正如蓝天里明月，
你已升起在幸福的前峰，
洒光辉照亮地面的坎坷！

原载 1926 年 5 月 6 日《晨报副刊·诗镌》第 6 号。

---

① 发表时此句中间及结尾均无标点。
②③ 发表时此处均无"，"。

又一次试验

上帝捋着他的须，
说"我又有了兴趣；
上次的试验有点糟，
这回的保管是高妙。"

脱下了他的枣红袍，
戴上了他的遮阳帽，
老头他抓起一把土，
快活又有了工作做。

"这回不叫再像我，"
他弯着手指使劲塑；
"鼻孔还是给你有，
可不把灵性往里透！

"给了也还是白丢，
能有几个走回头；
灵性又不比鲜鱼子，
化生在水里就长翅！

"我老头再也不上当，
眼看圣洁的变肮脏，——
就这儿情形多可气，
哪个安琪身上不带蛆！"

原载 1926 年 5 月 6 日《晨报副刊·诗镌》第 6 号。

半夜深巷琵琶

又被它从睡梦中惊醒，深夜里的琵琶！①
　　是谁的悲思，
　　是谁的手指，
像一阵凄风，像一阵惨雨，像一阵落花，
　　在这夜深深时，
　　在这睡昏昏时，
挑动着紧促的弦索，乱弹着宫商角徵，
　　和着这深夜，荒街，
　　柳梢头有残月挂，
啊，半轮的残月，像是破碎的希望他，他
　　头戴一顶开花帽，
　　身上带着铁链条，
在光阴的道上疯了似的跳，疯了似的笑，
　　完了，② 他说，③吹糊你的灯，
　　她在坟墓的那一边等，
等你去亲吻，等你去亲吻，等你去亲吻！

　　原载 1926 年 5 月 20 日《晨报副刊·诗镌》第 8 号。

---

① 发表时此句中间无“，”；“！”为“，”。
②③ 发表时此处均无“，”。

偶　然

我是天空里的一片云，
偶尔投影在你的波心——
　　你不必讶异，
　　更无须欢喜——
在转瞬间消灭了踪影。

你我相逢在黑夜的海上，
你有你的，我有我的，方向；
　　你记得也好，
　　最好你忘掉，
在这交会时互放的光亮！

原载 1926 年 5 月 27 日《晨报副刊·诗镌》第 9 期。

大 帅

(战歌之一)

(见日报，前敌战士，随死随掩，间有未死者，即被活埋。)

　　"大帅有命令以后打死了的尸体
　　再不用往回挪（叫人看了挫气），
　　　　就在前边儿挖一个大坑，
　　　　拿瘪了的弟兄们往里掷，
　　　　　　掷满了给平上土，
　　　　　　给它一个大糊涂，
　　　　　　也不用给做记认，
　　　　　　管他是姓贾姓曾！
　　　　也好，省得他们家里人见了伤心：
　　　　　　娘抱着个烂了的头，
　　　　　　弟弟提溜着一支手，
　　　　新娶的媳妇到手个脓包的腰身！"

　　"我说这坑死人也不是没有味儿，
　　有那西晒的太阳做我们的伴儿，
　　　　瞧我这一抄，抄住了老丙，
　　　　他大前天还跟我吃烙饼，
　　　　　　叫了壶大白干，
　　　　咱们俩随便谈，①

---

　①　发表时"，"为"："。

你知道他那神气，
　一只眼老是这挤：
谁想他来不到三天就做了炮灰，
　老丙他打仗倒是勇，
　你①瞧他身上的窟窿！——
去你的，老丙，咱们来就是当死胚！"

"天快黑了，怎么好，还有这一大堆？
听炮声，这半天又该是我们的毁！
　麻利点儿，我说你瞧，三哥，
　那黑刺刺的可不又是一个！
　嘿，三哥，有没有死的，
　还开着眼流着泪哩！②
　我说三哥这怎么来，
　总不能拿人活着埋！"——
"吁，老五，别言语，③ 听大帅的话没有错：
　见个儿就给铲，
　见个儿就给埋，④
躲开，瞧我的；欧，去你的，谁跟你啰哆！"⑤

原载 1926 年 6 月 3 日《晨报副刊·诗镌》第 10 号，署名南湖。

---

① 发表时此处无"你"。
② 发表时"哩"为"哪"。
③ 发表时此处无"，"。
④ 发表时此处有"——"。
⑤ 发表时"啰哆"为"嗋啰"。

人 变 兽

（战歌之二）

朋友，这年头真不容易过，
你出城去看光景就有数：——
柳林中有乌鸦们在争吵，
分不匀死人身上的脂膏；

城门洞里一阵阵的旋风
起，跳舞着没脑袋的英雄，①
那田畦里碧葱葱的豆苗，
你信不信全是用鲜血浇！

还有那井边挑水的姑娘，
你问她为甚走道像带伤②——
抹下西山黄昏的一天紫，
也涂不没这人变兽的耻！

原载 1926 年 6 月 3 日《晨报副刊·诗镌》第 10 号，署名南湖。

---

① 发表时"，"为"："。
② 发表时此处有"？"。

"拿回吧，劳驾，先生"[①]

啊，果然有今天，就不算如愿，
她这"我求你"也就够可怜！
"我求你"，她信上说，"我的朋友，
给我一个快电，单说你平安，
多少也叫我心宽。"叫她心宽！
扯来她忘不了的还是我——我，
虽则她的傲气从不肯认服；
害得我多苦，这几年叫痛苦
带住了我，像磨面似的尽磨！
还不快发电去，傻子，说太显——
或许不便，但也不妨占一点
颜色，叫她明白我不曾改变，
咳何止，这炉火更旺似从前！

我已经靠在发电处的窗前；
震震的手写来震震的情电，
递给收电的那位先生，问这
该多少钱，但他看了看电文，
又看我一眼，迟疑的说："先生，
您没重打吧？方才半点钟前，

---

① 梁锡华《徐志摩新传》中曾披露了此诗的写作背景："志摩对林徽因一直痴心不断。到民国十四或十五年之间，志摩忽然接到林徽因消息，说她极盼收到他的信。志摩在既喜且急之余，马上拍个电报作覆，但最后却发现林徽因是跟他开玩笑。……乃写下《拿回吧，劳驾，先生》一诗以志其事。"

有一位年青先生也来发电，
那地址，那人名，全跟这一样，
还有那电文，我记得对，我想，
也是这……先生，你明白，反正
意思相像，就这签名不一样!" ——
"呒! 是吗? 噢，可不是，我真是昏!
发了又重发; 拿回吧! 劳驾，先生。" ——

原载 1926 年 6 月 3 日《晨报副刊·诗镌》第 10 号，署名南湖。

两地相思

（一）他——

今晚的月亮像她的眉毛，
　　这弯弯的够多俏！
今晚的天空像她的爱情，
　　这蓝蓝的够多深！
那样多是你的，我听她说，
　　你再也不用疑惑，
给你这一团火，她的香唇，
　　还有她更热的腰身！
谁说做人不该多吃点苦？——
　　吃到了底才有数。
这来可苦了她，盼死了我，
　　半年不是容易过！
她这时候，① 我想，②正靠着窗，
　　手托着俊俏脸庞，
在想，一滴泪正挂在腮边，
　　像露珠沾上草尖：
在半忧愁半欢喜的预计，
　　计算着我的归期：
啊，一颗纯洁的爱我的心，

———————————

①② 发表时此处均无 "，"。

那样的专！那样的真！
还不催快你胯下的牲口，
　趁月光清水似流，
　趁月光清水似流，赶回家
　去亲你唯一的她！

（二）她——

今晚的月色又使我想起
　我半年前的昏迷，
那晚我不该喝那三杯酒，
　添了我一世的愁；
我不该把自由随手给扔，——
　活该我今儿的闷！
他待我倒真是一片至诚，
　像竹园里的新笋，
不怕风吹，不怕雨打，一样
　他还是往上滋长；
他为我吃尽了苦，就为我
　他今天还在奔波；——
我又没有勇气对他明讲
　我改变了的心肠！
今晚月儿弓样，到月圆时
　我，我如何能躲避！
我怕，我爱，这来我真是难，
　恨不能往地底钻：
可是你，爱，永远有我的心，
　听凭我是浮是沉：
他来时要抱，① 我就让他抱，

———————

① 发表时此处无"，"。

（这葫芦不破的好，）
但每回我让他亲——我的唇，
爱，亲的是你的吻！

原载 1926 年 6 月 10 日《晨报副刊·诗镌》第 11 号，署
名南湖。

残　春

昨天我瓶子里斜插着的桃花
是朵朵媚笑在美人的腮边挂；
今儿它们全低了头，全变了相：——
红的白的尸体倒悬在青条上。

窗外的风雨报告残春的运命，
丧钟似的音响在黑夜里叮咛：
"你那生命的瓶子里的鲜花也
变了样：艳丽的尸体，谁给收殓?"①

原载 1928 年 5 月 10 日《新月》第 1 卷 3 期。

---

①　日记中末二句为："你那生命的瓶子里的鲜花也变了样，艳丽的尸体，等你去收殓!"

秋　虫

秋虫，你为什么来？人间
早不是旧时候的清闲；
这青草，这白露，也是呆：
再也没有用，这些诗材！
黄金才是人们的新宠，
她占了白天，又霸住梦！
爱情：像白天里的星星，
她早就回避，早没了影。
天黑它们也不得回来，
半空里永远有乌云盖。
还有廉耻也告了长假，
他躲在沙漠地里住家；
花尽着开可结不成果，
思想被主义奸污得苦！
你别说这日子过得闷，
晦气脸的还在后面跟！
这一半也是灵魂的懒，
他爱躲在园子里种菜，
"不管，"他说，"听他往下丑——
变猪，变蛆，变蛤蟆，变狗……
过天太阳羞得遮了脸，
月亮残阙了再不肯圆，

到那天人道真灭了种，
我再来打——打革命的钟！"

一九二七年秋

原载 1928 年 3 月 10 日《新月》创刊号。

干着急

朋友，这干着急有什么用，
喝酒玩吧，这槐树下凉快；
看槐花直掉在你的杯中——
别嫌它：这也是一种的爱。

胡知了到天黑还在直叫
（她为我的心跳还不一样？）
那紫金山头有夕阳返照
（我心头，不是夕阳，是惆怅！）

这天黑得草木全变了形
（天黑可盖不了我的心焦；）
又是一天，天上点满了银
（又是一天，真是，这怎么好！）

秀山公园　八月二十七日

原载 1927 年 9 月 10 日《现代评论》第 6 卷 144 期。

变与不变

树上的叶子说："这来又变样儿了，
你看，有的是抽心烂，有的是卷边焦！"
"可不是，"答话的是我自己的心：
它也在冷酷的西风里褪色，凋零。

这时候连翩的明星爬上了树尖；
"看这儿，"它们仿佛说，"有没有改变？"
"看这儿，"无形中又发动了一个声音，
"还不是一样鲜明？"——插话的是我的魂灵！

曾编入《翡冷翠的一夜》，1927 年 9 月新月书店初版。

最后的那一天

在春风不再回来的那一年，
在枯枝不再青条的那一天，
　那时间天空再没有光照，
　只黑蒙蒙的妖氛弥漫着
太阳，月亮，星光死去了的空间；

在一切标准推翻的那一天，
在一切价值重估的那时间：
　暴露在最后审判的威灵中
　一切的虚伪与虚荣与虚空：
赤裸裸的灵魂们匍匐在主的跟前；——

我爱，那时间你我再不必张皇，
更不须声诉，辩冤，再不必隐藏，——
　你我的心，像一朵雪白的并蒂莲，
　在爱的青梗上秀挺，欢欣，鲜妍，——
在主的跟前，爱是唯一的荣光。

曾编入《翡冷翠的一夜》，1927 年 9 月新月书店初版。

秋　阳

这秋阳——他仿佛叫你想起什么。一个老友的笑容或是你故乡的山水。你看他多镇静，多自在，多可亲爱，在半枯的草地上躺着，在斑驳的树枝上挂着，在水面浮着。

你直想伸手去把他掬些在掌心里，朵着嘴去亲他一口。

要是你是一颗露水，低低的蹲在草瓣上，他就从东边的树荫里蹿过来，一口噙住了你，叫你一肚子透明的思想显得分外透明。

要是你是一只长脊背的翠鸟翘着尾巴，从湖的这边飞掠到湖的那一边，（他）就从水面上跳起来在你的羽毛上飞快的印下几颗闪亮的金星。

不错，他是一个有心思有恩情的——好朋友。他不嫌农家的稻草，他一样摩挲长得不绽半熟的鲜果。他想法儿去拜会你阁楼上的破旧零星。

你一个人坐在屋子里沉思的时候，他隔着窗户在跨着墙的青藤上含着最甜蜜的微笑望着你，意思说："别愁，朋友，有我在陪着你哪。"

月亮也是有恩情的，但他的更来得殷勤，又好在不露痕迹。他不是一个戴银帽的当差高高的擎着片子说某人送礼来了的那一套，他来就来了，不铺张的，也不让你觉得他轻盈的脚步，也不让你欠身起来让坐。

真的，他来就来了，拿着满满的一团温暖给揾在你的脸上，安在你的手上，窝在你的心里，"留着，别让，"他仿佛说，"这是你的，咱们家里有着哪！"

在花丛里寻香的蝴蝶，懂得他的无限的柔媚，你别淌眼泪，他要你窝在心里留着。

原载 1928 年 1 月《秋野》文学季刊第 2 期（暨南大学秋野社主办）。

"我不知道风是在哪一个方向吹"

我不知道风
是在哪一个方向吹——
我是在梦中,
在梦的轻波里依洄。

我不知道风
是在哪一个方向吹——
我是在梦中,
她的温存,我的迷醉。

我不知道风
是在哪一个方向吹——
我是在梦中,
甜美是梦里的光辉。

我不知道风
是在哪一个方向吹——
我是在梦中,
她的负心,我的伤悲。

我不知道风
是在哪一个方向吹——
我是在梦中,
在梦的悲哀里心碎!

我不知道风
是在哪一个方向吹——
我是在梦中，
黯淡是梦里的光辉。

原载 1928 年 3 月 10 日《新月》创刊号。

"他眼里有你"

我攀登了万仞的高冈，
荆棘扎烂了我的衣裳，
我向飘渺的云天外望——
　　上帝，我望不见你！

我向坚厚的地壳里掏，
捣毁了蛇龙们的老巢，
在无底的深潭里我叫——
　　上帝，我听不到你！

我在道旁见一个小孩：
活泼，秀丽，褴褛的衣衫；
他叫声妈，眼里亮着爱——
　　上帝，他眼里有你！

十一月二日星家坡

原载 1928 年 12 月 10 日《新月》第 1 卷 10 期。

再别康桥

轻轻的我走了，
　　正如我轻轻的来；
我轻轻的招手，
　　作别西天的云彩。

那河畔的金柳，
　　是夕阳中的新娘；
波光里的艳影，
　　在我的心头荡漾。

软泥上的青荇，
　　油油的在水底招摇；
在康河的柔波里，
　　我甘心做一条水草！

那榆荫下的一潭，
　　不是清泉，是天上虹
揉碎在浮藻间，
　　沉淀着彩虹似的梦。

寻梦？撑一支长篙，
　　向青草更青处漫溯，
满载一船星辉，
　　在星辉斑斓里放歌。

但我不能放歌，
　悄悄是别离的笙箫；
夏虫也为我沉默，
　沉默是今晚的康桥！

悄悄的我走了，
　正如我悄悄的来；
我挥一挥衣袖，
　不带走一片云彩。

十一月六日　中国海上

原载 1928 年 12 月 10 日《新月》第 1 卷 10 期。

枉　然

你枉然用手锁着我的手，
女人，用口擒住我的口，
枉然用鲜血注入我的心，
火烫的泪珠见证你的真；

迟了！你再不能叫死的复活，
从灰土里唤起原来的神奇：
纵然上帝怜念你的过错，
他也不能拿爱再交给你！

原载 1928 年 12 月 10 日《新月》第 1 卷 10 期。

拜　献

山，我不赞美你的壮健，
海，我不歌咏你的阔大，
风波，我不颂扬你威力的无边；
但那在雪地里挣扎的小草花，
路旁冥盲中无告的孤寡，
烧死在沙漠里想归去的雏燕，——
给他们，给宇宙间一切无名的不幸，
我拜献，拜献我胸肋间的热，
管里的血，灵性里的光明；
我的诗歌——在歌声嘹亮的一俄顷，
天外的云彩为你们织造快乐，
　　起一座虹桥，
　　指点着永恒的逍遥，
在嘹亮的歌声里消纳了无穷的苦厄！

　　原载 1929 年 2 月 10 日《新月》第 1 卷 12 期。

春的投生

昨晚上，
再前一晚也是的，
在雷雨的猖狂中
春
　投生入残冬的尸体。

不觉得脚下的松软，
耳鬓间的温驯吗？
树枝上浮着青，
潭里的水漾成无限的缠绵；
再有你我肢体上
胸膛间的异样的跳动；

桃花早已开上你的脸，
我在更敏锐的消受
你的媚，吞咽
你的连珠的笑；
你不觉得我的手臂
更迫切的要求你的腰身，
我的呼吸投射到你的身上
如同万千的飞萤投向光焰？
这些，还有别的许多说不尽的，
和着鸟雀们的热情的回荡，

都在手携手的赞美着
春的投生。

二月二十八日

原载 1929 年 12 月 10 日《新月》第 2 卷 10 期。

杜　鹃

杜鹃，多情的鸟，他终宵唱：
在夏荫深处，仰望着流云
飞蛾似围绕月亮的明灯，
星光疏散如海滨的渔火，
甜美的夜在露湛里休憩，
他唱，他唱一声"割麦插禾"——
农夫们在天放晓时惊起。

多情的鹃鸟，他终宵声诉，
是怨，是慕，他心头满是爱，
满是苦，化成缠绵的新歌，
柔情在静夜的怀中颤动；
他唱，口滴着鲜血，斑斑的，
染红露盈盈的草尖，晨光
轻摇着园林的迷梦；他叫，
他叫，他叫一声"我爱哥哥！"

原载 1929 年 5 月 10 日《新月》第 2 卷 3 期。

我等候你

我等候你。
我望着户外的昏黄
如同望着将来，
我的心震盲了我的听。
你怎还不来？希望
在每一秒钟上允许开花。
我守候着你的步履，
你的笑语，你的脸，
你的柔软的发丝，
守候着你的一切；
希望在每一秒钟上
枯死——你在哪里？
我要你，要得我心里生痛，
我要你的火焰似的笑，
要你的灵活的腰身，
你的发上眼角的飞星；
我陷落在迷醉的氛围中，
像一座岛，
在蟒绿的海涛间，不自主的在浮沉……
喔，我迫切的想望
你的来临，想望
那一朵神奇的优昙
开上时间的顶尖！
你为什么不来，忍心的？

你明知道，我知道你知道，
你这不来于我是致命的一击，
打死我生命中乍放的阳春，
教坚实如矿里的铁的黑暗，
压迫我的思想与呼吸；
打死可怜的希冀的嫩芽，
把我，囚犯似的，交付给
妒与愁苦，生的羞惭
与绝望的惨酷。
这也许是痴。竟许是痴。
我信我确然是痴；
但我不能转拨一支已然定向的舵，
万方的风息都不容许我犹豫——
我不能回头，运命驱策着我！
我也知道这多半是走向
毁灭的路；但
为了你，为了你
我什么也都甘愿；
这不仅我的热情，
我的仅有的理性亦如此说。
痴！想磔碎一个生命的纤微
为要感动一个女人的心！
想博得的，能博得的，至多是
她的一滴泪，
她的一阵心酸，
竟许一半声漠然的冷笑；
但我也甘愿，即使
我粉身的消息传到
她的心里如同传给
一块顽石，她把我看作
一只地穴里的鼠，一条虫，
我还是甘愿！
痴到了真，是无条件的，

上帝他也无法调回一个
痴定了的心如同一个将军
有时调回已上死线的士兵。
枉然，一切都是枉然，
你的不来是不容否认的实在，
虽则我心里烧着泼旺的火，
饥渴着你的一切，
你的发，你的笑，你的手脚；
任何的痴想与祈祷
不能缩短一小寸
你我间的距离！
户外的昏黄已然
凝聚成夜的乌黑，
树枝上挂着冰雪，
鸟雀们典去了它们的啁啾，
沉默是这一致穿孝的宇宙。
钟上的针不断的比着
玄妙的手势，像是指点，
像是同情，像是嘲讽，
每一次到点的打动，我听来是
我自己的心的
活埋的丧钟。

原载 1929 年 10 月 10 日《新月》第 2 卷 8 期。

季 候

一

他俩初起的日子，
像春风吹着春花。
花对风说"我要，"
风不回话：他给！

二

但春花早变了泥，
春风也不知去向。
她怨，说天时太冷；
"不久就冻冰，"他说。

原载 1930 年 2 月 10 日《新月》第 2 卷 12 期。

黄　鹂

一掠颜色飞上了树。
"看，一只黄鹂！"有人说。
翘着尾尖，它不作声，
艳异照亮了浓密——
像是春光，火焰，像是热情。

等候它唱，我们静着望，
怕惊了它。但它一展翅，
冲破浓密，化一朵彩云；
它飞了，不见了，没了——
像是春光，火焰，像是热情。

原载 1930 年 2 月 10 日《新月》第 2 卷 12 期。

车　眺[①]

一

我不能不赞美
这向晚的五月天；
怀抱着云和树
那些玲珑的水田。

二

白云穿掠着晴空，
像仙岛上的白燕！
晚霞正照着它们，
白羽镶上了金边。

三

背着轻快的晚凉，
牛，放了工，呆着做梦；
孩童们在一边蹲，
想上牛背，美，逞英雄！

---

① 发表时题为《车眺随笔》。

四

在绵密的树荫下，
有流水，有白石的桥，
桥洞下早来了黑夜，
流水里有星在闪耀。

五

绿是豆畦，阴是桑树林，
幽郁是溪水傍的草丛，
静是这黄昏时的田景，
但你听，草虫们的飞动！

六

月亮在昏黄里上妆，
太阳心慌的向天边跑；
他怕见她，他怕她见，——
怕她见笑一脸的红糟！

原载 1930 年 3 月 10 日《新月》第 3 卷 1 期。

残　破

一

深深的在深夜里坐着：
当窗有一团不圆的光亮，
　风挟着灰土，在大街上
　　小巷里奔跑：
我要在枯秃的笔尖上袅出
一种残破的残破的音调，
为要抒写我的残破的思潮。

二

深深的在深夜里坐着：
生尖角的夜凉在窗缝里
　妒忌屋内残余的暖气，
　　也不饶恕我的肢体：
但我要用我半干的墨水描成
一些残破的残破的花样，
因为残破，残破是我的思想。

三

深深的在深夜里坐着，

左右是一些丑怪的鬼影：
　焦枯的落魄的树木
　　在冰沉沉的河沿叫喊，
　　比着绝望的姿势，
正如我要在残破的意识里
重兴起一个残破的天地。

四

深深的在深夜里坐着，
闭上眼回望到过去的云烟：
啊，她还是一枝冷艳的白莲，
　斜靠着晓风，万种的玲珑；
但我不是阳光，也不是露水，
我有的只是些残破的呼吸，
　如同封锁在壁橡间的群鼠，
追逐着，追求着黑暗与虚无！

原载 1930 年 4 月《现代学生》第 1 卷 6 期。

一九三○年春

霹雳的一声笑，
从云空直透到地，
刮它的脸扎它的心，
说："醒吧，老睡着干么？"
……
……

三日，沪宁车上。

曾编入《云游》，1932 年 7 月新月书店初版。

为 的 是

女人：
我对你祈祷，
我对你礼拜，
我对你乞讨，——
　　为的是……

女人：
我对你发痴，
我为你颓废，
我为你做诗，——
　　为的是……

女人：
我拿你咒骂，
我拿你凌迟，
我拿你践踏，——
　　为的是……

原载 1930 年 6 月上海《金屋月刊》第 9、10 期合刊。

鲤　跳

那天你走近一道小溪，
我说"我抱你过去，"你说"不；"
"那我总得搀你，"你又说"不。"
"你先过去，"你说，"这水多丽！"

"我愿意做一尾鱼，一支草，
在风光里长，在风光里睡，
收拾起烦恼，再不用流泪：
现在看！我这锦鲤似的跳！"

一闪光艳，你已纵过了水；
脚点地时那轻，一身的笑，
像柳丝，腰那在俏丽的摇；
水波里满是鲤鳞的霞绮！

七月九日

原载 1931 年 1 月 10 日《新月》第 3 卷 10 期。

秋　月

一样是月色，
今晚上的，因为我们都在抬头看——
看它，一轮腴满的妩媚，
从乌黑得如同暴徒一般的
云堆里升起——
看得格外的亮，分外的圆。
它展开在道路上，
它飘闪在水面上，
它沉浸在
水草盘结得如同忧愁般的
水底；
它睥睨在古城的雉堞上，
万千的城砖在它的清亮中
呼吸，
它抚摸着
错落在城厢外内的墓墟，
在宿鸟的断续的呼声里，
想见新旧的鬼，
也和我们似的相依偎的站着，
眼珠放着光，
咀嚼着彻骨的阴凉，
银色的缠绵的诗情
如同水面的星磷，
在露盈盈的空中飞舞。

听那四野的吟声——
永恒的卑微的谐和，
悲哀糅和着欢畅，
怨仇与恩爱，
晦冥交抱着火电，
在这夐绝的秋夜与秋野的
苍茫中，
"解化"的伟大
在一切纤微的深处
展开了
婴儿的微笑！

十月中

原载 1930 年 11 月《现代学生》第 1 卷 2 期。

卑　微

卑微，卑微，卑微；
风在吹
无抵抗的残苇：

枯槁它的形容，
心已空，
音调如何吹弄？

它在向风祈祷：
"忍心好，
将我一拳推倒；

"也是一宗解化——
本无家，
任飘泊到天涯！"

原载 1930 年 11 月 10 日《新月》第 3 卷 8 期。

泰　山①

山！
你的阔大的巉岩，
像是绝海的惊涛，
忽地飞来，
　凌空
　不动，
在沉默的承受
日月与云霞拥戴的光豪：
更有万千星斗
　错落
在你的胸怀，
向诉说
隐奥，
蕴藏在
岩石的核心与崔嵬的天外！

原载 1930 年 12 月 10 日《新月》第 3 卷 9 期。

---

① 此诗曾编入《猛虎集》(1931 年 8 月新月书店版) 目录，但集内无此诗。

爱的灵感

（奉适之）

下面这些诗行好歹是他撩拨出来的，正如这十年来大多数的
诗行好歹是他撩拨出来的！

> 不妨事了，你先坐着吧，
> 这阵子可不轻，我当是
> 已经完了，已经整个的
> 脱离了这世界，飘渺的，
> 不知到了哪儿。仿佛有
> 一朵莲花似的云拥着我，
> （她脸上浮着莲花似的笑）
> 拥着到远极了的地方去……
> 唉，我真不希罕再回来，
> 人说解脱，那许就是吧！
> 我就像是一朵云，一朵
> 纯白的，纯白的云，一点
> 不见分量，阳光抱着我，
> 我就是光，轻灵的一球，
> 往远处飞，往更远的飞；
> 什么累赘，一切的烦愁，
> 恩情，痛苦，怨，全都远了，
> 就是你——请你给我口水，
> 是橙子吧，上口甜着哪——
> 就是你，你是我的谁呀！

就你也不知哪里去了：
就有也不过是晓光里
一发的青山，一缕游丝，
一翳微妙的晕；说至多
也不过如此，你再要多
我那朵云也不能承载，
你，你得原谅，我的冤家！……
不碍，我不累，你让我说，
我只要你睁着眼，就这样，
叫哀怜与同情，不说爱，
在你的泪水里开着花，
我陶醉着它们的幽香，
在你我这最后，怕是吧，
一次的会面，许我放娇，
容许我完全占定了你，
就这一晌，让你的热情，
像阳光照着一流幽涧，
透澈我的凄冷的意识，
你手把住我的，正这样，
你看你的壮健，我的衰，
容许我感受你的温暖，
感受你在我血液里流，
鼓动我将次停歇的心，
留下一个不死的印痕：
这是我唯一，唯一的祈求……
好，我再喝一口，美极了，
多谢你。现在你听我说。
但我说什么呢，到今天，
一切事都已到了尽头，
我只等待死，等待黑暗，
我还能见到你，偎着你，
真像情人似的说着话，
因为我够不上说那个，

你的温柔春风似的围绕，
这于我是意外的幸福，
我只有感谢，（她合上眼。）
什么话都是多余，因为
话只能说明能说明的，
更深的意义，更大的真，
朋友，你只能在我的眼里，
在枯干的泪伤的眼里
认取。
　　我是个平常的人，
我不能盼望在人海里
值得你一转眼的注意。
你是天风：每一个浪花
一定得感到你的力量，
从它的心里激出变化，
每一根小草也一定得
在你的踪迹下低头，在
绿的颤动中表示惊异；
但谁能止限风的前程，
他横掠过海，作一声吼，
狮虎似的扫荡着田野，
当前是冥茫的无穷，他
如何能想起曾经呼吸
到浪的一花，草的一瓣？
遥远是你我间的距离；
远，太远！假如一只夜蝶
有一天得能飞出天外，
在星的烈焰里去变灰
（我常自己想）那我也许
有希望接近你的时间。
唉，痴心，女子是有痴心的，
你不能不信吧？有时候
我自己也觉得真奇怪，

心窝里的牢结是谁给
打上的？为什么打不开？
那一天我初次望到你，
你闪亮得如同一颗星，
我只是人丛中的一点，
一撮沙土，但一望到你，
我就感到异样的震动，
猛袭到我生命的全部，
真像是风中的一朵花，
我内心摇晃得像昏晕，
脸上感到一阵的火烧，
我觉得幸福，一道神异的
光亮在我的眼前扫过，
我又觉得悲哀，我想哭，
纷乱占据了我的灵府。
但我当时一点不明白，
不知这就是陷入了爱！
"陷入了爱，"真是的！前缘，
孽债，不知到底是什么？
但从此我再没有平安，
是中了毒，是受了催眠，
教运命的铁链给锁住，
我再不能踌躇：我爱你！
从此起，我的一瓣瓣的
思想都染着你，在醒时，
在梦里，想躲也躲不去，
我抬头望，蓝天里有你，
我开口唱，悠扬里有你，
我要遗忘，我向远处跑，
另走一道，又碰到了你！
枉然是理智的殷勤，因为
我不是盲目，我只是痴。
但我爱你，我不是自私。

爱你，但永不能接近你。
爱你，但从不要享受你。
即使你来到我的身边，
我许向你望，但你不能
丝毫觉察到我的秘密。
我不妒忌，不艳羡，因为
我知道你永远是我的，
它不能脱离我正如我
不能躲避你，别人的爱
我不知道，也无须知晓，
我的是我自己的造作，
正如那林叶在无形中
收取早晚的霞光，我也
在无形中收取了你的。
我可以，我是准备，到死
不露一句，因为我不必。
死，我是早已望见了的。
那天爱的结打上我的
心头，我就望见死，那个
美丽的永恒的世界；死，
我甘愿的投向，因为它
是光明与自由的诞生。
从此我轻视我的躯体，
更不计较今世的浮荣，
我只企望着更绵延的
时间来收容我的呼吸，
灿烂的星做我的眼睛，
我的发丝，那般的晶莹，
是纷披在天外的云霞，
博大的风在我的腋下
胸前眉宇间盘旋，波涛
冲洗我的胫踝，每一个
激荡涌出光艳的神明！

再有电火做我的思想，
天边掣起蛇龙的交舞，
雷震我的声音，蓦地里
叫醒了春，叫醒了生命。
无可思量，呵，无可比况，
这爱的灵感，爱的力量！
正如旭日的威棱扫荡
田野的迷雾，爱的来临
也不容平凡，卑琐以及
一切的庸俗侵占心灵，
它那原来清爽的平阳。
我不说死吗？再不畏惧，
再没有疑虑，再不吝惜
这躯体如同一个财房；
我勇猛的用我的时光。
用我的时光，我说？天哪，
这多少年是亏我过的！
没有朋友，离背了家乡，
我投到那寂寞的荒城，
在老农中间学做老农，
穿着大布，脚蹬着草鞋，
栽青的桑，栽白的木棉，
在天不曾放亮时起身，
手搅着泥，头戴着炎阳，
我做工，满身浸透了汗，
一颗热心抵挡着劳倦；
但渐次的我感到趣味，
收拾一把草如同珍宝，
在泥水里照见我的脸，
涂着泥，在坦白的云影
前不露一些羞愧！自然
是我的享受；我爱秋林，
我爱晚风的吹动，我爱

枯苇在晚凉中的颤动，
半残的红叶飘摇到地，
鸦影侵入斜日的光圈；
更可爱是远寺的钟声
交挽村舍的炊烟共做
静穆的黄昏！我做完工，
我慢步的归去，冥茫中
有飞虫在交哄，在天上
有星，我心中亦有光明！
到晚上我点上一支蜡，
在红焰的摇曳中照出
板壁上唯一的画像，
独立在旷野里的耶稣，
（因为我没有你的除了
悬在我心里的那一幅），
到夜深静定时我下跪，
望着画像做我的祈祷，
有时我也唱，低声的唱，
发放我的热烈的情愫
缕缕青烟似的上通到天。
但有谁听到，有谁哀怜？
你踞坐在荣名的顶巅，
有千万人迎着你鼓掌，
我，陪伴我有冷，有黑夜，
我流着泪，独跪在床前！
一年，又一年，再过一年，
新月望到圆，圆望到残，
寒雁排成了字，又分散，
鲜艳长上我手栽的树，
又叫一阵风给刮做灰。
我认识了季候，星月与
黑夜的神秘，太阳的威，
我认识了地土，它能把

一颗子培成美的神奇，
我也认识一切的生存，
爬虫，飞鸟，河边的小草，
再有乡人们的生趣，我
也认识，他们的单纯与
真，我都认识。
                    跟着认识
是愉快，是爱，再不畏虑
孤寂的侵凌。那三年间
虽则我的肌肤变成粗，
焦黑熏上脸，剥坏刻上
手脚，我心头只有感谢：
因为照亮我的途径有
爱，那盏神灵的灯，再有
穷苦给我精力，推着我
向前，使我怡然的承当
更大的穷苦，更多的险。
你奇怪吧，我有那能耐？
不可思量是爱的灵感！
我听说古时间有一个
孝女，她为救她的父亲
胆敢上犯君王的天威，
那是纯爱的驱使我信。
我又听说法国中古时
有一个乡女子叫贞德，
她有一天忽然脱去了
她的村服，丢了她的羊，
穿上戎装拿着刀，带领
十万兵，高叫一声"杀贼"。
就冲破了敌人的重围，
救全了国，那也一定是
爱！因为只有爱能给人
不可理解的英勇和胆，

只有爱能使人睁开眼，
认识真，认识价值，只有
爱能使人全神的奋发，
向前闯，为了一个目标，
忘了火是能烧，水能淹。
正如没有光热这地上
就没有生命，要不是爱，
那精神的光热的根源，
一切光明的惊人的事
也就不能有。
　　　　　啊，我懂得！
我说"我懂得"我不惭愧：
因为天知道我这几年，
独自一个柔弱的女子，
投身到灾荒的地域去，
走千百里巉岈的路程，
自身挨着饿冻的惨酷
以及一切不可名状的
苦处说来够写几部书，
是为了什么？为了什么
我把每一个老年灾民
不问他是老人是老妇，
当作生身父母一样看，
每一个儿女当作自身
骨血，即使不能给他们
救度，至少也要吹几口
同情的热气到他们的
脸上，叫他们从我的手
感到一个完全在爱的
纯净中生活着的同类？
为了什么我甘愿哺啜
在平时乞丐都不屑的
饮食，吞咽腐朽与肮脏

如同可口的膏粱；甘愿
在尸体的恶臭能醉倒
人的村落里工作如同
发见了什么珍异？为了
什么？就为"我懂得，"朋友，
你信不？我不说，也不能
说，因为我心里有一个
不可能的爱所以发放
满怀的热到另一方向，
也许我即使不知爱也
能同样做，谁知道，但我
总得感谢你，因为从你
我获得生命的意识和
在我内心光亮的点上，
又从意识的沉潜引渡
到一种灵界的莹澈，又
从此产生智慧的微芒
致无穷尽的精神的勇。
啊，假如你能想象我在
灾地时一个夜的看守！
一样的天，一样的星空，
我独自在旷野里或在
桥梁边或在剩有几簇
残花的藤蔓的村篱边
仰望，那时天际每一个
光亮都为我生着意义，
我饮咽它们的美如同
音乐，奇妙的韵味通流
到内脏与百骸，坦然的
我承受这天赐不觉得
虚怯与羞惭，因我知道
不为己的劳作虽不免
疲乏体肤，但它能拂拭

我们的灵窍如同琉璃，
利便天光无碍的通行。

我话说远了不是？但我
已然诉说到我最后的
回目，你纵使疲倦也得
听到底，因为别的机会
再不会来。你看我的脸
烧红得如同石榴的花；
这是生命最后的光焰，
多谢你不时的把甜水
浸润我的咽喉，要不然
我一定早叫喘息窒死。
你的"懂得"是我的快乐。
我的时刻是可数的了，
我不能不赶快！
　　　　　　我方才
说过我怎样学农，怎样
到灾荒的魔窟中去伸
一只柔弱的奋斗的手，
我也说过我灵的安乐
对满天星斗不生内疚。
但我终究是人是软弱，
不久我的身体得了病，
风雨的毒浸入了纤微，
酿成了猖狂的热。我哥
将我从昏盲中带回家，
我奇怪那一次还不死，
也许因为还有一种罪
我必得在人间受。他们
叫我嫁人，我不能推托。
我或许要反抗假如我
对你的爱是次一等的，

但因我的既不是时空
所能衡量，我即不计较
分秒间的短长，我做了
新娘，我还做了娘，虽则
天不许我的骨血存留。
这几年来我是个木偶，
一堆任凭摆布的泥土；
虽则有时也想到你，但
这想到是正如我想到
西天的明霞或一朵花，
不更少也不更多。同时
病，一再的回复，销蚀了
我的躯壳，我早准备死，
怀抱一个美丽的秘密，
将永恒的光明交付给
无涯的幽冥。我如果有
一个母亲我也许不忍
不让她知道，但她早已
死去，我更没有沾恋；我
每次想到这一点便忍
不住微笑漾上了口角。
我想我死去再将我的
秘密化成仁慈的风雨，
化成指点希望的长虹，
化成石上的苔藓，葱翠
淹没它们的冥顽；化成
黑暗中翅膀的舞，化成
农时的鸟歌；化成水面
锦绣的文章；化成波涛，
永远宣扬宇宙的灵通；
化成月的惨绿在每个
睡孩的梦上添深颜色；
化成系星间的妙乐……

最后的转变是未料的；
天我不遂理想的心愿，
又叫在热谵中漏泄了
我的怀内的珠光！但我
再也不梦想你竟能来，
血肉的你与血肉的我
竟能在我临去的俄顷
陶然的相偎倚，我说，你
听，你听，我说。真是奇怪，
这人生的聚散！
　　　　　现在我
真真可以死了，我要你
这样抱着我直到我去，
直到我的眼再不睁开，
直到我飞，飞，飞去太空，
散成沙，散成光，散成风，
啊苦痛，但苦痛是短的，
是暂时的；快乐是长的，
爱是不死的：
　　　　我，我要睡……

十二月二十五日晚六时完成

原载 1931 年 1 月 20 日《诗刊》第 1 期。

渺　小

我仰望群山的苍老，
　　他们不说一句话。
阳光描出我的渺小，
　　小草在我的脚下。

我一人停步在路隅，
　　倾听空谷的松籁；
青天里有白云盘踞——
　　转眼间忽又不在。

原载 1931 年 1 月 10 日《新月》第 3 卷 10 期。

山　中

庭院是一片静，
　听市谣围抱；
织成一地松影——
　看当头月好！

不知今夜山中
　是何等光景：
想也有月，有松，
　有更深的静。

我想攀附月色，
　化一阵清风，
吹醒群松春醉，
　去山中浮动；

吹下一针新碧，
　掉在你窗前；
轻柔如同叹息——
　不惊你安眠！

四月一日

原载 1931 年 4 月 20 日《诗刊》第 2 期。

两个月亮

我望见有两个月亮：
一般的样，不同的相。

一个这时正在天上，
披敞着雀毛的衣裳；
她不吝惜她的恩情，
满地全是她的金银。
她不忘故宫的琉璃，
三海间有她的清丽。
她跳出云头，跳上树，
又躲进新绿的藤萝。
她那样玲珑，那样美，
水底的鱼儿也得醉！
但她有一点子不好，
她老爱向瘦小里耗；
有时满天只见星点，
没了那迷人的圆脸，
虽则到时候照样回来，
但这份相思有些难挨！
还有那个你看不见，
虽则不提有多么艳！
她也有她醉涡的笑，
还有转动时的灵妙；
说慷慨她也从不让人，

可惜你望不到我的园林！
可贵是她无边的法力，
常把我灵波向高里提：
我最爱那银涛的汹涌，
浪花里有音乐的银钟；
就那些马尾似的白沫，
也比得珠宝经过雕琢。
　一轮完美的明月，
　　又况是永不残缺！
只要我闭上这一双眼，
她就婷婷的升上了天！

四月二日月圆深夜

原载 1931 年 4 月 20 日《诗刊》第 2 期。

小诗一首①

我羡慕
　　他的勇敢,
一点亮
　　透出黑暗!

他只有
　　那一闪的焰,
但不问
　　宇宙的深浅。

多微弱
　　他那点光,
寂寞的, 在
　　黑夜里彷徨!

原载 1931 年 4 月 15 日《北大学生周刊》第 1 卷 10 期。

---

① 发表时诗后有附注:"徐先生寄这首诗来, 未写题目, 可是他的信中有
'小诗一首'云云, 所以我就将这四字当成题目加上了, 尚乞徐先生谅之! 永
坤"。

车　上

这一车上有各等的年岁，各色的人：
有出须的，有奶孩，有青年，有商，有兵；
也各有各的姿态：傍着的，躺着的，
张眼的，闭眼的，向窗外黑暗望着的。

车轮在铁轨上辗出重复的繁响，
天上没有星点，一路不见一些灯亮；
只有车灯的幽辉照出旅客们的脸，
他们老的少的，一致声诉旅程的疲倦。

这时候忽然从最幽暗的一角发出
歌声：像是山泉，像是晓鸟，蜜甜，清越，
又像是荒漠里点起了通天的明燎，
它那正直的金焰投射到遥远的山坳。

她是一个小孩，欢欣摇开了她的歌喉；
在这冥盲的旅程上，在这昏黄时候，
像是奔发的山泉，像是狂欢的晓鸟，
她唱，直唱得一车上满是音乐的幽妙。

旅客们一个又一个的表示着惊异，
渐渐每一个脸上来了有光辉的惊喜：
买卖的，军差的，老辈，少年，都是一样，
那吃奶的婴儿，也把他的小眼开张。

她唱，直唱得旅途上到处点上光亮，
层云里翻出玲珑的月和斗大的星，
花朵，灯彩似的，在枝头竞赛着新样，
那细弱的草根也在摇曳轻快的青莹！

原载 1931 年 4 月 20 日《诗刊》第 2 期。

火车擒住轨

火车擒住轨，在黑夜里奔：
过山，过水，过陈死人的坟；

过桥，听钢骨牛喘似的叫，
过荒野，过门户破烂的庙，

过池塘，群蛙在黑水里打鼓，
过嚓口的村庄，不见一粒火；

过冰清的小站，上下没有客，
月台祖露着肚子，像是罪恶。

这时车的呻吟惊醒了天上
三两个星，躲在云缝里张望：

那是干什么的，他们在疑问，
大凉夜不歇着，直闹又是哼，

长虫似的一条，呼吸是火焰，
一死儿往暗里闯，不顾危险，

就凭那精窄的两道，算是轨，
驮着这份重，梦一般的累坠。

累坠！那些奇异的善良的人，
放平了心安睡，把他们不论

俊的村的命全盘交给了它，
不论爬的是高山还是低洼，

不问深林里有怪鸟在诅咒，
天象的辉煌全对着毁灭走；

只图眼前过得，裂大嘴打呼，
明儿车一到，抢了皮包走路！

这态度也不错！愁没有个底；
你我在天空，那天也不休息，

睁大了眼，什么事都看分明，
但自己又何尝能支使运命？

说什么光明，智慧永恒的美，
彼此同是在一条线上受罪；

就差你我的寿数比他们强，
这玩艺反正是一片糊涂账。

原载 1931 年 10 月 5 日《诗刊》第 3 期。

献　词①

那天你翩翩的在空际云游，
自在，轻盈，你本不想停留
在天的哪方或地的哪角，
你的愉快是无拦阻的逍遥。

你更不经意在卑微的地面
有一流涧水，虽则你的明艳
在过路时点染了他的空灵，
使他惊醒，将你的倩影抱紧。②

他抱紧的只是绵密的忧愁，
因为美不能在风光中静止；
他要，你已飞渡万重的山头，
去更阔大的湖海投射影子！

他在为你消瘦，那一流涧水，
在无能的盼望，盼望你飞回！③

1931 年 10 月 5 日曾以《云游》为题发表于《诗刊》第 3 期。

---

① 徐志摩罹难后，陈梦家将此诗改名《云游》，并收编其遗诗，以《云游》为集名出版。
② 《云游》以上两小节合为一小节，中间不空行。
③ 《云游》以上两小节合为一小节，中间不空行。

阔 的 海

阔的海空的天我不需要，
我也不想放一只巨大的纸鹞
上天去捉弄四面八方的风；
　　我只要一分钟
　　我只要一点光
　　我只要一条缝，——
　像一个小孩爬伏
　在一间暗屋的窗前
　望着西天边不死的一条
缝，一点
光，一分
钟。

曾编入《猛虎集》，1931 年 8 月新月书店初版。

给——

我记不得维也纳，
　　除了你，阿丽思；
我想不起佛兰克府，
　　除了你，桃乐斯；
尼司，佛洛伦司，巴黎，
　　也都没有意味，
要不是你们的艳丽，——
玖思，麦蒂特，腊妹，
　　翩翩的，盈盈的，
　　孜孜的，婷婷的，
照亮着我记忆的幽黑，
　　像冬夜的明星，
　　像暑夜的游萤，——
　　怎教我不倾颓！
　　怎教我不迷醉！

　　　　曾编入《猛虎集》，1931 年 8 月新月书店初版。

雁 儿 们

雁儿们在云空里飞，
　　看她们的翅膀，
　　看她们的翅膀，
有时候纡回，
　　有时候匆忙。

雁儿们在云空里飞，
　　晚霞在她们身上，
　　晚霞在她们身上，
有时候银辉，
　　有时候金芒。

雁儿们在云空里飞，
　　听她们的歌唱！
　　听她们的歌唱！
有时候伤悲，
　　有时候欢畅。

雁儿们在云空里飞，
　　为什么翱翔？
　　为什么翱翔？
她们少不少旅伴？

凶险的途程不能使我心寒。

等你走远了，我就大步向前，
这荒野有的是夜露的清鲜；
也不愁愁云深裹，但须风动，
云海里便波涌星斗的流汞；
更何况永远照彻我的心底；
有那颗不夜的明珠，我爱你！

原载 1931 年 10 月 5 日《诗刊》第 3 期。

别拧我，疼

　　　　"别拧我，疼，"……
　　　　你说，微锁着眉心。

　　　　那"疼"，一个精圆的半吐，
　　　　在舌尖上溜——转。

　　　　一双眼也在说话，
　　　　睛光里漾起
　　　　心泉的秘密。

　　　　梦
　　　　撒开了
　　　　轻纱的网。

　　　　"你在哪里?"
　　　　"让我们死，"你说。

　　　　　　　　原载 1931 年 10 月 5 日《诗刊》第 3 期。

领　罪①

这也许是个最好的时刻。
不是静。听对面园里的鸟，
从杜鹃到麻雀，已在叫晓。
我也再不能抵抗我的困，
它压着我像霜压着树根；
断片的梦已在我的眼前
飘拂，像在晓风中的树尖。
也不是有什么非常的事，
逼着我决定一个否与是。
但我非得留着我的清醒，
用手推着黑甜乡的诱引：
因为，这是我唯一的机会，
自己到自己跟前来领罪。
领罪，我说不是罪是什么？
这日子过得有什么话说！

原载 1932 年 7 月 30 日《诗刊》第 4 期。

---

① 发表时题为《断篇两首》，题下接《领罪》与《难忘》。

难　忘[①]

这日子——从天亮到昏黄，
虽则有时花般的阳光，
从郊外的麦田，
半空中的飞燕，
照亮到我劳倦的眼前，
给我刹那间的舒爽，
我还是不能忘——
不忘旧时的积累，
也不分是恼是愁是悔，
在心头，在思潮的起伏间，
像是迷雾，像是诅咒的凶险：
它们包围，它们缠绕，
它们狰露着牙，它们咬，
它们烈火般的煎熬，
它们伸拓着巨灵的掌，
把所有的忻快拦挡……

原载 1932 年 2 月 30 日《诗刊》第 4 期。

---

① 参见《领罪》注①。

徐 志 摩

作 品 精 选

散

文

徐　志　摩

作　品　精　选

北戴河海滨的幻想

他们都到海边去了。我为左眼发炎不曾去。我独坐在前廊，偎坐在一张安适的大椅内，袒着胸怀，赤着脚，一头的散发，不时有风来撩拂。清晨的晴爽，不曾消醒我初起时睡态；但梦思却半被晓风吹断。我阖紧眼帘内视，只见一斑斑消残的颜色，一似晚霞的余赭，留恋地胶附在天边。廊前的马樱、紫荆、藤萝、青翠的叶与鲜红的花，都将他们的妙影映印在水汀上，幻出幽媚的情态无数；我的臂上与胸前，亦满缀了绿荫的斜纹。从树荫的间隙平望，正见海湾：海波亦似被晨曦唤醒，黄蓝相间的波光，在欣然的舞蹈。滩边不时见白涛涌起，迸射着雪样的水花。浴线内点点的小舟与浴客，水禽似的浮着；幼童的欢叫，与水波拍岸声，与潜涛呜咽声，相间的起伏，竞报一滩的生趣与乐意。但我独坐的廊前，却只是静静的，静静的无甚声响。妩媚的马樱，只是幽幽的微辗着，蝇虫也敛翅不飞。只有远近树里的秋蝉，在纺纱似的垂引他们不尽的长吟。

在这不尽的长吟中，我独坐在冥想。难得是寂寞的环境，难得是静定的意境；寂寞中有不可言传的和谐，静默中有无限的创造。我的心灵，比如海滨，生平初度的怒潮，已经渐次的消翳，只剩有疏松的海砂中偶尔的回响，更有残缺的贝壳，反映星月的辉芒。此时摸索潮余的斑痕，追想当时汹涌的情景，是梦或是真，再亦不须辨问，只此眉梢的轻皱，唇边的微哂，已足解释无穷奥绪，深深的蕴伏在灵魂的微纤之中。

青年永远趋向反叛，爱好冒险；永远如初度航海者，幻想黄金机缘于浩渺的烟波之外；想割断系岸的缆绳，扯起风帆，欣欣的投入无垠的怀抱。他厌恶的是平安，自喜的是放纵与豪迈。无颜色的生涯，是他目中的荆棘；绝海与凶巉，是他爱取自由的途径。他爱折玫瑰；

为她的色香，亦为她冷酷的刺毒。他爱搏狂澜：为他的庄严与伟大，亦为他吞噬一切的天才，最是激发他探险与好奇的动机。他崇拜冲动：不可测，不可节，不可预逆，起，动，消歇皆在无形中，狂飚似的倏忽与猛烈与神秘。他崇拜斗争：从斗争中求剧烈的生命之意义，从斗争中求绝对的实在，在血染的战阵中，呼叫胜利之狂欢或歌败丧的哀曲。

幻象消灭是人生里命定的悲剧；青年的幻灭，更是悲剧中的悲剧，夜一般的沉黑，死一般的凶恶。纯粹的，猖狂的热情之火，不同阿拉伯的神灯，只能放射一时的异彩，不能永久的朗照；转瞬间，或许，便已敛熄了最后的焰舌，只留存有限的余烬与残灰，在未死的余温里自伤与自慰。

流水之光，星之光，露珠之光，电之光，在青年的妙目中闪耀，我们不能不惊讶造化者艺术之神奇，然可怖的黑影，倦与衰与饱餍的黑影，同时亦紧紧的跟着时日进行，仿佛是烦恼、痛苦、失败，或庸俗的尾曳，亦在转瞬间，彗星似的扫灭了我们最自傲的神辉——流水涸，明星没，露珠散灭，电闪不再！

在这艳丽的日辉中，只见愉悦与欢舞与生趣，希望，闪烁的希望，在荡漾，在无穷的碧空中，在绿叶的光泽里，在虫鸟的歌吟中，在青草的摇曳中——夏之荣华，春之成功。春光与希望，是长驻的；自然与人生，是调谐的。

在远处有福的山谷内，莲馨花在坡前微笑，稚羊在乱石间跳跃，牧童们，有的吹着芦笛，有的平卧在草地上，仰看变幻的浮游的白云，放射下的青影在初黄的稻田中缥缈地移过。在远处安乐的村中，有妙龄的村姑，在流涧边照映她自制的春裙；口衔烟斗的农夫三四，在预度秋收的丰盈，老妇人们坐在家门外阳光中取暖，她们的周围有不少的儿童，手擎着黄白的钱花在环舞与欢呼。

在远——远处的人间，有无限的平安与快乐，无限的春光……

在此暂时可以忘却无数的落蕊与残红；亦可以忘却花荫中掉下的枯叶，私语地预告三秋的情意；亦可以忘却苦恼的僵瘪的人间，阳光与雨露的殷勤，不能再恢复他们腮颊上生命的微笑，亦可以忘却纷争的互杀的人间，阳光与雨露的仁慈，不能感化他们凶恶的兽性；亦可以忘却庸俗的卑琐的人间，行云与朝露的丰姿，不能引逗他们刹那间的凝视；亦可以忘却自觉的失望的人间，绚烂的春时与媚草，只能反激他们悲伤的意绪。

我亦可以暂时忘却我自身的种种；忘却我童年期清风白水似的天真；忘却我少年期种种虚荣的希冀；忘却我渐次的生命的觉悟；忘却我热烈的理想的寻求；忘却我心灵中乐观与悲观的斗争；忘却我攀登文艺高峰的艰辛；忘却刹那的启示与彻悟之神奇；忘却我生命潮流之骤转；忘却我陷落在危险的旋涡中之幸与不幸；忘却我追忆不完全的梦境；忘却我大海底里埋首的秘密；忘却曾经刳割我灵魂的利刃，炮烙我灵魂的烈焰，摧毁我灵魂的狂飚与暴雨；忘却我的深刻的怨与艾；忘却我的冀与愿；忘却我的恩泽与惠感；忘却我的过去与现在……

过去的实在，渐渐的膨胀，渐渐的模糊，渐渐的不可辨认；现在的实在，渐渐的收缩，逼成了意识的一线，细极狭极的一线，又裂成了无数不相联续的黑点……黑点亦渐次的隐翳？幻术似的灭了，灭了，一个可怕的黑暗的空虚……

原载 1924 年 6 月 21 日《晨报副刊·文学旬刊》。

泰山日出

振铎①来信要我在《小说月报》的泰戈尔号上说几句话。我也曾答应了，但这一时游济南游泰山游孔陵，太乐了，一时竟拉不拢心思来做整篇的文字，一直挨到现在期限快到，只得勉强坐下来，把我想得到的话不整齐的写出。

我们在泰山顶上看出太阳。在航过海的人，看太阳从地平线下爬上来，本不是奇事；而且我个人是曾饱饫过江海与印度洋无比的日彩的。但在高山顶上看日出，尤其在泰山顶上，我们无餍的好奇心，当然盼望一种特异的境界，与平原或海上不同的。果然，我们初起时，天还暗沉沉的，西方是一片的铁青，东方些微有些白意，宇宙只是——如用旧词形容——一体莽莽苍苍的。但这是我一面感觉劲烈的晓寒，一面睡眼不曾十分醒豁时约略的印象。等到留心回览时，我不由得大声的狂叫——因为眼前只是一个见所未见的境界。原来昨夜整夜暴风的工程，却砌成一座普遍的云海。除了日观峰与我们所在的玉皇顶以外，东西南北只是平铺着弥漫的云层，在朝旭未露前，宛似无量数厚毳长绒的绵羊，交颈接背的眠着，卷耳与弯角都依稀辨认得出。那时候在这茫茫的云海中，我独自站在雾霭溟蒙的小岛上，发生了奇异的幻想——

我躯体无限的长大，脚下的山峦比例我的身量，只是一块拳石；这巨人披着散发，长发在风里像一面墨色的大旗，飒飒的在飘荡。这巨人竖立在大地的顶尖上，仰面向着东方，平拓着一双长臂，在盼望，

---

① 振铎，即郑振铎（1898—1958），作家、编辑、文学活动家。他是文学研究会发起人之一，当时正主编《小说月报》。

在迎接，在催促，在默默的叫唤；在崇拜，在祈祷，在流泪——在流久慕未见而将见悲喜交互的热泪……

这泪不是空流的，这默祷不是不生显应的。

巨人的手，指向着东方——

东方有的，在展露的，是什么？

东方有的是瑰丽荣华的色彩，东方有的是伟大普照的光明——出现了，到了，在这里了……

玫瑰汁、葡萄浆、紫荆液、玛瑙精、霜枫叶——大量的染工，在层累的云底工作；无数蜿蜒的鱼龙，爬进了苍白色的云堆。

一方的异彩，揭去了满天的睡意，唤醒了四隅的明霞——光明的神驹，在热奋地驰骋……

云海也活了：眠熟了兽形的涛澜，又回复了伟大的呼啸，昂头摇尾的向着我们朝露染青馒形的小岛冲洗，激起了四岸的水沫浪花，震荡着这生命的浮礁，似在报告光明与欢欣之临莅……

再看东方——海句力士已经扫荡了他的阻碍，雀屏似的金霞，从无垠的肩上产生，展开在大地的边沿。起……起……用力，用力。纯焰的圆颅，一探再探的跃出了地平，翻登了云背，临照在天空……

歌唱呀，赞美呀，这是东方之复活，这是光明的胜利……

散发祷祝的巨人，他的身彩横亘在无边的云海上，已经渐渐的消翳在普遍的欢欣里；现在他雄浑的颂美的歌声，也已在霞彩变幻中，普彻了四方八隅……

听呀，这普彻的欢声；看呀，这普照的光明！

这是我此时回忆泰山日出时的幻想，亦是我想望泰戈尔来华的颂词。

原载 1923 年 9 月《小说月报》第十四卷第九号。

翡冷翠①山居闲话

在这里出门散步去，上山或是下山，在一个晴好的五月的向晚，正像是去赴一个美的宴会，比如去一果子园，那边每株树上都是满挂着诗情最秀逸的果实，假如你单是站着看还不满意时，只要你一伸手就可以采取，可以恣尝鲜味，足够你性灵的迷醉。阳光正好暖和，绝不过暖；风息是温驯的，而且往往因为他是从繁花的山林里吹度过来，他带来一股幽远的淡香，连着一息滋润的水气，摩挲着你的颜面，轻绕着你的肩腰，就这单纯的呼吸已是无穷的愉快；空气总是明净的，近谷内不生烟，远山上不起霭，那美秀风景的全部正像画片似的展露在你的眼前，供你闲暇的鉴赏。

作客山中的妙处，尤在你永不须踌躇你的服色与体态；你不妨摇曳着一头的蓬草，不妨纵容你满腮的苔藓；你爱穿什么就穿什么；扮一个牧童，扮一个渔翁，装一个农夫，装一个走江湖的桀卜闪②，装一个猎户；你再不必提心整理你的领结，你尽可以不用领结，给你的颈根与胸膛一半日的自由，你可以拿一条这边颜色的长巾包在你的头上，学一个太平军的头目，或是拜伦那埃及装的姿态；但最要紧的是穿上你最旧的旧鞋，别管他模样不佳，他们是顶可爱的好友，他们承着你的体重却不叫你记起你还有一双脚在你的底下。

这样的玩顶好是不要约伴，我竟想严格的取缔，只许你独身；因为有了伴多少总得叫你分心，尤其是年轻的女伴，那是最危险最专制不过的旅伴，你应得躲避她像你躲避青草里一条美丽的花蛇！平常我

---

① 翡冷翠，通译佛罗伦萨，意大利中部城市，文艺复兴时期欧洲最著名的艺术中心。

② 桀卜闪，通译吉卜赛人，以过游荡生活为特点的一个民族。原居印度西北部，公元十世纪前后开始到处流浪，几乎遍布全球。

们从自己家里走到朋友的家里，或是我们执事的地方，那无非是在同一个大牢里从一间狱室移到另一间狱室去，拘束永远跟着我们，自由永远寻不到我们；但在这春夏间美秀的山中或乡间你要是有机会独身闲逛时，那才是你福星高照的时候，那才是你实际领受，亲口尝味，自由与自在的时候，那才是你肉体与灵魂行动一致的时候；朋友们，我们多长一岁年纪往往只是加重我们头上的枷，加紧我们脚胫上的链，我们见小孩子在草里在沙堆里在浅水里打滚作乐，或是看见小猫追他自己的尾巴，何尝没有羡慕的时候，但我们的枷，我们的链永远是制定我们行动的上司！所以只有你单身奔赴大自然的怀抱时，像一个裸体的小孩扑入他母亲的怀抱时，你才知道灵魂的愉快是怎样的，单是活着的快乐是怎样的，单就呼吸单就走道单就张眼看耸耳听的幸福是怎样的。因此你得严格的为己，极端的自私，只许你，体魄与性灵，与自然同在一个脉搏里跳动，同在一个音波里起伏，同在一个神奇的宇宙里自得。我们浑朴的天真是像含羞草似的娇柔，一经同伴的抵触，他就卷了起来，但在澄静的日光下，和风中，他的姿态是自然的，他的生活是无阻碍的。

你一个人漫游的时候，你就会在青草里坐地仰卧，甚至有时打滚，因为草的和暖的颜色自然的唤起你童稚的活泼；在静僻的道上你就会不自主的狂舞，看着你自己的身影幻出种种诡异的变相，因为道旁树木的阴影在他们纤徐的婆娑里暗示你舞蹈的快乐；你也会得信口的歌唱，偶尔记起断片的音调，与你自己随口的小曲，因为树林中的莺燕告诉你春光是应得赞美的；更不必说你的胸襟自然会跟着曼长的山径开拓，你的心地会看着澄蓝的天空静定，你的思想和着山壑间的水声，山罅里的泉响，有时一澄到底的清澈，有时激起成章的波动，流，流，流入凉爽的橄榄林中，流入妩媚的阿诺河①去……

并且你不但不须应伴，每逢这样的游行，你也不必带书。书是理想的伴侣，但你应得带书，是在火车上，在你住处的客室里，不是在你独身漫步的时候。什么伟大的深沉的鼓舞的清明的优美的思想的根源不是可以在风籁中，云彩里，山势与地形的起伏里，花草的颜色与香息里寻得？自然是最伟大的一部书，葛德②说，在他每一页的字句

---

① 阿诺河，流经佛罗伦萨的一条河流。
② 葛德，通译歌德，德国诗人。

里我们读得最深奥的消息。并且这书上的文字是人人懂得的；阿尔帕斯①与五老峰，雪西里②与普陀山，来因河③与扬子江，梨梦湖④与西子湖，建兰与琼花，杭州西溪的芦雪与威尼市⑤夕照的红潮，百灵与夜莺，更不提一般黄的黄麦，一般紫的紫藤，一般青的青草同在大地上生长，同在和风中波动——他们应用的符号是永远一致的，他们的意义是永远明显的，只要你自己心灵上不长疮瘢，眼不盲，耳不塞，这无形迹的最高等教育便永远是你的名分，这不取费的最珍贵的补剂便永远供你的受用；只要你认识了这一部书，你在这世界上寂寞时便不寂寞，穷困时不穷困，苦恼时有安慰，挫折时有鼓励，软弱时有督责，迷失时有南针⑥。

十四年七月

原载 1925 年 7 月 4 日《现代评论》第二卷第三十期，重刊同年 8 月 5 日《晨报副刊·文学旬刊》。

---

① 阿尔帕斯，通译阿尔卑斯，欧洲南部的山脉，有多处景色迷人的山口，为著名旅游胜地。

② 雪西里，通译西西里，地中海最大的岛屿，属意大利。

③ 来因河，通译莱茵河，欧洲的一条大河，源出瑞士境内的阿尔卑斯山，流经列支敦士登、奥地利、法国、西德、荷兰等国，注入北海。

④ 梨梦湖，通译莱蒙湖，也即日内瓦湖，在瑞士西南与法国东部边境，是著名的风景区和疗养地。

⑤ 威尼市，通译威尼斯，意大利东北部城市。

⑥ 南针，即指南针。

我所知道的康桥①

一

　　我这一生的周折，大都寻得出感情的线索。不论别的，单说求学。我到英国是为要从卢梭②。卢梭来中国时，我已经在美国。他那不确的死耗传到的时候，我真的出眼泪不够，还做悼诗来了。他没有死，我自然高兴。我摆脱了哥伦比亚③大博士衔的引诱，买船漂过大西洋，想跟这位二十世纪的福禄泰尔④认真念一点书去。谁知一到英国才知道事情变样了：一为他在战时主张和平，二为他离婚，卢梭叫康桥给除名了，他原来是 Trinity College 的 fellow⑤，这来他的 fellowship⑥ 也给取消了。他回英国后就在伦敦住下，夫妻两人卖文章过日子。因此我也不曾遂我从学的始愿。我在伦敦政治经济学院里混了半年，正感着闷想换路走的时候，我认识了狄更生⑦先生。狄更生——Goldsworthy Lowes Dickinson——是一个有名的作者，他的《一个中国人通信》（Letters from John Chinaman）与《一个现代聚餐谈话》（A Modern Symposium）两本小册子早得了我的景仰。我第一次会着他是在伦敦国

　　① 康桥，通译剑桥，在英国东南部，这里指剑桥大学。
　　② 卢梭，通译罗素（1872—1970），英国哲学家、逻辑学家，1921 年曾来中国讲学。
　　③ 哥伦比亚，这里指哥伦比亚大学，在美国纽约。
　　④ 福禄泰尔，通译伏尔泰（1694—1778），法国启蒙思想家、哲学家、作家。
　　⑤ Trinity College 的 fellow，即三一学院（属剑桥大学）的评议员。
　　⑥ fellowship，即评议员资格。
　　⑦ 狄更生，英国作家、学者。徐志摩在英国期间曾得到他的帮助。

际联盟协会席上，那天林宗孟①先生演说，他做主席；第二次是宗孟寓里吃茶，有他。以后我常到他家里去。他看出我的烦闷，劝我到康桥去，他自己是王家学院（King's College）的 fellow。我就写信去问两个学院，回信都说学额早满了，随后还是狄更生先生替我去在他的学院里说好了，给我一个特别生的资格，随意选科听讲。从此黑方巾、黑披袍的风光也被我占着了。初起我在离康桥六英里的乡下叫沙士顿地方租了几间小屋住下，同居的有我从前的夫人张幼仪女士与郭虞裳②君。每天一早我坐街车（有时自行车）上学，到晚回家。这样的生活过了一个春，但我在康桥还只是个陌生人谁都不认识，康桥的生活，可以说完全不曾尝着，我知道的只是一个图书馆，几个课室，和三两个吃便宜饭的茶食铺子。狄更生常在伦敦或是大陆上，所以也不常见他。那年的秋季我一个人回到康桥，整整有一学年，那时我才有机会接近真正的康桥生活，同时我也慢慢的"发见"了康桥。我不曾知道过更大的愉快。

二

"单独"是一个耐寻味的现象。我有时想它是任何发见的第一个条件。你要发见你的朋友的"真"，你得有与他单独的机会。你要发见你自己的真，你得给你自己一个单独的机会。你要发见一个地方（地方一样有灵性），你也得有单独玩的机会。我们这一辈子，认真说，能认识几个人？能认识几个地方？我们都是太匆忙，太没有单独的机会。说实话，我连我的本乡都没有什么了解。康桥我要算是有相当交情的，再次许只有新认识的翡冷翠③了。啊，那些清晨，那些黄昏，我一个人发疑似的在康桥！绝对的单独。

但一个人要写他最心爱的对象，不论是人是地，是多么使他为难的一个工作？你怕，你怕描坏了它，你怕说过分了恼了它，你怕说太谨慎了辜负了它。我现在想写康桥，也正是这样的心理，我不曾写，我就知道这回是写不好的——况且又是临时逼出来的事情。但我却不

---

① 林宗孟，即林长民，晚清立宪派人士，辛亥革命后曾出任司法总长。
② 郭虞裳，未详。
③ 翡冷翠，通译佛罗伦萨，意大利中部城市。

能不写，上期预告已经出去了。我想勉强分两节写：一是我所知道的康桥的天然景色；一是我所知道的康桥的学生生活。我今晚只能极简的写些，等以后有兴会时再补。

三

康桥的灵性全在一条河上；康河，我敢说是全世界最秀丽的一条水。河的名字是葛兰大（Granta），也有叫康河（River Cam）的，许有上下流的区别，我不甚清楚。河身多的是曲折，上游是有名的拜伦潭——"Byron's Pool"——当年拜伦常在那里玩的；有一个老村子叫格兰骞斯德，有一个果子园，你可以躺在累累的桃李树荫下吃茶，花果会掉入你的茶杯，小雀子会到你桌上来啄食，那真是别有一番天地。这是上游；下游是从骞斯德顿下去，河面展开，那是春夏间竞舟的场所。上下河分界处有一个坝筑，水流急得很，在星光下听水声，听近村晚钟声，听河畔倦牛刍草声，是我康桥经验中最神秘的一种：大自然的优美、宁静，调谐在这星光与波光的默契中不期然的淹入了你的性灵。

但康河的精华是在它的中枢，著名的"Backs"，这两岸是几个最蜚声的学院的建筑。从上面下来是 Pembroke, St. Katharine's, King's, Clare, Trinity, St. John's。最令人留连的一节是克莱亚与王家学院的毗连处，克莱亚的秀丽紧邻着王家教堂（King's Chapel）的宏伟。别的地方尽有更美更庄严的建筑，例如巴黎赛因河的罗浮宫一带，威尼斯的利阿尔多大桥的两岸，翡冷翠维基乌大桥的周遭；但康桥的"Backs"自有它的特长，这不容易用一二个状词来概括，它那脱尽尘埃气的一种清澈秀逸的意境可说是超出了画图而化生了音乐的神味。再没有比这一群建筑更调谐更匀称的了！论画，可比的许只有柯罗（Corot）的田野；论音乐、可比的许只有肖班①（Chopin）的夜曲。就这，也不能给你依稀的印象，它给你的美感简直是神灵性的一种。

假如你站在王家学院桥边的那棵大椈树荫下眺望，右侧面，隔着一大方浅草坪，是我们的校友居（fellows building），那年代并不早，但它的妩媚也是不可掩的，它那苍白的石壁上春夏间满缀着艳色的蔷

---

① 肖班，通译肖邦（1810—1849），波兰作曲家、钢琴家。

薇在和风中摇头，更移左是那教堂，森林似的尖阁不可浼的永远直指着天空；更左是克莱亚，啊！那不可信的玲珑的方庭，谁说这不是圣克莱亚（St. Clare）的化身，哪一块石上不闪耀着她当年圣洁的精神？在克莱亚后背隐约可辨的是康桥最潢贵最骄纵的三一学院（Trinity），它那临河的图书楼上坐镇着拜伦神采惊人的雕像。

　　但这时你的注意早已叫克莱亚的三环洞桥魔术似的摄住。你见过西湖白堤上的西泠断桥不是？（可怜它们早已叫代表近代丑恶精神的汽车公司给铲平了，现在它们跟着苍凉的雷峰永远辞别了人间。）你忘不了那桥上斑驳的苍苔，木栅的古色，与那桥拱下泄露的湖光与山色不是？克莱亚并没有那样体面的衬托，它也不比庐山栖贤寺旁的观音桥，上瞰五老的奇峰，下临深潭与飞瀑；它只是怯伶伶的一座三环洞的小桥，它那桥洞间也只掩映着细纹的波鳞与婆娑的树影，它那桥上梐比的小穿兰与兰节顶上双双的白石球，也只是村姑子头上不夸张的香草与野花一类的装饰；但你凝神的看着，更凝神的看着，你再反省你的心境，看还有一丝屑的俗念沾滞不？只要你审美的本能不曾泯灭时，这是你的机会实现纯粹美感的神奇！

　　但你还得选你赏鉴的时辰。英国的天时与气候是走极端的。冬天是荒谬的坏，逢着连绵的雾盲天你一定不迟疑的甘愿进地狱本身去试试；春天（英国是几乎没有夏天的）是更荒谬的可爱，尤其是它那四五月间最渐缓最艳丽的黄昏，那才真是寸寸黄金。在康河边上过一个黄昏是一服灵魂的补剂。啊！我那时蜜甜的单独，那时蜜甜的闲暇。一晚又一晚的，只见我出神似的倚在桥阑上向西天凝望：——

　　　　看一回凝静的桥影，
　　　　数一数螺钿的波纹：
　　　　我倚暖了石阑的青苔，
　　　　青苔凉透了我的心坎；……
　　　　还有几句更笨重的怎能仿佛那游丝似轻妙的情景：
　　　　难忘七月的黄昏，远树凝寂，
　　　　像墨泼的山形，衬出轻柔暝色
　　　　密稠稠，七分鹅黄，三分桔绿，
　　　　那妙意只可去秋梦边缘捕捉；……

四

这河身的两岸都是四季常青最葱翠的草坪。从校友居的楼上望去，对岸草场上，不论早晚，永远有十数匹黄牛与白马，胫蹄没在恣蔓的草丛中，从容的在咬嚼，星星的黄花在风中动荡，应和着它们尾鬃的扫拂。桥的两端有斜倚的垂柳与槐荫护住。水是澈底的清澄，深不足四尺，匀匀的长着长条的水草。这岸边的草坪又是我的爱宠，在清朝，在傍晚，我常去这天然的织锦上坐地，有时读书，有时看水；有时仰卧着看天空的行云，有时反扑着搂抱大地的温软。

但河上的风流还不止两岸的秀丽。你得买船去玩。船不止一种：有普通的双桨划船，有轻快的薄皮舟（canoe），有最别致的长形撑篙船（punt）。最末的一种是别处不常有的：约莫有二丈长，三尺宽，你站直在船梢上用长竿撑着走的。这撑是一种技术。我手脚太蠢，始终不曾学会。你初起手尝试时，容易把船身横住在河中，东颠西撞的狼狈。英国人是不轻易开口笑人的，但是小心他们不出声的皱眉！也不知有多少次河中本来优闲的秩序叫我这莽撞的外行给捣乱了。我真的始终不曾学会；每回我不服输跑去租船再试的时候，有一个白胡子的船家往往带讥讽的对我说："先生，这撑船费劲，天热累人，还是拿个薄皮舟溜溜吧！"我哪里肯听话，长篙子一点就把船撑了开去，结果还是把河身一段段的腰斩了去。

你站在桥上去看人家撑，那多不费劲，多美！尤其在礼拜天有几个专家的女郎，穿一身缟素衣服，裙裾在风前悠悠的飘着，戴一顶宽边的薄纱帽，帽影在水草间颤动，你看她们出桥洞时的姿态，拈起一根竟像没有分量的长竿，只轻轻的，不经心的往波心里一点，身子微微的一蹲，这船身便波的转出了桥影，翠条鱼似的向前滑了去。她们那敏捷，那闲暇，那轻盈，真是值得歌咏的。

在初夏阳光渐暖时你去买一只小船，划去桥边荫下躺着念你的书或是做你的梦，槐花香在水面上飘浮，鱼群的唼喋声在你的耳边挑逗。或是在初秋的黄昏，近着新月的寒光，望上流僻静处远去。爱热闹的少年们携着他们的女友，在船沿上支着双双的东洋彩纸灯，带着话匣子，船心里用软垫铺着，也开向无人迹处去享他们的野福——谁不爱听那水底翻的音乐在静定的河上描写梦意与春光！

　　住惯城市的人不易知道季候的变迁。看见叶子掉知道是秋，看见叶子绿知道是春；天冷了装炉子，天热了拆炉子；脱下棉袍，换上夹袍，脱下夹袍，穿上单袍：不过如此吧。天上星斗的消息，地下泥土里的消息，空中风吹的消息，都不关我们的事。忙着哪，这样那样事情多着，谁耐烦管星星的移转，花草的消长，风云的变幻？同时我们抱怨我们的生活、苦痛、烦闷、拘束、枯燥，谁肯承认做人是快乐？谁不多少间咒诅人生？

　　但不满意的生活大都是由于自取的。我是一个生命的信仰者，我信生活绝不是我们大多数人仅仅从自身经验推得的那样暗惨。我们的病根是在"忘本"。人是自然的产儿，就比枝头的花与鸟是自然的产儿；但我们不幸是文明人，入世深似一天，离自然远似一天。离开了泥土的花草，离开了水的鱼，能快活吗？能生存吗？从大自然，我们取得我们的生命；从大自然，我们应分取得我们继续的资养。哪一株婆娑的大木没有盘错的根柢深入在无尽藏的地里？我们是永远不能独立的。有幸福是永远不离母亲抚育的孩子，有健康是永远接近自然的人们。不必一定与鹿豕游，不必一定回"洞府"去；为医治我们当前生活的枯窘，只要"不完全遗忘自然"一张轻淡的药方我们的病象就有缓和的希望。在青草里打几个滚，到海水里洗几次浴，到高处去看几次朝霞与晚照——你肩背上的负担就会轻松了去的。

　　这是极肤浅的道理，当然。但我要没有过过康桥的日子，我就不会有这样的自信。我这一辈子就只那一春，说也可怜，算是不曾虚度。就只那一春，我的生活是自然的，是真愉快的！（虽则碰巧那也是我最感受人生痛苦的时期）。我那时有的是闲暇，有的是自由，有的是绝对单独的机会。说也奇怪，竟像是第一次，我辨认了星月的光明，草的青，花的香，流水的殷勤。我能忘记那初春的睥睨吗？曾经有多少个清晨我独自冒着冷去薄霜铺地的林子里闲步——为听鸟语，为盼朝阳，为寻泥土里渐次苏醒的花草，为体会最微细最神妙的春信。啊，那是新来的画眉在那边凋不尽的青枝上试它的新声！啊，这是第一朵小雪球花挣出了半冻的地面！啊，这不是新来的潮润沾上了寂寞的柳条？

　　静极了，这朝来水溶溶的大道，只远处牛奶车的铃声，点缀这周遭的沉默。顺着这大道走去，走到尽头，再转入林子里的小径，往烟雾浓密处走去，头顶是交枝的榆荫，透露着漠楞楞的曙色；再往前走去，走尽这林子，当前是平坦的原野，望见了村舍，初青的麦田，更远三两个馒形的小山掩住了一条通道。天边是雾茫茫的，尖尖的黑影是近村的教寺。听，那晓钟和缓的清音。这一带是此邦中部的平原，地形像是海里的轻波，默沉沉的起伏；山岭是望不见的，有的是常青的草原与沃腴的田壤。登那土阜上望去，康桥只是一带茂林，拥戴着几处娉婷的尖阁。妩媚的康河也望不见踪迹，你只能循着那锦带似的林木想象那一流清浅。村舍与树林是这地盘上的棋子，有村舍处有佳荫，有佳荫处有村舍。这早起是看炊烟的时辰：朝雾渐渐的升起，揭开了这灰苍苍的天幕（最好是微霰后的光景），远近的炊烟，成丝的、成缕的、成卷的、轻快的、迟重的、浓灰的、淡青的、惨白的，在静定的朝气里渐渐的上腾，渐渐的不见，仿佛是朝来人们的祈祷，参差的翳入了天听。朝阳是难得见的，这初春的天气。但它来时是起早人莫大的愉快。顷刻间这田野添深了颜色，一层轻纱似的金粉糁上了这草，这树，这通道，这庄舍。顷刻间这周遭弥漫了清晨富丽的温柔。顷刻间你的心怀也分润了白天诞生的光荣。"春"！这胜利的晴空仿佛在你的耳边私语。"春"！你那快活的灵魂也仿佛在那里回响。

伺候着河上的风光，这春来一天有一天的消息。关心石上的苔痕，关心败草里的花鲜，关心这水流的缓急，关心水草的滋长，关心天上的云霞，关心新来的鸟语。怯伶伶的小雪球是探春信的小使。铃兰与香草是欢喜的初声。窈窕的莲馨，玲珑的石水仙，爱热闹的克罗克斯，耐辛苦的蒲公英与雏菊——这时候春光已是烂缦在人间，更不须殷勤问讯。

瑰丽的春放。这是你野游的时期。可爱的路政，这里不比中国，哪一处不是坦荡荡的大道？徒步是一个愉快，但骑自转车是一个更大的愉快，在康桥骑车是普遍的技术；妇人、稚子、老翁，一致享受这双轮舞的快乐。（在康桥听说自转车是不怕人偷的，就为人人都自己有车，没人要偷）。任你选一个方向，任你上一条通道，顺着这带草味的和风，放轮远去，保管你这半天的逍遥是你性灵的补剂。这道上有的是清荫与美草，随地都可以供你休憩。你如爱花，这里多的是锦绣似的草原。你如爱鸟，这里多的是巧啭的鸣禽。你如爱儿童，这乡间到处是可亲的稚子。你如爱人情，这里多的是不嫌远客的乡人，你到处可以"挂单"借宿，有酪浆与嫩薯供你饱餐，有夺目的果鲜恣你

尝新。你如爱酒，这乡间每"望"都为你储有上好的新酿，黑啤如太浓，苹果酒、姜酒都是供你解渴润肺的。……带一卷书，走十里路，选一块清静地，看天，听鸟，读书，倦了时，和身在草绵绵处寻梦去——你能想像更适情更适性的消遣吗？

陆放翁有一联诗句："传呼快马迎新月，却上轻舆趁晚凉"；这是做地方官的风流。我在康桥时虽没马骑，没轿子坐，却也有我的风流：我常常在夕阳西晒时骑了车迎着天边扁大的日头直追。日头是追不到的，我没有夸父的荒诞，但晚景的温存却被我这样偷尝了不少。有三两幅画图似的经验至今还是栩栩的留着。只说看夕阳，我们平常只知道登山或是临海，但实际只须辽阔的天际，平地上的晚霞有时也是一样的神奇。有一次我赶到一个地方，手把着一家村庄的篱笆，隔着一大田的麦浪，看西天的变幻。有一次是正冲着一条宽广的大道，过来一大群羊，放草归来的，偌大的太阳在它们后背放射着万缕的金辉，天上却是乌青青的，只剩这不可逼视的威光中的一条大路，一群生物，我心头顿时感着神异性的压迫，我真的跪下了，对着这冉冉渐隐的金光。再有一次是更不可忘的奇景，那是临着一大片望不到头的草原，满开着艳红的罂粟，在青草里亭亭像是万盏的金灯，阳光从褐色云斜着过来，幻成一种异样紫色，透明似的不可逼视，刹那间在我迷眩了的视觉中，这草田变成了……不说也罢，说来你们也是不信的！

一别二年多了，康桥，谁知我这思乡的隐忧？也不想别的，我只要那晚钟撼动的黄昏，没遮拦的田野，独自斜倚在软草里，看第一个大星在天边出现！

十五年一月十五日

原载 1926 年 1 月 16—25 日《晨报副刊》。

曼殊斐儿①

这心灵深处的欢畅，这情绪境界的壮旷；任天堂沉沦，地狱开放，毁不了我内府的宝藏！

——《康河晚照即景》

美感的记忆，是人生最可珍的产业，认识美的本能是上帝给我们进天堂的一把秘钥。

有人的性情，例如我自己的，如以气候喻，不但是阴晴相间，而且常有狂风暴雨，也有最艳丽蓬勃的春光、有时遭逢幻灭，引起厌世的悲观，铅般的重压在心上，比如冬令阴霾，到处冰结，莫有微生气；那时便怀疑一切；宇宙、人生、自我，都只是幻的妄的；人情、希望、理想也只是妄的幻的。

Ah, human nature, how,

If utterly frail thou art and vile,

If dust thou art and ashes, is thy heart so great?

If thou art noble in part,

How are thy loftiest impulses and thoughts

By so ignobles causes kindled and put out?

"Sopra il ritratto di una bella donna."②

---

① 曼殊斐儿，通译曼斯菲尔德（1888—1923），英国女作家。生于新西兰的惠灵顿，年轻时到伦敦求学，后在英国定居。

② 这首诗译述如下："啊，人性，如果你是绝对脆弱和邪恶，/如果你是尘埃和灰烬，/你的情感何以如此高尚？/如果你多少称得上崇高，/你高尚的冲动和思想何以如此卑微而转瞬即逝？"

这几行是最深入的悲观派诗人理巴第①（Leopardi）的诗；一座荒坟的墓碑上，刻着冢中人生前美丽的肖像，激起了他这根本的疑问——若说人生是有理可寻的何以到处只是矛盾的现象，若说美是幻的，何以他引起的心灵反应能有如此之深切，若说美是真的，何以可以也与常物同归腐朽，但理巴第探海灯似的智力虽则把人间种种事物虚幻的外象——褫剥连宗教都剥成了个赤裸的梦，他却没有力量来否认美！美的创现他只能认为是称奇的，他也不能否认高洁的精神恋，虽则他不信女子也能有同样的境界，在感美感恋最纯粹的一刹那间，理巴第不能不承认是极乐天国的消息，不能不承认是生命中最宝贵的经验，所以我每次无聊到极点的时候，在层冰般严封的心河底里，突然涌起一股消融一切的热流，顷刻间消融了厌世的结晶，消融了烦闷的苦冻。那热流便是感美感恋最纯粹的一俄顷之回忆。

> To see a world in a grain of sand,
> And a heaven in a wild flower,
> Hold infinity in the palm of your hand
> And eternity in an hour.
>   Auguries of Muveence William Glabe

从一颗沙里看出世界，
天堂的消息在一朵野花，
将无限存在你的掌上。

这类神秘性的感觉，当然不是普遍的经验，也不是常有的经验，凡事只讲实际的人，当然嘲讽神秘主义，当然不能相信科学可解释的神经作用，会发生科学所不能解释的神秘感觉。但世上"可为知者道不可与不知者言"的情事正多着哩！

从前在十六世纪，有一次有一个意大利的牧师学者到英国乡下去，见了一大片盛开的苜蓿（Clover）在阳光中只似一湖欢舞的黄金，他只惊喜得手足无措，慌忙跪在地上，仰天祷告，感谢上帝的恩典，使

---

① 理巴第，通译莱奥帕尔迪（1793—1837），意大利诗人、学者。

他得见这样的美，这样的神景，他这样发疯似的举动当时一定招起在旁乡下人的哗笑，我这篇里要讲的经历，恐怕也有些那牧师狂喜的疯态，但我也深信读者里自有同情的人，所以我也不怕遭乡下人的笑话！

去年七月中有一天晚上，天雨地湿，我独自冒着雨在伦敦的海姆司堆特（Hampstead）问路惊问行人，在寻彭德街第十号的屋子。那就是我初次，不幸也是末次，会见曼殊斐儿——"那二十分不死的时间！"——的一晚。

我先认识麦雷君①（John Middleton Murry），Athenaeum② 的总主笔，诗人，著名的评衡家，也是曼殊斐儿一生最后十余年间最密切的伴侣。

他和她自一九一三年起，即夫妇相处，但曼殊斐儿却始终用她到英国以后的"笔名"（Penname）Miss Katherine Mansfield。她生长于纽新兰③（New Zealand），原名是 Kathleen Beanchamp，是纽新兰银行经理 Sir Harold Beanchamp 的女儿，她十五年前离开了本乡，同着她三个小妹子到英国，进伦敦大学院读书，她从小即以美慧著名，但身体也从小即很怯弱，她曾在德国住过，那时她写她的第一本小说 In a German Pension④。大战期内她在法国的时候多，近几年她也常在瑞士、意大利及法国南部。她所以常在外国，就为她身体太弱，经不得英伦的雾迷雨苦的天时，麦雷为了伴她也只得把一部分的事业放弃（Athenaeum 之所以并入 London Nation⑤ 就为此），跟着他安琪儿似的爱妻，寻求健康，据说可怜的曼殊斐儿战后得了肺病证明以后，医生明说她不过三两年的寿限，所以麦雷和她相处有限的光阴，真是分秒可数，多见一次夕照，多经一度朝旭，她优昙似的余荣，便也消灭了如许的活力，这颇使人想起茶花女一面吐血一面纵酒恣欢时的名句："You know I have no long to live, therefore l will live fast!"——你知道我是活不久长的，所以我存心活他一个痛快！我正不知道多情的麦雷，对着

---

① 麦雷，即约翰·米德尔顿·默里（1889—1957），英国诗人，评论家，也做过记者、编辑。曼斯菲尔德与第一个丈夫离异后，一直与他同居。

② Athenaeum，即《雅典娜神庙》杂志，创刊于 1828 年，十九世纪一直是英国颇有权威的文艺刊物。

③ 纽新兰，通译新西兰。

④ In a German Pension，即《在德国公寓里》。

⑤ London Nation，即伦敦的《国民》杂志。

这艳丽无双的夕阳，渐渐消翳，心里"爱莫能助"的悲感，浓烈到何等田地！

但曼殊斐儿的"活他一个痛快"的方法，却不是像茶花女的纵酒恣欢，而是在文艺中努力；她像夏夜榆林中的鹃鸟，呕出缕缕的心血来制成无双的情曲，便唱到血枯音嘶，也还不忘她的责任，是牺牲自己有限的精力，替自然界多增几分的美，给苦闷的人间，几分艺术化精神的安慰。

她心血所凝成的便是两本小说集，一本是 *Bliss*①，一本是去年出版的 *Garden Party*②。凭这两部书里的二三十篇小说，她已经在英国的文学界里占了一个很稳固的位置，一般的小说只是小说，她的小说却是纯粹的文学，真的艺术；平常的作者只求暂时的流行，博群众的欢迎，她却只想留下几小块"时灰"掩不暗的真晶，只要得少数知音者的赞赏。

但唯其是纯粹的文学，她著作的光彩是深蕴于内而不是显露于外者，其趣味也须读者用心咀嚼，方能充分的理会，我承作者当面许可选译她的精品，如今她已去世，我更应珍重实行我翻译的特权，虽则我颇怀疑我自己的胜任，我的好友陈通伯③他所知道的欧洲文学恐怕在北京比谁都更渊博些，他在北大教短篇小说，曾经讲过曼殊斐儿的，很使我欢喜。他现在答应也来选译几篇，我更要感谢他了。关于她短篇艺术的长处，我也希望通伯能有机会说一点。

现在让我讲那晚怎样的会晤曼殊斐儿，早几天我和麦雷在 Charing Cross④ 背后一家嘈杂的 A. B. C. 茶店里，讨论英法文坛的状况。我乘便说起近几年中国文艺复兴的趋向，在小说里感受俄国作者的影响最深，他的几于跳了起来，因为他们夫妻最崇拜俄国的几位大家，他曾经特别研究过道施滔庵符斯基⑤著有一本 *Dostoevsky*：*A Critical Study*

---

① *Bliss*，即《幸福》。

② *Garden Party*，即《园会》。

③ 陈通伯，即陈源（西滢）。

④ Charing Cross，可译作查玲十字架路。这是伦敦一个街区的名称，英王爱德华一世曾在此建立一个大十字架以纪念他的王后。

⑤ 道施滔庵符斯基，通译陀思妥耶夫斯基（1821—1881），俄国作家，著有《罪与罚》、《卡拉马佐夫兄弟》等长篇小说。

Martin Secker，① 曼殊斐儿又是私淑契高夫②（Chekhov）的，他们常在抱憾俄国文学始终不会受英国人相当的注意，因之小说的质与式，还脱不尽维多利亚时期的 Philistinism③。我又乘便问起曼殊斐儿的近况，他说她这一时身体颇过得去，所以此次敢伴着她回伦敦来住两个星期，他就给了我他们的住址，请我星期四，晚上去会她和他们的朋友。

所以我会见曼殊斐儿，真算是凑巧的凑巧，星期三那天我到惠尔思④（H. G. Wells）乡里的家去了（Easton Glebe）⑤ 下一天和他的夫人一同回伦敦，那天雨下得很大，我记得回寓时浑身都淋湿了。

他们在彭德街的寓处，很不容易找，（伦敦寻地方总是麻烦的，我恨极了那个回街曲巷的伦敦。）后来居然寻着了，一家小小一楼一底的屋子，麦雷出来替我开门，我颇狼狈的拿着雨伞还拿着一个朋友还我的几卷中国字画，进了门。我脱了雨具。他让我进右首一间屋子，我到那时为止对于曼殊斐儿只是对一个有名的年轻女作家的景仰与期望；至于她的"仙姿灵态"我那时绝对没有想到，我以为她只是与 Rose Macaulay，⑥ Virginia Woolf，⑦ Roma Wilson，⑧ Mrs. Lueas，⑨ Vanessa Bell⑩ 几位女文学家的同流人物。平常男子文学家与美术家，已经尽够怪僻，近代女子文学家更似乎故意养成怪僻的习惯，最显著的一个

---

① 这本书名直译为：《马丁·塞克批评研究》。

② 契高夫，通译契诃夫（1860—1904），俄国作家，以短篇小说和戏剧创作著称。

③ Philistinism，即庸俗主义。

④ 惠尔思，通译威尔斯（1866—1946），英国作家、历史学家，著有《时间机器》《隐身人》等。

⑤ Easton Glebe，译作伊斯坦克利本，伦敦附近的一个地方。

⑥ Rose Macaulay，通译罗斯·麦考利（1881—1958），英国女作家，著有《愚者之言》《他们被击败了》等。

⑦ Virginia Woolf，通译弗吉尼亚·伍尔芙（1882—1941），英国女作家，著有《海浪》《到灯塔去》等。她是"意识流"小说的早期探索者之一。

⑧ Roma Wilson，通译罗默·威尔逊（1891—1930），英国女作家。其文学生涯虽短暂，却卓有成就。著有长篇小说《现代交响乐》等。

⑨ Mrs. Lueas，未详。

⑩ Vanessa Bell，通译文尼莎·贝尔（1879—1961），英国女作家。她是弗吉尼亚·伍尔芙的姐姐，著名艺术理论家克莱夫·贝尔的妻子。他们同属于"布卢姆斯伯里"艺术圈子。

通习是装饰之务淡朴，务不入时，"背女性"：头发是剪了的，又不好好的收拾，一团和糟的散在肩上；袜子永远是粗纱的；鞋上不是有泥就有灰，并且大都是最难看的样式；裙子不是异样的短就是过分的长，眉目间也许有一两圈"天才的黄晕"，或是带着最可厌的美国式龟壳大眼镜，但他们的脸上却从不见脂粉的痕迹，手上装饰亦是永远没有的，至多无非是多烧了香烟的焦痕，哗笑的声音十次里有九次半盖过同座的男子；走起路来也是挺胸凸肚的，再也辨不出是夏娃的后身；开起口来大半是男子不敢出口的话；当然最喜欢讨论的是 Freudian Complex①，Birth Control② 或是 George Moore③ 与 James Joyce④ 私人印行的新书，例如 A Story-teller's Holiday⑤、Ulysses⑥。总之她们的全人格只是妇女解放的一幅讽刺画（Amy Lowell⑦ 听说整天的抽大雪茄！）和这一班立意反对上帝造人的本意的"唯智的"女子在一起，当然也有许多有趣味的地方。但有时总不免感觉她们矫揉造作的痕迹过深，引起一种性的憎忌。

我当时未见曼殊斐儿以前，固然并没有预想她是这样一流的 futuristic⑧，但也绝对没有梦想到她是女性的理想化。

所以我推进那房门的时候，我就盼望她——一个将近中年和蔼的妇人——笑盈盈的从壁炉前沙发上站起来和我握手问安。

但房里——一间狭长的壁炉对门的房——只见鹅黄色恬静的灯光，壁上炉架上杂色的美术的陈设和画件，几张有彩色画套的沙发围列在

---

① Freudian Complex，直译为"弗洛伊德情结"，但这个说法显然有误，应为"俄狄浦斯情结"。

② Birth Control，即"人口控制"。

③ George Moore，通译乔治·穆尔（1852—1933），爱尔兰作家。

④ James Joyce，通译詹姆斯·乔伊斯（1882—1941），爱尔兰作家，现代主义文学奠基人之一。

⑤ A Story-teller's Holiday，直译为《一位故事大师的假日》，但詹姆斯·乔伊斯并没有这样一部著作，疑为他的长篇小说《一个青年艺术家的画像》之误。

⑥ Ulysses，即《尤利西斯》，詹姆斯·乔伊斯最重要的一部小说。

⑦ Amy Lowell，通译埃米·洛威尔（1874—1925），美国女作家，意象派诗歌的代表人物之一。

⑧ Futuristic，即"未来派"、"未来主义"或"未来派作家"，但这里是形容词，似可按现今文坛上一个流行字眼"前卫"理解。

炉前，却没有一半个人影。麦雷让我一张椅上坐了，伴着我谈天，谈的是东方的观音和耶教的圣母，希腊的 Virgin Diana①，埃及的 Isis②，波斯的 Mithraism③ 里的 Virgin④ 等等之相仿佛，似乎处女的圣母是所有宗教里一个不可少的象征……我们正讲着，只听得门上一声剥啄，接着进来了一位年轻女郎，含笑着站在门口，"难道她就是曼殊斐儿——这样的年轻……"我心里在疑惑。她一头的褐色鬈发，盖着一张的小圆脸，眼极活泼，口也很灵动，配着一身极鲜艳的衣裳——漆鞋，绿丝长袜，银红绸的上衣，紫酱的丝绒围裙——亭亭的立着，像一棵临风的郁金香。

麦雷起来替我介绍，我才知道她不是曼殊斐儿，而是屋主人，不知是密司 Beir 还是 Beek⑤ 我记不清了，麦雷是暂寓在她家的；她是个画家，壁挂的画，大都是她自己的，她在我对面的椅上坐了。她从炉架上取下一个小发电机似的东西拿在手里，头上又戴了一个接电话生戴的听箍，向我凑得很近的说话，我先还当是无线电的玩具，随后方知这位秀美的女郎，听觉和我自己的视觉仿佛，要借人为方法来补充先天的不足。（我那时就想起聋美人是个好诗题，对她私语的风情是不可能的了！）

她正坐定，外面的门铃大响——我疑心她的门铃是特别响些，来的是我在法兰⑥先生（Roger Fry）家里会过的 Sydney Waterloo⑦，极诙谐的一位先生，有一次他从他巨大的袋里一连摸出了七八支的烟斗，大的小的长的短的各种颜色的，叫我们好笑。他进来就问麦雷，迦赛林⑧（Katherine）今天怎样。我竖起了耳朵听他的回答，麦雷说："她今天不下楼了，天太坏，谁都不受用……"华德鲁就问他可否上楼去看他，麦说可以的，华又问了密司 B 的允许站了起来，他正要走

---

① Virgin Diana，即圣女狄安娜。
② Isis，即埃及女神伊希斯。
③ Mithraism，即密特拉教。
④ Virgin，即圣女。
⑤ 密司 Beir 还是 Beek，贝尔小姐或比克小姐，即后文中的"密司 B"。
⑥ 法兰，通译罗杰·弗赖（1866—1934），英国画家、艺术评论家。
⑦ Sydney Waterloo，未详。
⑧ 迦赛林，通译凯瑟琳，即曼斯菲尔德的名。

出门，麦雷又赶过去轻轻的说："Sydney, don't talk too much.①"

楼上微微听得出步响，W 已在迦赛林房中了。一面又来了两个客，一个短的 M 才从游希腊回来，一个轩昂的美丈夫就是 *London Nation and Athenaeum*② 里每周做科学文章署名 S 的 Sullivan③，M 就讲他游希腊的情形尽背着古希腊的史迹名胜，Parnassus④ 长 Mycenae⑤ 短讲个不住。S 也问麦雷迦赛林如何，麦说今晚不下楼 W 现在楼上。过了半点钟模样，W 笨重的足音下来了，S 就问他迦赛林倦了没有，W 说："不，不像倦，可是我也说不上，我怕她累，所以我下来了。"再等一歇 S 也问了麦雷的允许上楼去，麦也照样的叮嘱他不要让她乏了。麦问我中国的书画，我乘便就拿那晚带去的一幅赵之谦⑥的"草书法画梅"，一幅王觉斯⑦的草书，一幅梁山舟⑧的行书，打开给他们看，讲了些书法大意，密司 B 听得高兴，手捧着她的听盘，挨近我身旁坐着。

但我那时心里却颇有些失望，因为冒着雨存心要来一会 Bliss 的作者，偏偏她又不下楼；同时 W. S. 麦雷的烘云托月，又增加了我对她的好奇心，我想运气不好，迦赛林在楼上，老朋友还有进房去谈的特权，我外国人的生客，一定是没有份的了，时已十时过半了，我只得起身告别，走出房门，麦雷陪出来帮我穿雨衣，我一面穿衣，一面说我很抱歉，今晚密司曼殊斐儿不能下来，否则我是很想望会她的。但麦雷却很诚恳的说："如其你不介意，不妨请上楼去一见。"我听了这话喜出望外立即将雨衣脱下，跟着麦雷一步一步的上楼梯……

上了楼梯，叩门，进房，介绍，S 告辞，和 M 一同出房，关门，她请我坐了，我坐下，她也坐下……这么一大串繁复的手续，我只觉

---

① 这句英文意为："悉尼，别谈得太多。"

② *London Nation and Athenaeum*，即伦敦《国民》杂志和《雅典娜神庙》杂志。

③ Sullivan，未详。

④ Parnassus，帕那萨斯，希腊南部的一座山，古时被当做太阳神和文艺女神们的灵地。

⑤ Mycenae，迈锡尼，阿果立特史前的希腊城市。自十九世纪七十年代被发现以来，一直被认为是希腊大陆青铜晚期的遗址。

⑥ 赵之谦（1829—1884），清代书画家、篆刻家。

⑦ 王觉斯，即王铎（1592—1652），明末清初书法家。

⑧ 梁山舟，即梁同书（1723—1815），清代书法家。

得是像电火似的一扯过，其实我只推想应有这么些逻辑的经过，却并不曾亲切的一一感到；当时只觉得一阵模糊，事后每次回想也只觉得是一阵模糊，我们平常从黑暗的街里走进一间灯烛辉煌的屋子，或是从光薄的屋子里出来骤然对着盛烈的阳光，往往觉得耀光太强，头晕目眩的要定一定神，方能辨认眼前的事物。用英文说就是 Senses overwhelmed by excessive light①，不仅是光，浓烈的颜色，有时也有"潮没"官觉的效能。我想我那时，虽不定是被曼殊斐儿人格的烈光所潮没，她房里的灯光陈设以及她自身衣饰种种各品浓艳灿烂的颜色，已够使我不预防的神经，感觉刹那间的淆惑，那是很可理解的。

她的房给我的印象并不清切，因为她和我谈话时不容我分心去认记房中的布置，我只知道房是很小，一张大床差不多就占了全房大部分的地位，壁是用画纸裱的，挂着好几幅油画大概也是主人画的，她和我同坐在床左贴壁一张沙发榻上。因为我斜倚她正坐的缘故，她似乎比我高得多，（在她面前哪一个不是低的，真的！）我疑心那两盏电灯是用红色罩的，否则何以我想起那房，便联想起"红烛高烧"的景象！但背景究属不甚重要，重要的是给我最纯粹的美感的——The purest aesthetic feeling——她；是使我使用上帝给我那管进天堂的秘钥的——她；是使我灵魂的内府里又增加了一部宝藏的——她。但要用不驯服的文字来描写那晚。她，不要说显示她人格的精华，就是忠实地表现我当时的单纯感象，恐怕就够难的一个题目。从前有一个人一次做梦，进天堂去玩了，他异样的欢喜，明天一起身就到他朋友那里去，想描摹他神妙不过的梦境。但是！他站在朋友面前，结住舌头，一个字都说不出来，因为他要说的时候，才觉得他所学的人间适用的字句，绝对不能表现他梦里所见天堂的景色，他气得从此不开口，后来就抑郁而死，我此时妄想用字来活现出一个曼殊斐儿，也差不多有同样的感觉，但我却宁可冒猥渎神灵的罪，免得像那位诚实君子活活的闷死。她也是铄亮的漆皮鞋，闪色的绿丝袜，枣红丝绒的围裙，嫩黄薄绸的上衣，领口是尖开的，胸前挂一串细珍珠，袖口只齐及肘弯。她的发是黑的，也同密司 B 一样剪短的，但她栉发的式样，却是我在欧美从没有见过的，我疑心她有心仿效中国式，因为她的发不但纯黑

① 这句话中的英文意为"光线太强以致淹没了知觉"。

而且直而不卷，整整齐齐的一圈，前面像我们十余年前的"刘海"梳得光滑异常，我虽则说不出所以然我只觉她发之美也是生平所仅见。

至于她眉目口鼻之清之秀之明净，我其实不能传神于万一，仿佛你对着自然界的杰作，不论是秋月洗净的湖山，霞彩纷披的夕照，南洋里莹澈的星空，或是艺术界的杰作，培德花芬①的沁芳南②，怀格纳③的奥配拉④，密克朗其罗⑤的雕像，卫师德拉⑥（Whistler）或是柯罗⑦（Corot）的画；你只觉得他们整体的美，纯粹的美，完全的美，不能分析的美，可感不可说的美；你仿佛直接无碍的领会了造作最高明的意志，你在最伟大深刻的戟刺中经验了无限的欢喜，在更大的人格中解化了你的性灵，我看了曼殊斐儿像印度最纯澈的碧玉似的容貌，受着她充满了灵魂的电流的凝视，感着她最和软的春风似的神态，所得的总量我只能称之为一整个的美感。她仿佛是个透明体，你只感讶她粹极的灵澈性，却看不见一些杂质。就是她一身的艳服，如其别人穿着也许会引起琐碎的批评，但在她身上，你只是觉得妥帖，像牡丹的绿叶，只是不可少的衬托，汤林生，她生前的一个好友，以阿尔帕斯山巅万古不融的雪，来比拟她清，极超俗的美，我以为很有意味的；她说：——

曼殊斐儿以美称，然美固未足以状其真，世以可人为美，曼殊斐儿固可人矣，然何其脱尽尘寰气，一若高山琼雪，清澈重霄，其美可惊，而其凉亦可感，艳阳被雪，幻成异彩，亦明明可识，然亦似神境在远，不隶人间，曼殊斐儿肌肤明皙如纯牙，其官之秀，其目之黑，其颊之腴，其约发环整如鬃，其神态之闲静，有华族粲者之明粹，而无西艳优杰之容。其躯体尤苗约，绰如也，

---

① 培德花芬，通译贝多芬（1770—1827），德国作曲家。
② 沁芳南，即交响乐英文 Symphony 的音译。
③ 怀格纳，通译瓦格纳（1813—1883），德国作曲家。
④ 奥配拉，即歌剧一词 opera 的音译。
⑤ 密克朗其罗，通译米盖朗琪罗（1475—1564），意大利文艺复兴盛期的雕塑家、画家。
⑥ 卫师德拉，通译惠斯勒（1834—1903），美国画家，长期侨居英国。
⑦ 柯罗（1796—1875），法国画家。

若明蜡之静焰，若晨星之淡妙，就语者未尝不自讶其吐息之重浊，而虑是静且淡者之且神化……

汤林生又说她锐敏的目光，似乎直接透入你灵府深处将你所蕴藏的秘密一齐照彻，所以他说她有鬼气，有仙气，她对着你看，不是见你的面之表，而是见你心之底，但她却大是侦刺你的内蕴，并不是有目的搜罗而只是同情的体贴。你在她面前，自然会感觉对她无缜密的必要；你不说她也有数，你说了她也不会惊讶。她不会责备，她不会怂恿，她不会奖赞，她不会代出什么物质利益的主意，她只是默默的听，听完了然后对你讲她自己超于美恶的见解——真理。

这一段从长期交谊中出来深入的话，我与她仅一二十分钟的接近当然不会体会到，但我敢说从她神灵的目光里推测起来，这几句话不但是不能，而且是极近情的。

所以我那晚和她同坐在蓝丝绒的榻上，幽静的灯光，轻笼住她美妙的全体，我像受了催眠似的，只是痴对她神灵的妙眼，一任她利剑似的光波，妙乐似的音浪，狂潮骤雨似的向着我灵府泼淹，我那时即使有自觉的感觉，也只似开茨① （Keats） 听鹃啼时的：

My heart aches, and a drowsy numbness

pains

My sense, as though of hemlock I had

drunk

……

' Tis not through envy of thy happy lot,

But being too happy in thine happiness.②

曼殊斐儿音声之美，又是一个 Miracle③ 一个个音符从她脆弱的声

---

① 开茨，通译济慈（1795—1821），英国诗人。

② 济慈的这几句诗大意为："我的心在悸痛／瞌睡与麻木折磨着我的感官／就像我已吞下了毒芹／……／不是因为嫉妒你的幸运／而是在你的快乐中得到了太多的欢愉。"

③ Miracle，奇迹，令人惊奇的事。

带里颤动出来，都在我习于尘俗的耳中，启示一种神奇的意境。仿佛蔚蓝的天空中一颗一颗的明星先后涌现。像听音乐似的，虽则明明你一生从不曾听过，但你总觉得好像曾经闻到过的也许在梦里，也许在前生。她的，不仅引起你听觉的美感，而竟似直达你的心灵底里，抚摩你蕴而不宣的苦痛，温和你半僵的希望，洗涤你窒碍性灵的俗累，增加你精神快乐的情调；仿佛凑住你灵魂的耳畔私语你平日所冥想不得的仙界消息。我便此时回想，还不禁内动感激的悲慨，几于零泪；她是去了，她的音声笑貌也似蜃彩似的一霎不再，我只能学 Abt Vogler[①] 之自慰，虔信：

> Whose voice has gone forth, but each survives for the melodist
> When eternity affirms the conception of an hour.
> ……
> Enough that he heard it once; we shall hear it by and by.[②]

曼殊斐儿，我前面说过，是病肺痨的，我见她时，正离她死不过半年，她那晚说话时，声音稍高，肺管中便如吹荻管似的呼呼作响。她每句语尾收顿时，总有些气促，颧颊间便也多添一层红润，我当时听出了她肺弱的音息，便觉得切心的难过，而同时她天才的兴奋，偏是逼迫她音度的提高，音愈高，肺嘶亦更历历，胸间的起伏亦隐约可辨，可怜！我无奈何只得将自己的声音特别的放低，希冀她也跟着放低些，果然很灵效，她也放低了不少，但不久她又似内感思想的戟刺，重复节节的高引，最后我再也不忍因为而多耗她珍贵的精力，并且也记得麦雷再三叮嘱 W 与 S 的话，就辞了出来。总计我自进房至出房——她站在房门口送我——不过二十分的时间。

我与她所讲的话也很有意味，但大部分是她对于英国当时最风行

---

① Abt Vogler，通译阿布特·沃格勒（1749—1814），法国作曲家。
② 这段话意思是："她的声音已经远去，但我们人人都为了这悦耳的声音而活着，当永恒证明了时间的存在……这声音他听到过一次就足够了；我们不久还将听到。"

的几个小说家的批评——例如 Rebecca West①，Romer Wilson②，Hutchinson③，Swinnerton④ 等——恐怕因为一般人不稔悉，那类简约的评语不能引起相当的兴味。麦雷自己是现在英国中年的评衡家最有学有识之一人，——他去年在牛津大学讲的 "The Problem of Style"⑤ 有人誉为安诺德⑥（Matthew Arnold）以后评衡界里最重要的一部贡献——而他总常常推尊曼殊斐儿说她是评衡的天才，有言必中肯的本能。所以我此刻要把她简评的珠沫，略过不讲，很觉得有些可惜，她说她方才从瑞士回来，在那边和罗素夫妇的寓处相距颇近，常常谈起东方好处，所以她原来对于中国的景仰，更一进而为爱慕的热忱。她说她最爱读 Arthur Waley⑦ 所翻的中国诗，她说那样的诗艺在西方真是一个 Wonderful Revelation⑧。她说新近 Amy Lowell 译的很使她失望，她这里又用她爱用的短句—— "That's not the thing!"⑨ 她问我译过没有，她再三劝我应得试试，她以为中国诗只有中国人能译得好的。

她又问我是否也是写小说的，她又殷勤问中国顶喜欢契高夫的哪几篇，译得怎么样，此外谁最有影响。

她问我最喜读哪几家小说，哈代、康拉德，她的眉梢耸了一耸笑道——

Isn't it! We have to go back to the old masters for good literature

---

① Rebecca West，通译吕贝亚·威斯特（1892—1983），英国女小说家、批评家、记者。原名塞西利·伊莎贝尔·费尔菲尔德。

② Romer Wilson，通译罗默·威尔逊（1891—1930），英国女小说家。

③ Hutchinson，通译哈钦森（1907—1975），英国小说家。

④ Swinnerton，通译斯温纳顿（1884—?），英国小说家、文学批评家。

⑤ "The Problem of Style"，风格问题。

⑥ 安诺德，通译阿诺德（1822—1888），英国诗人、文艺批评家，曾任牛津大学教授。

⑦ Arthur Waley，通译阿瑟·韦利（1889—1966），英国汉学家、汉语和日语翻译家。他翻译的东方古典著作对叶芝、庞德等现代诗人有深刻影响。

⑧ Wonderful Revelation，"极妙的启示录"。

⑨ "That's not the thing!" "那算什么东西！"

the real thing! ①

她问我回中国去打算怎么样，她希望我不进政治，她愤愤的说现代政治的世界，不论哪一国，只是一乱堆的残暴，和罪恶。

后来说起她自己的著作。我说她的太是纯粹的艺术，恐怕一般人反而不认识，她说：

That's just it. Then of course, popularity is never the thing for us. ②

我说我以后也许有机会试翻她的小说，很愿意先得作者本人的许可。她很高兴的说她当然愿意，就怕她的著作不值得翻译的劳力。

她盼望我早日回欧洲，将来如到瑞士再去找她，她说怎样的爱瑞士风景，琴妮湖怎样的妩媚，我那时就仿佛在湖心柔波间与她荡舟玩景：

CLEAR，placid Leman!
…Thy soft murmuring
Sounds sweet as if a sister's voice reproved,
That I with stern delights should e'er have been so moved.
…
Lord Byron ③

我当时就满口的答应，说将来回欧一定到瑞士去访她。

末了我说恐怕她已经倦了，深恨与她相见之晚，但盼望将来还有再见的机会，她送我到房门口，与我很诚挚地握别……

---

① 这句话的意思是："不是吗，我们不得不到过去的文学名著中去寻找优秀的文学，真正的东西（艺术）!"

② 这句话的意思是："是啊。当然，大众性不是我们所追求的。"

③ 这里引的是拜伦的诗句，大意是："清澈、平静的莱蒙湖（日内瓦湖）! /……你轻柔的低语/有如一位女子甜蜜的嗓音/这快乐定然使我永远激动不已。"

将近一月前，我得到消息说曼殊斐儿已经在法国的芳丹卜罗①去世，这一篇文字，我早已想写出来，但始终为笔懒，延到如今，岂知如今却变了她的祭文！下面附的一首诗也许表现我的悲感更亲切些。

哀曼殊斐儿

我昨夜梦入幽谷，
听子规在百合丛中泣血，
我昨夜梦登高峰，
见一颗光明泪自天坠落。

罗马西郊有座暮园，
芝罗兰静掩着客殇的诗骸；
百年后海岱士（Hades）黑辇之轮。
又喧响于芳丹卜罗榆青之间。

说宇宙是无情的机械，
为甚明灯似的理想闪耀在前；
说造化是真善美之创现，
为甚五彩虹不常住天边？

我与你虽仅一度相见——
但那二十分不死的时间！
谁能信你那仙姿灵态，
竟已朝露似的永别人间？

非也！生命只是个实体的幻梦；
美丽的灵魂，永承上帝的爱宠；
三十年小住，只似昙花之偶现，
泪花里我想见你笑归仙宫。

---

① 芳丹卜罗，通译枫丹白露，巴黎远郊的一处森林风景区。

你记否伦敦约言，曼殊斐儿，
今夏再于琴妮湖之边；
琴妮湖（Lake Geneva）永抱着白朗矶（Mont Blanc）
　的雪影
此日我怅望云天，泪下点点。

我当年初临生命的消息，
梦觉似骤感恋爱之庄严；
生命的觉悟，是爱之成年，
我今又因死而感生与恋之涯沿！

同情是掼不破的纯晶，
爱是实现生命之唯一途径；
死是座伟秘的洪炉，此中
凝炼万象所从来之神明。

我哀思焉能电花似飞骋，
感动你在天曼殊之灵？
我洒泪向风中遥送，
问何时能戳破生死之门？

　　　　原载 1923 年 5 月《小说月报》第十四卷第五号。

济慈①的夜莺歌

诗中有济慈（John Keats）的《夜莺歌》，与禽中有夜莺一样的神奇。除非你亲耳听过，你不容易相信树林里有一类发痴的鸟，天晚了才开口唱，在黑暗里倾吐她的妙乐，愈唱愈有劲，往往直唱到天亮，连真的心血都跟着歌声从她的血管里呕出；除非你亲自咀嚼过，你也不易相信一个二十三岁的青年有一天早饭后坐在一株李树底下迅笔的写，不到三小时写成了一首八段八十行的长歌，这歌里的音乐与夜莺的歌声一样的不可理解，同是宇宙间一个奇迹，即使有哪一天大英帝国破裂成无可记认的断片时，《夜莺歌》依旧保有他无比的价值；万万里外的星亘古的亮着，树林里的夜莺到时候就来唱着，济慈的《夜莺歌》永远在人类的记忆里存着。

那年济慈住在伦敦的 Wentworth Place②。百年前的伦敦与现在的英京大不相同，那时候"文明"的沾染比较的不深，所以华次华士③站在威士明治德桥上，还可以放心的讴歌清晨的伦敦，还有福气在"无烟的空气"里呼吸，望出去也还看得见"田地、小山、石头、旷野，一直开拓到天边"。那时候的人，我猜想，也一定比较的不野蛮，近人情，爱自然，所以白天听得着满天的云雀，夜里听得着夜莺的妙乐。要是济慈迟一百年出世，在夜莺绝迹了的伦敦市里住着，他别的著作不敢说，这首《夜莺歌》至少，怕就不会成功，供人类无尽期的

---

① 济慈（1795—1821），英国诗人。他出身贫苦，做过药剂师的助手，年轻时就死于肺病。

② Wentworth Place，即文特沃思村。实际上，该处是济慈的女友范妮·布劳纳的家，济慈写《夜莺颂》的时候还在汉普斯泰德，他是去意大利疗养前的一个月才搬到这里的。

③ 华次华士，通译华兹华斯（1770—1850），英国诗人，湖畔派的代表人物。

享受。说起真觉得可惨，在我们南方，古迹而兼是艺术品的，止淘成①了西湖上一座孤单的雷峰塔，这千百年来雷峰塔的文学还不曾见面，雷峰塔的映影已经永别了波心！也许我们的灵性是麻皮做的，木屑做的，要不然这时代普遍的苦痛与烦恼的呼声还不是最富灵感的天然音乐；——但是我们的济慈在哪里？我们的《夜莺歌》在哪里？济慈有一次低低的自语——"I feel the flowers growing on me"。意思是"我觉得鲜花一朵朵的长上了我的身"，就是说他一想着了鲜花，他的本体就变成了鲜花，在草丛里掩映着，在阳光里闪亮着，在和风里一瓣瓣的无形的伸展着，在蜂蝶轻薄的口吻下羞晕着。这是想象力最纯粹的境界：孙猴子能七十二般变化，诗人的变化力更是不可限量——莎士比亚戏剧里至少有一百多个永远有生命的人物，男的女的、贵的贱的、伟大的、卑琐的、严肃的、滑稽的，还不是他自己摇身一变变出来的。济慈与雪莱最有这与自然谐合的变术；——雪莱制《云歌》时我们不知道雪莱变了云还是云变了；雪莱歌《西风》时不知道歌者是西风还是西风是歌者；颂《云雀》时不知道是诗人在九霄云端里唱着还是百灵鸟在字句里叫着；同样的济慈咏"忧郁"，"Ode on Melancholy"时他自己就变了忧郁本体，"忽然从天上掉下来像一朵哭泣的云"；他赞美"秋""To Autumn"时他自己就是在树叶底下挂着的叶子中心那颗渐渐发长的核仁儿，或是在稻田里静偃着玫瑰色的秋阳！这样比称起来，如其赵松雪②关紧房门伏在地下学马的故事可信时，那我们的艺术家就落粗蠢，不堪的"乡下人气味"！

他那《夜莺歌》是他一个哥哥死的那年做的，据他的朋友有名肖像画家 Robert Haydon③ 给 Miss Mitford④ 的信里说，他在没有写下以前早就起了腹稿，一天晚上他们俩在草地里散步时济慈低低的背诵给他听——"…in a low, tremulous undertone which affected me extremely."⑤

---

① 淘成，浙江方言，这里是"剩存"的意思。

② 赵松雪，即赵孟頫（1254—1322），元代书画家。其书法世称"赵体"，画工山水、人物、鞍马，尤善画马。

③ Robert Haydon，通译罗伯特·海登（1786—1846），英国画家、作家。

④ Miss Mitford，通译米特福德小姐（1787—1855），英国女作家。

⑤ 这句英文的意思是："……那低沉而颤抖的鸣啭深深地感染了我。"

那年碰巧——据著《济慈传》的 Lord Houghton① 说，在他屋子的邻近来了一只夜莺，每晚不倦的歌唱，他很快活，常常留意倾听，一直听得他心痛神醉逼着他从自己的口里复制了一套不朽的歌曲。我们要记得济慈二十五岁那年在意大利在他一个朋友的怀抱里作古，他是，与他的夜莺一样，呕血死的！

能完全领略一首诗或是一篇戏曲，是一个精神的快乐，一个不期然的发现。这不是容易的事；要完全了解一个人的品性是十分难，要完全领会一首小诗也不得容易。我简直想说一半得靠你的缘分，我真有点儿迷信。就我自己说，文学本不是我的行业，我的有限的文学知识是"无师传授"的。裴德②（Walter Pater）是一天在路上碰着大雨到一家旧书铺去躲避无意中发现的，哥德③（Goethe）——说来更怪了——是司蒂文孙④（R. L. S.）介绍给我的，（在他的 *Art of Writing*⑤那书里他称赞 George Henry Lewes⑥ 的《葛德评传》；Everyman edition⑦一块钱就可以买到一本黄金的书）柏拉图是一次在浴室里忽然想着要去拜访他的。雪莱是为他也离婚才去仔细请教他的，杜思退益夫斯基⑧、托尔斯泰、丹农雪乌⑨、波特莱耳⑩、卢骚，这一班人也各有各的来法，反正都不是经由正宗的介绍：都是邂逅，不是约会。这次我到平大⑪教书也是偶然的，我教着济慈的《夜莺歌》也是偶然的，乃

① Lord Houghton，通译雷顿爵士（1809—1855），英国诗人，曾出版济慈的书信和遗著。

② 裴德，通译佩特（1839—1894），英国诗人、批评家，著有《文艺复兴史研究》等。

③ 哥德，通译歌德（1749—1832），德国诗人，著有《浮士德》、《少年维特之烦恼》等。

④ 司蒂文孙，通译斯蒂文森（1850—1894），英国作家。

⑤ *Art of Writing*，即《写作的艺术》。

⑥ George Henry Lewes，通译乔治·亨利·刘易斯（1817—1878），英国哲学家、文学评论家，还做过演员和编辑。

⑦ Everyman edition，书籍的普及版。

⑧ 杜思退益夫斯基，通译陀思妥耶夫斯基（1821—1881），俄国作家，著有《卡拉马佐夫兄弟》等。

⑨ 丹农雪乌，通译邓南遮（1863—1938），意大利作家。

⑩ 波特莱耳，通译波德莱尔（1821—1867），法国诗人。

⑪ 平大，即平民大学。

至我现在动手写这一篇短文，更不是料得到的。友鸾①再三要我写才鼓起我的兴来，我也很高兴写，因为看了我的乘兴的话，竟许有人不但发愿去读那《夜莺歌》，并且从此得到了一个亲口尝味最高级文学的门径，那我就得意极了。

但是叫我怎样讲法呢？在课堂里一头讲生字一头讲典故，多少有一个讲法，但是现在要我坐下来把这首整体的诗分成片段诠释它的意义，可真是一个难题！领略艺术与看山景一样，只要你地位站得适当，你这一望一眼便吸收了全景的精神；要你"远视"的看，不是近视的看；如其你捧住了树才能见树，那时即使你不惜工夫一株一株的审查过去，你还是看不到全林的景子。所以分析的看艺术，多少是煞风景的；综合的看法才对。所以我现在勉强讲这《夜莺歌》，我不敢说我能有什么心得的见解！我并没有！我只是在课堂里讲书的态度，按句按段的讲下去就是；至于整体的领悟还得靠你们自己，我是不能帮忙的。

你们没有听过夜莺先是一个困难。北京有没有我都不知道。下回萧友梅②先生的音乐会要是有贝德花芬的第六个"沁芳南"③（The Pastoral Symphony）时，你们可以去听听，那里面有夜莺的歌声。好吧，我们只能要同意听音乐——自然的或人为的——有时可以使我们听出神：譬如你晚上在山脚下独步时听着清越的笛声，远远的飞来，你即使不滴泪，你多少不免"神往"不是？或是在山中听泉乐，也可使你忘却俗景，想象神境。我们假定夜莺的歌声比我们白天听着的什么鸟都要好听；他初起像是龚云甫④，嗓子发沙的，很懒的试她的新歌；顿上一顿，来了，有调了。可还不急，只是清脆悦耳，像是珠走玉盘（比喻是满不相干的）！慢慢的她动了情感，仿佛忽然想起了什

---

① 友鸾，即张友鸾（1904—1989），作家、翻译家。当时他在主编《京报》副刊《文学周刊》。

② 萧友梅（1884—1940），音乐教育家，当时任北京女子师范大学音乐系主任。

③ 贝德花芬的第六个"沁芳南"，即贝多芬的《第六交响曲》。"沁芳南"是英语交响曲 Symphony 一词的音译。

④ 龚云甫（1862—1932），京剧演员，擅长老旦戏。下文中的"她"，是指他的角色身份。

么事情使他激成异常的愤慨似的，他这才真唱了，声音越来越亮，调门越来越新奇，情绪越来越热烈，韵味越来越深长，像是无限的欢畅，像是艳丽的怨慕，又像是变调的悲哀——直唱得你在旁倾听的人不自主的跟着她兴奋，伴着她心跳。你恨不得和着她狂歌，就差你的嗓子太粗太浊合不到一起！这是夜莺；这是济慈听着的夜莺，本来晚上万籁静定后声音的感动力就特强，何况夜莺那样不可模拟的妙乐。

好了；你们先得想象你们自己也教音乐的沉醴浸醉了，四肢软绵绵的，心头痒荠荠的，说不出的一种浓味的馥郁的舒服，眼帘也是懒洋洋的挂不起来，心里满是流膏似的感想，辽远的回忆，甜美的惆怅，闪光的希冀，微笑的情调一齐兜上方寸灵台时——再来——"in a low, tremulous undertone"① ——开诵济慈的《夜莺歌》，那才对劲儿！

这不是清醒时的说话；这是半梦呓的私语：心里畅快的压迫太重了流出口来绻缱的细语——我们用散文译过他的意思来看：——

（一）"这唱歌的，唱这样神妙的歌的，绝不是一只平常的鸟；她一定是一个树林里美丽的女神，有翅膀会得飞翔的。她真乐呀，你听独自在黑夜的树林里，在架干交叉、浓荫如织的青林里，她畅快的开放她的歌调，赞美着初夏的美景，我在这里听她唱，听的时候已经很多，她还是恣情的唱着；啊，我真被她的歌声迷醉了，我不敢羡慕她的清福，但我却让她无边的欢畅催眠住了，我像是服了一剂麻药，或是喝尽了一剂鸦片汁，要不然为什么这睡昏昏思离离的像进了黑甜乡似的，我感觉着一种微倦的麻痹，我太快活了，这快感太尖锐了，竟使我心房隐隐的生痛了！"

（二）"你还是不倦的唱着——在你的歌声里我听出了最香洌的美酒的味儿。啊，喝一杯陈年的真葡萄酿多痛快呀！那葡萄是长在暖和的南方的，普鲁罔斯②那种地方，那边有的是幸福与欢乐，他们男的女的整天在宽阔的太阳光底下作乐，有的携着手跳春舞，有的弹着琴唱恋歌；再加那遍野的香草与各样的树馨——在这快乐的地土下他们有酒窖埋着美酒。现在酒味益发的澄静，香洌了。真美呀，真充满了南国的乡土精神的美酒，我要来引满一杯，这酒好比是希宝克林灵泉的泉水，在日光里滟滟发虹光的清泉，我拿一只古爵盛一个扑满。啊，

① 这句英文的意思是"低沉颤抖的鸣啭"。
② 普鲁罔斯，通译普罗旺斯，法国南方的一个省。

看呀！这珍珠似的酒沫在这杯边上发瞬，这杯口也叫紫色的浓浆染一个鲜艳；你看看，我这一口就把这一大杯酒吞了下去——这才真醉了，我的神魂就脱离了躯壳，幽幽的辞别了世界，跟着你清唱的音响，像一个影子似淡淡的掩入了你那暗沉沉的林中。"

（三）"想起这世界真叫人伤心。我是无沾恋的，巴不得有机会可以逃避，可以忘怀种种不如意的现象，不比你在青林茂阴里过无忧的生活，你不知道也无须过问我们这寒伧的世界，我们这里有的是热病、厌倦、烦恼，平常朋友们见面时只是愁颜相对，你听我的牢骚，我听你的哀怨；老年人耗尽了精力，听凭瘅症摇落他们仅存的几茎可怜的白发；年轻人也是叫不如意事蚀空了，满脸的憔悴，消瘦得像一个鬼影，再不然就进墓门；真是除非你不想他，你要一想的时候就不由得你发愁，不由得你眼睛里钝迟迟的充满了绝望的晦色；美更不必说，也许难得在这里，那里，偶然露一点痕迹，但是转瞬间就变成落花流水似没了，春光是挽留不住的，爱美的人也不是没有，但美景既不常驻人间，我们至多只能实现暂时的享受，笑口不曾全开，愁颜又回来了！因此我只想顺着你歌声离别这世界，忘却这世界，解化这忧郁沉沉的知觉。"

（四）"人间真不值得留恋，去吧，去吧！我也不必乞灵于培克司（酒神）与他那宝辇前的文豹，只凭诗情无形的翅膀我也可以飞上你那里去。啊，果然来了！到了你的境界了！这林子里的夜是多温柔呀，也许皇后似的明月此时正在她天中的宝座上坐着，周围无数的星辰像侍臣似的拱着她。但这夜却是黑，暗阴阴的没有光亮，只有偶然天风过路时把这青翠荫蔽吹动，让半亮的天光丝丝的漏下来，照出我脚下青茵浓密的地土。"

（五）"这林子里梦沉沉的不漏光亮，我脚下踏着的不知道是什么花，树枝上渗下来的清馨也辨不清是什么香；在这薰香的黑暗中我只能按着这时令猜度这时候青草里，矮丛里，野果树上的各色花香；——乳白色的山楂花，有刺的野蔷薇，在叶丛里掩盖着的芝罗兰已快萎谢了，还有初夏最早开的麝香玫瑰，这时候准是满承着新鲜的露酿，不久天暖和了，到了黄昏时候，这些花堆里多的是采花来的飞虫。"

我们要注意从第一段到第五段是一顺下来的：第一段是乐极了的谵语，接着第二段声调跟着南方的阳光放亮了一些，但情调还是一路的缠绵。第三段稍为激起一点浪纹，迷离中夹着一点自觉的愤慨，到第四段又沉了下去，从"already with thee!"①起，语调又极幽微，像是小孩子走入了一个阴凉的地窖子，骨髓里觉着凉，心里却觉着半害怕的特别意味，他低低的说着话，带颤动的，断续的；又像是朝上风来吹断清梦时的情调；他的诗魂在林子的黑荫里闻着各种看不见的花草的香味，私下——的猜测诉说，像是山涧平流入湖水时的尾声……这第六段的声调与情调可全变了；先前只是畅快的惝恍，这下竟是极乐的谵语了。他乐极了，他的灵魂取得了无边的解说与自由，他就想永保这最痛快的俄顷，就在这时候轻轻的把最后的呼吸和入了空间，这无形的消灭便是极乐的永生；他在另一首诗里说——

> I know this Being's lease,
> My fancy to its utmost blisses spreads,
> Yet would I on this very midnight cease,
> And the world's gaudy ensigns see in shreds;
> Verse, Fame and Beauty are intense indeed,
> But Death intenser—Death is Life's high
>   meed.

在他看来，（或是在他想来），"生"是有限的，生的幸福也是有限的——诗，声名与美是我们活着时最高的理想，但都不及死，因为死是无限的，解化的，与无尽流的精神相投契的，死才是生命最高的蜜酒，一切的理想在生前只能部分的，相对的实现，但在死里却是整体的绝对的谐合，因为在自由最博大的死的境界中一切不调谐的全调谐了，一切不完全的都完全了，他这一段用的几个状词要注意，他的死不是苦痛；是"Easeful Death"舒服的，或是竟可以翻作"逍遥的死"；还有他说"Quiet Breath"，幽静或是幽静的呼吸，这个观念在济慈诗里常见，很可注意；他在一处排列他得意的幽静的比象——

---

① 这句中的英文意为："早已和你在一起。"

AUTUMN SUNS

Smiling at eve upon the quiet sheaves.

Sweet Sappho's Cheek—a sleeping infant's

    breath—

The gradual sand that through an hour-

    glass runs

A woodland rivulet, a Poet's death.

秋田里的晚霞，沙浮①女诗人的香腮，睡孩的呼吸，光阴渐缓的流沙，山林里的小溪，诗人的死。他诗里充满着静的，也许香艳的，美丽的静的意境，正如雪莱的诗里无处不是动，生命的振动，剧烈的，有色彩的，嘹亮的。我们可以拿济慈的《秋歌》对照雪莱的《西风歌》，济慈的"夜莺"对比雪莱的"云雀"，济慈的"忧郁"对比雪莱的"云"，一是动、舞、生命、精华的、光亮的、搏动的生命，一是静、幽、甜熟的、渐缓的、"奢侈"的死，比生命更深奥更博大的死，那就是永生。懂了他的生死的概念我们再来解释他的诗：

（六）"但是我一面正在猜测着这青林里的这样那样，夜莺他还是不歇的唱着，这回唱得更浓更烈了。（先前只像荷池里的雨声，调虽急，韵节还是很匀净的；现在竟像是大块的骤雨落在盛开的丁香林中，这白英在狂颤中缤纷的堕地，雨中的一阵香雨，声调急促极了）所以他竟想在这极乐中静静的解化，平安的死去，所以他竟与无痛苦的解脱发生了恋爱，昏昏的随口编着钟爱的名字唱着赞美他，要他领了他永别这生的世界，投入永生的世界。这死所以不仅不是痛苦，真是最高的幸福，不仅不是不幸，并且是一个极大的奢侈；不仅不是消极的寂灭，这正是真生命的实现。在这青林中，在这半夜里，在这美妙的歌声里，轻轻的挑破了生命的水泡，啊，去吧！同时你在歌声中倾吐了你的内蕴的灵性，放胆的尽性的狂歌好像你在这黑暗里看出比光明更光明的光明，在你的叶荫中实现了比快乐更快乐的快乐；——我即使死了，你还是继续的唱着，直唱到我听不着，变成了土，你还是永

---

①　沙浮，通译莎福（前7—前6世纪），古希腊女诗人。

远的唱着。"

这是全诗精神最饱满音调最神灵的一节，接着上段死的意思与永生的意思，他从自己又回想到那鸟的身上，他想我可以在这歌声里消散，但这歌声的本体呢？听歌的人可以由生入死，由死得生，这唱歌的鸟，又怎样呢？以前的六节都是低调，就是第六节调虽变，音还是像在浪花里浮沉着的一张叶片，浪花上涌时叶片上涌，浪花低伏时叶片也低伏；但这第七节是到了最高点，到了急调中的急调——诗人的情绪，和着鸟的歌声，尽情的涌了出来：他的迷醉中的诗魂已经到了梦与醒的边界。

这节里 Ruth① 的本事是在旧约书里 *The Book of Ruth*②，她是嫁给一个客民的，后来丈夫死了，她的姑要回老家，叫她也回自己的家再嫁人去，罗司一定不肯，情愿跟着她的姑到外国去守寡，后来他在麦田里收麦，她常常想着她的本乡，济慈就应用这段故事。

（七）"方才我想到死与灭亡，但是你，不死的鸟呀，你是永远没有灭亡的日子，你的歌声就是你不死的一个凭证。时代尽迁异，人事尽变化，你的音乐还是永远不受损伤，今晚上我在此地听你，这歌声还不是在几千年前已经在着，富贵的王子曾经听过你，卑贱的农夫也听过你：也许当初罗司那孩子在黄昏时站在异邦的田里割麦，他眼里含着一包眼泪思念故乡的时候，这同样的歌声，曾经从林子里透出来，给她精神的慰安，也许在中古时期幻术家在海上变出蓬莱仙岛，在波心里起造着楼阁，在这里面住着他们摄取来的美丽的女郎，她们凭着窗户望海思乡时，你的歌声也曾经感动她们的心灵，给她们平安与愉快。"

（八）这段是全诗的一个总束，夜莺放歌的一个总束，也可以说人生的大梦的一个总束。他这诗里有两相对的（动机）；一个是这现世界，与这面目可憎的实际的生活：这是他巴不得逃避，巴不得忘却的，一个是超现实的世界，音乐声中不朽的生命，这是他所想望的，他要实现的，他愿意解脱了不完全暂时的生为要化入这完全的永久的

---

① Ruth，通译露丝（本文译作罗司），圣经《旧约·路得记》中的一个人物。不过，济慈的《夜莺颂》至第七节才用到这个典故，徐志摩这里把她错到第六节里去了。

② *The Book of Ruth*，即《旧约·路得记》。

生。他如何去法，凭酒的力量可以去，凭诗的无形的翅膀亦可以飞出尘寰，或是听着夜莺不断的唱声也可以完全忘却这现世界的种种烦恼。他去了，他化入了温柔的黑夜，化入了神灵的歌声——他就是夜莺；夜莺就是他。夜莺低唱时他也低唱，高唱时他也高唱，我们辨不清谁是谁，第六第七段充分发挥"完全的永久的生"那个动机，天空里，黑夜里已经充塞了音乐——所以在这里最高的急调尾声一个字音 forlorn① 里转回到那一个动机，他所从来那个现实的世界，往来穿着的还是那一条线，音调的接合，转变处也极自然；最后糅和那两个相反的动机，用醒（现世界）与梦（想象世界）结束全文，像拿一块石子掷入山壑内的深潭里，你听那音响又清切又谐和，余音还在山壑里回荡着，使你想见那石块慢慢的，慢慢的沉入了无底的深潭……音乐完了，梦醒了，血呕尽了，夜莺死了！但他的余韵却袅袅的永远在宇宙间回响着……

十三年十二月二日夜半

原载 1925 年 2 月《小说月报》第十六卷第二号。

---

① forlorn，孤寂的。

"就使打破了头，也还要保持我灵魂的自由" ①

照群众行为看起来，中国人是最残忍的民族。

照个人行为看起来，中国人大多数是最无耻的个人。慈悲的真义是感觉人类应感觉的感觉，和有胆量来表现内动的同情。中国人只会在杀人场上听小热昏②，决不会在法庭上贺喜判决无罪的刑犯；只想把洁白的人齐拉入混浊的水里，不会原谅拿人格的头颅去撞开地狱门的牺牲精神。只是"幸灾乐祸""投井下石"：不会冒一点子险去分肩他人为正义而奋斗的负担。

从前在历史上，我们似乎听见过有什么义呀侠呀，什么当仁不让，见义勇为的榜样呀，气节呀，廉洁呀，等等。如今呢，只听见神圣的职业者接受蜜甜的"冰炭敬"，磕拜寿祝福的响头，到处只见拍卖人格"贱卖灵魂"的招贴。这是革命最彰明的成绩，这是华族民国最动人的广告！

"无理想的民族必亡"，是一句不刊的真言。我们目前的社会政治走的只是卑污苟且的路，最不能容许的是理想，因为理想好比一面大镜子，若然摆在面前，一定照出魑魅魍魉的丑迹。莎士比亚的丑鬼卡立朋③（Caliban）有时在海水里照出自己的尊容，总是恼羞成怒的。

所以每次有理想主义的行为或人格出现，这卑污苟且的社会一定

---

① 1923年1月，北洋政府教育总长彭允彝干涉司法，引起知识界普遍愤慨，北京大学校长蔡元培为抗议此事，提出辞职，并发表宣言，申明对政府采取不合作态度。徐志摩此文是从人格与公道的立场上对蔡元培的支持。

② 小热昏，江浙一带民间的一种曲艺样式。

③ 卡立朋，通译凯列班，莎士比亚戏剧《暴风雨》中的人物，一个野蛮而丑怪的奴隶。

不能容忍；不是拳打脚踢，也总是冷嘲热讽，总要把那三闾大夫①硬推入汨罗江底，他们方才放心。

我们从前是儒教国，所以从前理想人格的标准是智仁勇。现在不知道变成了什么国了，但目前最普通人格的通性，明明是愚暗残忍懦怯，正得一个反面。但是真理正义是永生不灭的圣火；也许有时遭被蒙盖掩翳罢了。大多数的人一天二十四点钟的时间内，何尝没有一刹那清明之气的回复？但是谁有胆量来想他自己的想，感觉他内动的感觉，表现他正义的冲动呢？

蔡元培所以是个南边人说的"戆大"，愚不可及的一个书呆子，卑污苟且社会里的一个最不合时宜的理想者。所以他的话是没有人能懂的；他的行为是极少数人——如真有——敢表同情的；他的主张，他的理想，尤其是一盆飞旺的炭火，大家怕炙手，如何敢去抓呢？

"小人知进而不知退，"

"不忍为同流合污之苟安，"

"不合作主义，"

"为保持人格起见……"

"生平仅知是非公道，从不以人为单位。"

这些话有多少人能懂，有多少人敢懂？

这样的一个理想者，非失败不可；因为理想者总是失败的。若然理想胜利，那就是卑污苟且的社会政治失败——那是一个过于奢侈的希望了。

有知识有胆量能感觉的男女同志，应该认明此番风潮是个道德问题；随便彭允彝京津各报如何淆惑，如何谣传，如何去牵涉政党，总不能掩没这风潮里面一点子理想的火星。要保全这点子小小的火星不灭，是我们的责任，是我们良心上的负担；我们应该积极同情这番拿人格头颅去撞开地狱门的精神。

原载 1923 年 1 月 28 日《努力周报》第三十九期。

---

① 三闾大夫，即战国时期楚国的大诗人屈原。

想 飞

假如这时候窗子外有雪——街上，城墙上，屋脊上，都是雪，胡同口一家屋檐下偎着一个戴黑兜帽的巡警，半拢着睡眼，看棉团似的雪花在半空中跳着玩……假如这夜是一个深极了的啊，不是壁上挂钟的时针指示给我们看的深夜，这深就比是一个山洞的深，一个往下钻螺旋形的山洞的深……

假如我能有这样一个深夜，它那无底的阴森捻起我遍体的毫管；再能有窗子外不住往下筛的雪，筛淡了远近间飚动的市谣；筛泯了在泥道上挣扎的车轮；筛灭了脑壳中不妥协的潜流……

我要那深，我要那静。那在树荫浓密处躲着的夜鹰，轻易不敢在天光还在照亮时出来睁眼。思想：它也得等。

青天里有一点子黑的。正冲着太阳耀眼，望不真，你把手遮着眼，对着那两株树缝里瞧，黑的，有榧子来大，不，有桃子来大——嘿，又移着往西了！

我们吃了中饭出来到海边去。（这是英国康槐尔极南的一角，三面是大西洋）。勣丽丽的叫响从我们的脚底下匀匀的往上颤，齐着腰，到了肩高，过了头顶，高入了云，高出了云。啊！你能不能把一种急震的乐音想象成一阵光明的细雨，从蓝天里冲着这平铺着青绿的地面不住的下？不，那雨点都是跳舞的小脚，安琪儿的。云雀们也吃过了饭，离开了它们卑微的地巢飞往高处做工去。上帝给它们的工作，替上帝做的工作。瞧着，这儿一只，那边又起了两！一起就冲着天顶飞，小翅膀活动的多快活，圆圆的，不踌躇的飞，——它们就认识青天。一起就开口唱，小嗓子活动的多快活，一颗颗小精圆珠子直往外唾，亮亮的唾，脆脆的唾，——它们赞美的是青天。瞧着，这飞得多高，

有豆子大，有芝麻大，黑刺刺的一屑，直顶着无底的天顶细细的摇，——这全看不见了，影子都没了！但这光明的细雨还是不住的下着……

飞。"其翼若垂天之云……背负苍天，而莫之夭阏者;"那不容易见着。我们镇上东关厢外有一座黄泥山，山顶上有一座七层的塔，塔尖顶着天。塔院里常常打钟，钟声响动时，那在太阳西晒的时候多，一枝艳艳的大红花贴在西山的鬓边回照着塔山上的云彩，——钟声响动时，绕着塔顶尖，摩着塔顶天，穿着塔顶云，有一只两只，有时三只四只有时五只六只蜷着爪往地面瞧的"饿老鹰"，撑开了它们灰苍苍的大翅膀没挂恋似的在盘旋，在半空中浮着，在晚风中泅着，仿佛是按着塔院钟的波荡来练习圆舞似的。那是我做孩子时的"大鹏"。有时好天抬头不见一瓣云的时候听着猺忧忧的叫响，我们就知道那是宝塔上的饿老鹰寻食吃来了，这一想象半天里秃顶圆睛的英雄，我们背上的小翅膀骨上就仿佛齸出了一锉锉铁刷似的羽毛，摇起来呼呼响的，只一摆就冲出了书房门，钻入了玳瑁镶边的白云里玩儿去，谁耐烦站在先生书桌前晃着身子背早上上的多难背的书！啊飞！不是那在树枝上矮矮的跳着的麻雀儿的飞;不是那凑天黑从堂匾后背冲出来赶蚊子吃的蝙蝠的飞;也不是那软尾巴软嗓子做窠在堂檐上的燕子的飞。要飞就得满天飞，风拦不住云挡不住的飞，一翅膀就跳过一座山头，影子下来遮得阴二十亩稻田的飞，到天晚飞倦了就来绕着那塔顶尖顺着风向打圆圈做梦……听说饿老鹰会抓小鸡！

飞。人们原来都是会飞的。天使们有翅膀，会飞，我们初来时也有翅膀，会飞。我们最初来就是飞了来的，有的做完了事还是飞了去，他们是可羡慕的。但大多数人是忘了飞的，有的翅膀上掉了毛不长再也飞不起来，有的翅膀叫胶水给胶住了，再也拉不开，有的羽毛叫人给修短了像鸽子似的只会在地上跳，有的拿背上一对翅膀上当铺去典钱使过了期再也赎不回……真的，我们一过了做孩子的日子就掉了飞的本领。但没了翅膀或是翅膀坏了不能用是一件可怕的事。因为你再也飞不回去，你蹲在地上呆望着飞不上去的天，看旁人有福气的一程一程的在青云里逍遥，那多可怜。而且翅膀又不比是你脚上的鞋，穿烂了可以再问妈要一双去，翅膀可不成，折了一根毛就是一根，没法给补的。还有，单顾着你翅膀也还不定规到时候能飞，你这身子要是不谨慎养太肥了，翅膀力量小再也拖不起，也是一样难不是？一对小翅膀驮不起一个胖肚子，那情形多可笑！到时候你听人家高声的招呼说，朋友，回去吧，趁这天还有紫色的光，你听他们的翅膀在半空中沙沙的摇响，朵朵的春云跳过来拥着他们的肩背，望着最光明的来处翩翩的，冉冉的，轻烟似的化出了你的视域，像云雀似的只留下一泻光明的骤雨——"Thou art unseen, but yet I hear thy shrill delight"①——那你，独自在泥涂里淹着，够多难受，够多懊恼，够多寒伧！趁早留神你的翅膀，朋友？

是人没有不想飞的。老是在这地面上爬着够多厌烦，不说别的。飞出这圈子，飞出这圈子！到云端里去，到云端里去！哪个心里不成天千百遍的这么想？飞上天空去浮着，看地球这弹丸在大空里滚着，从陆地看到海，从海再看回陆地。凌空去看一个明白——这才是做人的趣味，做人的权威，做人的交代。这皮囊要是太重挪不动，就掷了它，可能的话，飞出这圈子，飞出这圈子！

人类初发明用石器的时候，已经想长翅膀。想飞。原人洞壁上画的四不像，它的背上掮着翅膀；拿着弓箭赶野兽的，他那肩背上也给安了翅膀。小爱神是有一对粉嫩的肉翅的。挨开拉斯②（Icarus）是人类飞行史里第一个英雄，第一次牺牲。安琪儿（那是理想化的人）第一个标记是帮助他们飞行的翅膀。那也有沿革——你看西洋画上的表现。最初像是一对小精致的令旗，蝴蝶似的粘在安琪儿们的背上，像真的，不灵动。渐渐的翅膀长大了，地位安准了，毛羽丰满了。画图上的天使们长上了真的可能的翅膀。人类初次实现了翅膀的观念，彻悟了飞行的意义。挨开拉斯闪不死的灵魂，回来投生又投生。人类最大的使命，是制造翅膀；最大的成功是飞！理想的极度，想象的止境，从人到神！诗是翅膀上出世的；哲理是在空中盘旋的。飞：超脱

---

① 大意是"你无影无踪，但我仍听见你的尖声欢叫"。

② 挨开拉斯，现通译伊卡罗斯，古希腊传说中能工巧匠代达洛斯（Daedalus）的儿子。他们父子用蜂蜡粘贴羽毛做成双翼，腾空飞行。由于伊卡罗斯飞得太高，太阳把蜂蜡晒化，使他坠海而死。

一切，笼盖一切，扫荡一切，吞吐一切。

你上那边山峰顶上试去，要是度不到这边山峰上，你就得到这万丈的深渊里去找你的葬身地！"这人形的鸟会有一天试他第一次的飞行，给这世界惊骇，使所有的著作赞美，给他所从来的栖息处永久的光荣。"啊达文謇！

但是飞？自从挨开拉斯以来，人类的工作是制造翅膀，还是束缚翅膀？这翅膀，承上了文明的重量，还能飞吗？都是飞了来的，还都能飞了回去吗？钳住了，烙住了，压住了，——这人形的鸟会有试他第一次飞行的一天吗？……

同时天上那一点子黑的已经迫近在我的头顶，形成了一架鸟形的机器，忽的机沿一侧，一球光直往下注，硼的一声炸响，——炸碎了我在飞行中的幻想，青天里平添了几堆破碎的浮云。

原载 1926 年 4 月 19 日《晨报副刊》。

"话" ①

　　绝对的值得一听的话，是从不曾经人口说过的；比较的值得一听的话，都在偶然的低声细语中；相对的不值得一听的话，是有规律有组织的文字结构；绝对不值得一听的话，是用不经修炼，又粗又蠢的嗓音所发表的语言。比如：正式集会的演说，不论是运动、女子参政或是宣传色彩鲜明的主义；学校里讲台上的演讲，不论是山西乡村里训阎阎圣人用民主主义的冬烘先生的法宝，或是穿了前红后白道袍方巾的博士衣的瞎扯；或是充满了烟士披里纯②开口天父闭口阿门的讲道——都是属于我所说最后的一类：都是无条件的根本的绝对的不值得一听的话。历代传下来的经典，大部分的文学书，小部分的哲学书，都是末了第二类——相对的不值得一听的话。至于相对的可听的话，我说大概都在偶然的低声细语中：例如真诗人梦境最深——诗人们除了做梦再没有正当的职业——神魂远在祥云缥缈之间那时候随意吐露出来的零句断片，英国大诗人宛茨渥士③所谓茶壶煮沸时嘶嘶的微音；最可以象征入神的诗境——例如李太白的，"我醉欲眠卿且去，明朝有意抱琴来"，或是开茨④的。"There I shut her wild, wild eyes with kisses four"⑤，你们知道宛茨渥士和雪莱他们不朽的诗歌，大都是在田野间，海滩边，树林里，独自徘徊着像离魂病似的自言自语的成绩；法

---

①　本文是在燕京大学的一次讲演。
②　烟士披里纯，英文"灵感"一词的音译。
③　宛茨渥士，通译华兹华斯（1779—1850），英国浪漫主义诗人。
④　开茨，通译济慈（1795—1821），英国诗人。
⑤　这句诗的大意是，"我以四个热烈的吻，封住了她那充满着野性的眼睛"。

国的波特莱亚①、凡尔仑②他们精美无比的妙句，很多是受了烈性的麻醉剂——大麻或是鸦片——影响的结果。这种话比较的很值得一听。还有青年男女初次受了顽皮的小爱神箭伤以后，心跳肉颤面红耳赤的在花荫间在课室内，或在月凉如洗的墓园里，含着一包眼泪吞吐出来的——不问怎样的不成片段，怎样的违反文法——往往都是一颗颗希有的珍珠，真情真理的凝晶。但诸君要听明白了，我说值得一听的话大都是在偶然的低声和语中，不是说凡是低声和语都是值得一听的，要不然外交厅屏风后的交头接耳，家里太太月底月初枕头边的小噜苏，都有了诗的价值了！

绝对的值得一听的话，是从不曾经人口道过的。整个的宇宙，只是不断的创造；所有的生命，只是个性的表现。真消息，真意义，内蕴在万物的本质里，好像一条大河，网络似的支流，随地形的结构，四方错综着，由大而小，由小而微，由微而隐，由有形至无形，由可数至无限，但这看来极复杂的组织所表明的只是一个单纯的意义，所表现的只是一体活泼的精神；这精神是完全的，整个的，实在的；唯其因为是完全整个实在而我们人的心力智力所能运用的语言文字，只是不完全非整个的，模拟的，象征的工具，所以人类几千年来文化的成绩，也只是想猜透这大迷谜似是而非的各种的尝试。人是好奇的动物；我们的心智，便是好奇心活动的表现。这心智的好奇性便是知识的起源。一部知识史，只是历尽了九九八十一大难却始终没有望见极乐世界求到大藏真经的一部西游记。说是快乐吧，明明是劫难相承的苦恼，说是苦恼，苦恼中又分明有无限的安慰。我们各个人的一生便是人类全史的缩小，虽则不敢说我们都是寻求真理的合格者，但至少我们的胸中，在现在生命的出发时期，总应该培养一点寻求真理的诚心，点起一盏寻求真理的明灯，不至于在生命的道上只是暗中摸索，不至于盲目的走到了生命的尽头，什么发现都没有。

但虽则真消息与真意义是不可以人类智力所能运用的工具——就是语言文字——来完全表现，同时我们又感觉内心寻真求知的冲动，

---

① 波特莱亚，通译波德莱尔（1821—1867），法国象征派诗人，著有《恶之花》等。

② 凡尔仑，通译魏尔伦（1844—1896），法国象征派诗人，著有《无言之歌》等。

想侦探出这伟大的秘密，想把宇宙与人生的究竟，当作一朵盛开的大红玫瑰，一把抓在手掌中心，狠劲的紧挤，把花的色、香、灵肉，和我们自己爱美、爱色、爱香的烈情，绞和在一起，实现一个彻底的痛快；我们初上生命和知识舞台的人，谁没有，也许多少深浅不同，浮士德的大野心，他想"discover the force that binds the world and guides its course"① 谁不想在知识界里，做一个笼卷一切的拿破仑？这种想为王为霸的雄心，都是生命原力内动的征象，也是所有的大诗人、大艺术家最后成功的预兆；我们的问题就在怎样能替这一腔还在潜伏状态中的活泼的蓬勃的心力心能，开辟一条或几条可以尽情发展的方向，使这一盏心灵的神灯，一度点着以后，不但继续的有燃料的供给，而且能在狂风暴雨的境地里，益发的光焰神明；使这初出山的流泉，渐渐的汇成活泼的小涧，沿路再并合了四方来会的支流，虽则初起经过崎岖的山路，不免辛苦，但一到了平原，便可以放怀的奔流，成河成江，自有无限的前途了。

真伟大的消息都蕴伏在万事万物的本体里，要听真值得一听的话，只有请教两位最伟大的先生。

现放在我们面前的两位大教授，不是别的，就是生活本体与大自然。生命的现象，就是一个伟大不过的神秘：墙角的草兰，岩石上的苔藓，北冰洋冰天雪地里的极熊水獭，城河边咶咶叫夜的水蛙，赤道上火焰似沙漠里的爬虫，乃至于弥漫在大气中的霉菌，大海底最微妙的生物；总之太阳热照到或能透到的地域，就有生命现象。我们若然再看深一层，不必有菩萨的慧眼，也不必有神秘诗人的直觉，但凭科学的常识，便可以知道这整个的宇宙，只是一团活泼的呼吸，一体普遍的生命，一个奥妙灵动的整体。一块极粗极丑的石子，看来像是全无意义毫无生命，但在显微镜底下看时，你就在这又粗又丑的石块里，发现一个神奇的宇宙，因为你那时所见的，只是千变万化颜色花样各各不同的种种结晶体，组成艺术家所不能想象的一种排列；若然再进一层研究，这无量数的凝晶各个的本体，又是无量数更神奇不可思议的电子所组成：这里面又是一个 Cosmos②，仿佛灿烂的星空，无量数的星球同时在放光辉在自由地呼吸着。

---

① 这句话的意思是，"发现一种统一整个世界以及引导这一进程的力量"。

② Cosmos，宇宙。

但我们绝不可以为单凭科学的进步就能看破宇宙结构的秘密。这是不可能的。我们打开了一处知识的门，无非又发现更多还是关得紧紧的，猜中了一个小迷谜，无非从这猜中里又引起一个更大更难猜的谜，爬上了一个山峰，无非又发现前面还有更高更远的山峰。

这无穷尽性便是生命与宇宙的通性。知识的寻求固然不能到底，生命的感觉也有同样无限的境界。我们在地面上做人这场把戏里，虽则是刹那间的幻象，却是有的是好玩，只怕我们的精力不够，不曾学得怎样玩法，不怕没有相当的趣味与报酬。

所以重要的在于养成与保持一个活泼无碍的心灵境地，利用天赋的身与心的能力，自觉的尽量发展生活的可能性。活泼无碍的心灵境界：比如一张绷紧的弦琴，挂在松林的中间，感受大气小大快慢的动荡，发出高低缓急同情的音调。我们不是最爱自由最恶奴从吗？但我们向生命的前途看时，恐怕不易使我们乐观，除了我们一点无形无踪的心灵以外，种种的势力只是强迫我们做奴做隶的努力：种种对人的心与责任，社会的习惯，机械的教育，沾染的偏见，都像沙漠的狂风一样，卷起满天的砂土，不时可以把我们可怜的旅行人整个儿给埋了！

这就是宗教家出世主义的大原因，但出世者所能实现的至多无非是消极的自由，我们所要的却不止此。我们明知向前是奋斗，但我们却不肯做逃兵，我们情愿将所有的精液，一齐发泄成奋斗的汗，与奋斗的血，只要能得最后的胜利，那时尽量的痛苦便是尽量的快乐。我们果然能从生命的现象与事实里，体验到生命的实在与意义；能从自然界的现象与事实里，领会到造化的实在与意义，那时随我们付多大的价钱，也是值得的了。

要使生命成为自觉的生活，不是机械的生存，是我们的理想。要从我们的日常经验里，得到培保心灵扩大人格的资养，是我们的理想。要使我们的心灵，不但消极的不受外物的拘束与压迫，并且永远在继续的自动，趋向创作，活泼无碍的境界，是我们的理想。使我们的精神生活，取得不可否认的实在，使我们生命的自觉心，像大雪天滚雪球一般的愈滚愈大，不但在生活里能同化极伟大极深沉与极隐奥的情感，并且能领悟到大自然一草一木的精神，是我们的理想。使天赋我们灵肉两部的势力，尽性的发展，趋向最后的平衡与和谐，是我们的理想。

理想就是我们的信仰，努力的标准，果然我们能运用想象力为我们自己悬拟一个理想的人格，同时运用理智的机能，认定了目标努力去实现那理想，那时我们在奋斗的经程中，一定可以得到加倍的勇气，遇见了困难，也不至于失望，因为明知是题中应有的文章，我们的立身行事，也不必迁就社会已成的习惯与法律的范围，而自能折中于超出寻常所谓善恶的一种更高的道德标准；我们那时便可以借用李太白当时躲在山里自得其乐时答复俗客的妙句，"落花流水杳然去，别有天地非人间！"

我们也明知这不是可以偶然做到的境界；但问题是在我们能否见到这境界，大多数人只是不黑不白的生，不黑不白的死，耗费了不少的食料与饮料，耗费了不少的时间与空间，结果连自己的臭皮囊都收拾不了，还要连累旁人；能见到的人已经不少，见到而能尽力做去的人当然更少，但这极少数人却是文化的创造者，便能在梁任公①先生说的那把宜兴茶壶里留下一些不磨的痕迹。

我个人也许见言太偏僻了，但我实在不敢信人为的教育，他动的训练，能有多大的价值：我最初最后的一句话，只是"自身体验去"，真学问、真知识绝不是在教室中书本里所能求得的。

大自然才是一大本绝妙的奇书，每张上都写有无穷无尽的意义，我们只要学会了研究这一大本书的方法，多少能够了解他内容的奥义，我们的精神生活就不怕没有资养，我们理想的人格就不怕没有基础。但这本无字的天书，绝不是没有相当的准备就能一目了然的：我们初识字的时候，打开书本子来，只见白纸上画的许多黑影，哪里懂得什么意义。我们现有的道德教育里哪一条训条，我们不能在自然界感到更深彻的意味，更亲切的解释？每天太阳从东方的地平上升，渐渐的放光，渐渐的放彩，渐渐的驱散了黑夜，扫荡了满天沉闷的云雾，霎刻间临照四方，光满大地；这是何等的景象？夏夜的星空，张着无量数光芒闪烁的神眼，衬出浩渺无极的穿苍，这是何等的伟大景象？大海的涛声不住的在呼啸起落，这是何等伟大奥妙的景象？高山顶上一体的纯白，不见一些杂色，只有天气飞舞着，云彩变幻着，这又是何等高尚纯粹的景象？小而言之，就是地上一棵极贱的草花，他在春风与艳阳中摇曳着，自有一种庄严愉快的神情，无怪诗人见了，甚至内

---

① 梁任公，即梁启超。

感"非涕泪所能宣泄的情绪"。宛茨渥士说的自然"大力回容，有镇驯矫伤之功"，这是我们的真教育。但自然最大的教训，尤在"凡物各尽其性"的现象。玫瑰是玫瑰，海棠是海棠，鱼是鱼，鸟是鸟，野草是野草，流水是流水；各有各的特性，各有各的效用，各有各的意义。仔细的观察与悉心体会的结果，不由你不感觉万物造作之神奇，不由你不相信万物的底里是有一致的精神流贯其间，宇宙是合理的组织，人生也无非这大系统的一个关节。因此我们也感想到人类也许是最无出息的一类。一茎草有他的妩媚，一块石子也有他的特点，独有人反只是庸生庸死，大多数非但终身不能发挥他们可能的个性，而且遗下或是丑陋或是罪恶一类不洁净的踪迹，这难道也是造物主的本意吗？

我前面说过所有的生命只是个性的表现。只要在有生的期间内，将天赋可能的个性尽量的实现，就是造化旨意的完成。我这几天在留心我们馆里的月季花，看他们结苞，看他们开放，看他们逐渐的盛开，看他们逐渐的憔悴，逐渐的零落。我初动的感情觉得是可悲，何以美的幻象这样的易灭，但转念却觉得不但不必为花悲，而且感悟了自然生生不已的妙意。花的责任，就在集中他春来所吸受阳光雨露的精神，开成色香两绝的好花，精力完了便自落地成泥，圆满功德，明年再来过。只有不自然的被摧残了，不能实现他自傲色香的一两天，那才是可伤的耗费。

不自然的杀灭了发长的机会，才是可惜，才是违反天意。我们青年人应该时时刻刻把这个原则放在心里。不能在我生命里实现人之所以为人，我对不起自己。在为人的生活里不能实现我之所以为我，我对不起生命；这个原则我们也应该时时放在心里。

我们人类最大的幸福与权力，就是在生活里有相当的自由活动，我们可以自觉的调剂，整理，修饰，训练我们生活的态度，我们既然了解了生活只是个性的表现，只是一种艺术，就应得利用这一点特权将生活看作艺术品，谨慎小心的做去。运命论我们是不相信的，但就是相面算命先生也还承认心有改相致命的力量。环境论的一部分我们不得不承认，但是心灵支配环境的可能，至少也与环境支配生活的可能相等，除非我们自愿让物质的势力整个儿扑灭了心灵的发展，那才是生活里最大的悲惨。

我们的一生不成材不碍事，材是有用的意思；不成器也不碍事，器也是有用的意思。生活却不可不成品，不成格，品格就是个性的外现，是对于生命本体，不是对于其余的标准，例如社会家庭——直接担负的责任；橡树不是榆树，翠鸟不是鸽子，各有各的特异的品格。在造化的观点看来，橡树不是为柜子衣架而生，鸽子也不是为我们爱吃五香鸽子而存，这是他们偶然的用或被利用，物之所以为物的本义是在实现他天赋的品性，实现内部精力所要求的特异的格调。我们生命里所包涵的活力，也不问你在世上做将，做相，做资本家，做劳动者，做国会议员，做大学教授，而只要求一种特异品格的表现，独一的，自成一体的，不可以第二类相比称的，犹之一树上没有两张绝对相同的叶子，我们四万万人里也没有两个相同的鼻子。

而要实现我们真纯的个性，绝不是仅仅在外表的行为上务为新奇务为怪僻——这是变性不是个性——真纯的个性是心灵的权力能够统制与调和身体，理智、情感、精神，种种造成人格的机能以后自然流露的状态，在内不受外物的障碍，像分光镜似的灵敏，不论是地下的泥砂，不论是远在万万里外的星辰，只要光路一对准，就能分出他光浪的特性；一次经验便是一次发明，因为是新的结合，新的变化。有了这样的内心生活，发之于外，当然能超于人为的条例而能与更深奥却更实在的自然规律相呼应，当然能实现一种特异的品与格，当然能在这大自然的系统里尽他特异的贡献，证明他自身的价值。懂了物各尽其性的意义再来观察宇宙的事物，实在没有一件东西不是美的，一叶一花是美的不必说，就是毒性的虫，比如蝎子，比如蚂蚁，都是美的。只有人，造化期望最深的人，却是最辜负的，最使人失望的，因为一般的人，都是自暴自弃，非但不能尽性，而且到底总是糟蹋了原来可以为美可以为善的本质。

惭愧呀，人！好好一个可以做好文章的题目，却被你写做一篇一窍不通的滥调；好好一个画题，好好一张帆布，好好的颜色，都被你涂成奇丑不堪的滥画；好好的雕刀与花岗石，却被你斫成荒谬恶劣的怪像！好好的富有灵性可以超脱物质与普遍的精神共化永生的生命，却被你糟蹋亵渎成了一种丑陋庸俗卑鄙龌龊的废物！

生活是艺术。我们的问题就在怎样的运用我们现成的材料，实现

我们理想的作品；怎样的可以像密仡郎其罗①一样，取到了一大块矿山里初开出来的白石，一眼望过去，就看出他想象中的造像，已经整个的嵌稳着，以后只要下打开石子把他不受损伤的取了出来的工夫就是。所以我们再也不要抱怨环境不好不适宜，阻碍我们自由的发展，或是教育不好不适宜，不能奖励我们自由的发展。发展或是压灭，自由或是奴从，真生命或是苟活，成品或是无格———一切都在我们自己，全看我们在青年时期有否生命的觉悟，能否培养与保持心灵的自由，能否自觉的努力，能否把生活当作艺术，一笔不苟的做去。我所以回返重复的说明真消息、真意义、真教育绝非人口或书本子可以宣传的，只有集中了我们的灵感性直接的一面向生命本体，一面向大自然耐心去研究，体验，审察，省悟，方才可以多少了解生活的趣味与价值与他的神圣。

因为思想与意念，都起于心灵与外象的接触：创造是活动与变化的结果。真纯的思想是一种想象的实在，有他自身的品格与美，是心灵境界的彩虹，是活着的胎儿。但我们同时有智力的活动，感动于内的往往有表现于外的倾向———大画家米莱②氏说深刻的印象往往自求外现，而且自然的会寻出最强有力的方法来表现———结果无形的意念便化成有形可见的文字或是有声可闻的语言，但文字语言最高的功用就在能象征我们原来的意念，他的价值也止于凭借符号的外形，暗示他们所代表的当时的意念。而意念自身又无非是我们心灵的照海灯偶然照到实在的海里的一波一浪或一岛一屿。文字语言本身又是不完善的工具，再加之我们运用驾驭力的薄弱，所以文字的表现很难得是勉强可以满足的。我们随便翻开哪一本书，随便听人讲话，就可以发现各式各样的文字障，与语言习惯障，所以既然我们自己用语言文字来表现内心的现象已经至多不过勉强的适用，我们如何可以期望满心只是文字障与语言习惯障的他人，能从呆板的符号里领悟到我们一时神感的意念。佛教所以有禅宗一派，以不言传道，是很可寻味的———达摩面壁十年，就在解脱文字障直接明心见道的工夫。现在的所谓教育尤其是离本更远，即使教育的材料最初是有多少活的成分，但经了几

---

① 密仡郎其罗，通译米开朗琪罗（1475—1564），意大利文艺复兴时期的雕塑家、画家。

② 米莱，通译米勒（1814—1875），法国画家，巴比松画派的代表人物。

度的转换，无意识的传授，只能变成死的训条——穆勒约翰①说的"dead dogma"②不是"living idea"③。我个人所以根本不信任人为的教育能有多大的价值，对于人生少有影响不用说，就是认为灌输知识的方法，照现有的教育看来，也免不了硬而且蠢的机械性。

但反过来说，既然人生只是表现，而语言文字又是人类进化到现在比较的最适用的工具，我们明知语言文字如同政府与结婚一样是一件不可免的没奈何事，或如尼采说的是"人心的牢狱"，我们还是免不了他。我们只能想法使他增加适用性，不能抛弃了不管。我们只能做两部分的功夫：一方面消极的防止文字障语言习惯障的影响；一方面积极的体验心灵的活动，极谨慎的极严格的在我们能运用的字类里选出比较的最确切最明了最无疑义的代表。

这就是我们应该应用"自觉的努力"的一个方向。你们知道法国有个大文学家弗洛贝尔④，他有一个信仰，以为一个特异的意念只有一个特异的字或字句可以表现，所以他一辈子艰苦卓绝的从事文学的日子，只是在寻求唯一适当的字句来代表唯一相当的意念。他往往不吃饭不睡，呆呆的独自坐着，绞着脑筋的想，想寻出他称心惬意的表现，有时他烦恼极了，甚至想自杀，往往想出了神，几天写不成一句句子。试想像他那样伟大的天才，那样丰富的学识，尚且要下这样的苦工，方才制成不朽的文学，我们看了他的榜样不应该感动吗？

不要说下笔写，就是平常说话，我们也应有相当的用心——一句话可以泄露你心灵的浅薄，一句话可以证明你自觉的努力，一句话可以表示你思想的糊涂，一句话可以留下永久的印象。这不是说说话要漂亮，要流利，要有修词的功夫，那都是不重要的：最重要的是对内心意念的忠实，与适当的表现。固然有了清明的思想，方能有清明的语言，但表现的忠实，与不苟且运用文字的决心，也就有纠正松懈的思想与惊醒心灵的功效。

我们知道说话是表现个性极重要的方法，生活既然是一个整体的

① 穆勒约翰，即约翰·穆勒（1806—1873），英国哲学家。

② Dead dogma，死的教条。

③ living idea，活的思想。

④ 弗洛贝尔，通译福楼拜（1821—1880），法国作家，著有《包法利夫人》等。

艺术，说话当然是这艺术里的重要部分。极高的功夫往往可以从极小的起点做去，我们实现生命的理想，也未始不可从注意说话做起。

原载《落叶》，北新书局 1926 年 6 月初版。

秋[①]

两年前，在北京，有一次，也是这么一个秋风生动的日子，我把一个人的感想比作落叶，从生命那树上掉下来的叶子。落叶，不错，是衰败和凋零的象征，它的情调几乎是悲哀的。但是那些在半空里飘摇，在街道上颠倒的小树叶儿，也未尝没有它们的妩媚，它们的颜色，它们的意味，在少数有心人看来，它们在这宇宙间并不是完全没有地位的。"多谢你们的摧残，使我们得到解放，得到自由。"它们仿佛对无情的秋风说："劳驾你们了，把我们踹成粉，踩成泥，使我们得到解脱，实现消灭，"它们又仿佛对不经心的人们这么说。因为看着，在春风回来的那一天，这叫卑微的生命的种子又会从冰封的泥土里翻成一个新鲜的世界。它们的力量，虽则是看不见，可是不容疑惑的。

我那是感着的沉闷，真是一种不可形容的沉闷。它仿佛是一座大山，我整个的生命叫它压在底下。我那时的思想简直是毒的，我有一首诗，题目就叫《毒药》，开头的两行是——

> 今天不是，我唱歌的日子，我口边涎着狞恶的冷笑，不是我说笑的日子，我胸怀间插着发冷光的刀剑；
>
> 相信我，我的思想是恶毒的，因为这世界是恶毒的，我的灵魂是黑暗的，因为太阳已经灭绝了光彩，我的声调，像是坟堆里的夜枭，因为人间已经杀尽了一切的和谐，我的口音，像是冤鬼责问他的仇人，因为一切的恩已经让路给一切的怨。

我借这一首不成形的咒诅的诗，发泄了成一腔的闷气，但我却并

---

① 本文是徐志摩 1929 年秋在暨南大学的一次讲演。

不绝望，并不悲观，在极深刻的沉闷的底里，我那时还摸着了希望。所以我在《婴儿》——那首不成形诗的最后一节——那诗的后段，在描写一个产妇在她生产的受罪中，还能含有希望的句子。

在我那时带有预言性的想象中，我想望着一个伟大的革命。因此我在那篇《落叶》的末尾，我还有勇气来对人生的挑战，郑重地宣告一个态度，高声的喊一声"Everlasting Yea"①。

"Everlasting Yea"；"Everlasting Yea"，一年，一年，又过去了两年。这两年间我那时的想望实现了没有？那伟大的"婴儿"又出世了没有？我们的受罪取得了认识与价值没有？

我不知道，我不知道。我知道的还只是那一大堆丑陋的蛮肿的沉闷，压得瘪人的沉闷，笼盖着我的思想，我的生命。它在我经络里，在我的血液里。我不能抵抗，我再没有力量。

我们靠着维持我们生命的不仅是面包，不仅是饭，我们靠着活命的，是一个诗人的话，是情爱、敬仰心、希望。"We live by love, admiration and hope"② 这话又包涵一个条件，就是说这世界这人类能承受我们的爱，值得我们的敬仰，容许我们的希望的。但现代是什么光景？人性的表现，我们看得见听得到的，到底是怎么回事？我想我们都不是外人，用不着掩饰，实在也无从掩饰，这里没有什么人性的表现，除了丑恶、下流、黑暗。太丑恶了，我们火热的胸膛里有爱不能爱，太下流了，我们有敬仰心不能敬仰，太黑暗了，我们要希望也无从希望。太阳给天狗吃了去，我们只能在无边的黑暗中沉默着，永远的沉默着！这仿佛是经过一次强烈的地震的悲惨，思想、感情、人格，全给震成了无可收拾的断片，也不成系统，再也不得连贯，再也没有发现。但你们在这个时候要我来讲话，这使我感着一种异样的难受。难受，因为我自身的悲惨。难受，尤其因为我感到你们的邀请不止是一个寻常讲话的邀请，你们来邀我，当然不是要什么现成的主义，那我是外行，也不为什么专门的学识，那我是草包，你们明知我是一个诗人，他的家当，除了几座空中的楼阁，至多只是一颗热烈的心。你们邀我来也许在你们中间也有同我一样感到这时代的悲哀，一种不可解脱不能摆脱的况味，所以要我这同是这悲哀沉闷中的同志来，希冀

①　Everlasting Yea，意为永远持肯定态度。
②　这句话的意思见前面那句中文。

万一，可以给你们打几个幽默的比喻，说一点笑话，给一点子安慰，有这么小小的一半个时辰，彼此可以在同情的温暖中忘却了时间的冷酷。因此我踌躇，我来怕没有什么交代，不来又于心不安。我也曾想选几个离着实际的人生较远些的事儿来和你们谈谈，但是相信我，朋友们，这念头是枉然的，因为不论你思想的起点是星光是月是蝴蝶，只一转身，又逢着了人生的基本问题，冷森森的竖着像是几座拦路的墓碑。

不，我们躲不了它们：关于这时代人生的问号，小的、大的、歪的、正的，像蝴蝶的绕满了我们的周遭。正如在两年前它们逼迫我宣告一个坚决的态度，今天它们还是逼迫着要我来表示一个坚决的态度。也好，我想，这是我再来清理一次我的思想的机会，在我们完全没有能力解决人生问题时，我们只能承认失败。但我们当前的问题究竟是些什么？如其它们有力量压倒我们，我们至少也得抬起头来认一认我们敌人的面目。再说譬如医病，我们先得看清是什么病而后用药，才可以有希望治病。说我们是有病，那是无可置疑的。但病在哪一部，最重要的征候是什么，我们却不一定答得上。至少，各人有各人的答案，绝不会一致的。就说这时代的烦闷：烦闷也不能凭空来的不是？它也得有种种造成它的原因，它到底是怎么回事、我们也得查个明白。换句话说，我们先得确定我们的问题，然后再试第二步的解决。也许在分析我们病症的研究中，某种对症的医法，就会不期然的显现。我们来试试看。

说到这里，我们可以想象一班乐观派的先生们冷眼的看着我们好笑。他们笑我们无事忙，谈什么人生，谈什么根本问题。人生根本就没有问题，这都那玄学鬼钻进了懒惰人的脑筋里在那里不相干的捣玄虚来了！做人就是做人，重在这做字上。你天性喜欢工业，你去找工程事情做去就得。你爱谈整理国故，你寻你的国故整理去就得。工作，更多的工作，是唯一的福音。把你的脑力精神一齐放在你愿意做的工作上，你就不会轻易发挥感伤主义，你就不会无病呻吟，你只要尽力去工作，什么问题都没有了。

这话初听倒是又生辣又干脆的，本来末，有什么问题，做你的工好了，何必自寻烦恼！但是你仔细一想的时候，这明白晓畅的福音还是有漏洞的。固然这时代很多的呻吟只是懒鬼的装病，或是虚幻的想象，但我们因此就能说这时代本来是健全的，所谓病痛所谓烦恼无非

是心理作用了吗？固然当初德国有一个大诗人，他的伟大的天才使他在什么心智的活动中都找到趣味，他在科学实验室里工作得厌倦了，他就跑出来带住一个女性就发迷，西洋人说的"跌进了恋爱"；回头他又厌倦了或是失恋了，只一感到烦恼，或悲哀的压迫，他又赶快飞进了他的实验室，关上了门，也关上了他自己的感情的门，又潜心他的科学研究去了。在他，所谓工作确是一种救济，一种关栏，一种调剂，但我们怎能比得？我们一班青年感情和理智还不能分清的时候，如何能有这样伟大的克制的工夫？所以我们还得来研究我们自身的病痛，想法可能的补救。

并且这工作论是实际上不可能的。因为假如社会的组织，果然能容得我们各人从各人的心愿选定各人的工作并且有机会继续从事这部分的工作，那还不是一个黄金时代？"民各其业，安其生。"还有什么问题可谈的？现代是这样一个时候吗？商人能安心做他的生意，学生能安心读他的书，文学家能安心做他的文学吗？正因为这时代从思想起，什么事情都颠倒了，混乱了，所以才会发生这普通的烦闷病，所以才有问题，否则认真吃饱了饭没有事做，大家甘心自寻烦恼不成。

我们来看看我们的病症。

第一个显明的征候是混乱。一个人群社会的存在与进行是有条件的。这条件是种种体力与智力的活动的和谐的合作，在这诸种活动中的总线索，总指挥，是无形迹可寻的思想，我们简直可以说哲理的思想，它顺着时代或领着时代规定人类努力的方面，并且在可能时给它一种解释，一种价值的估定与意义的发见。思想是一个使命，是引导人类从非意识的以至无意识的活动进化到有意识的活动，这点子意识性的认识与觉悟，是人类文化史上最光荣的一种胜利，也是最透彻的一种快乐。果然是这部分哲理的思想，统辖得住这人群社会全体的活动，这社会就上了正轨：反面说，这部分思想要是失去了它那总指挥的地位，那就坏了，种种体力和智力的活动，就随时随地有发生冲突的可能，这重心的抽去是种种不平衡现象主要的原因。现在的中国就吃亏在没有了这个重心，结果什么都豁了边，都不合式了。我们这老大国家，说也可惨，在这百年来，根本就没有思想可说。从安逸到宽松，从怠惰到着忙，从着忙到瞎闯，从瞎闯到混乱，这几个形容词我想可以概括近百年来中国的思想史，——简单说，它完全放弃了总指挥的地位，没有了统系，没有了目标，没有了和谐，结果是现代的中国：一团混乱。

混乱，混乱，哪儿都是的。因为思想的无能，所以引起种种混乱的现象，这是一步。再从这种种的混乱，更影响到思想本体，使它也传染了这混乱。好比一个人因为身体软弱才受外感，得了种种的病，这病的蔓延又回过来销蚀病人有限的精力，使他变成更软弱了，这是第二步。经济，政治，社会，哪儿不是蹊跷，哪儿不是混乱？这影响到个人方面是理智与感情的不平衡，感情不受理智的节制就是意气，意气永远是浮的，浅的，无结果的；因为意气占了上风，结果是错误的活动。为了不曾辨认清楚的目标，我们的文人变成了政客，研究科学的，做了非科学的官，学生抛弃了学问的寻求，工人做了野心家的牺牲。这种种混乱现象影响到我们青年是造成烦闷心理的原因的一个。

这一个症候——混乱——又过渡到第二个症候——变态。什么是人群社会的常态？人群是感情的结合。虽则尽有好奇的思想家告诉我们人是互杀互害的，或是人的团结是基本于怕惧的本能，虽则就在有秩序上轨道的社会里，我们也看得见恶性的表现，我们还是相信社会的纪纲是靠着积极的感情来维系的。这是说在一常态社会天平上，爱情的分量一定超过仇恨的分量，互助的精神一定超过互害互杀的现象。但在一个社会没有了负有指导使命的思想的中心的情形之下，种种离奇的变态的现象，都是可能的产生了。

一个社会不能供给正常的职业时，它即使有严厉的法令，也不能禁止盗匪的横行。一个社会不能保障安全，奖励恒业恒心，结果原来正当的商人，都变成了拿妻子生命财产来做买空卖空的投机家。我们只要翻开我们的日报：就可以知道这现代的社会是常态是变态。笼统一点说，他们现在只有两个阶级可分，一个是执行恐怖的主体，强盗、军队、土匪、绑匪、政客、野心的政治家，所有得势的投机家都是的，他们实行的，不论明的暗的，直接间接都是一种恐怖主义。还有一个是被恐怖的。前一阶级永远拿着杀人的利器或是类似的东西在威吓着，压迫着，要求满足他们的私欲，后一阶级永远在地上爬着，发着抖，喊救命，这不是变态吗？这变态的现象表现在思想上就是种种荒谬的主义离奇的主张。笼统说，我们现在听得见的主义主张，除了平庸不足道的，大都是计算领着我们向死路上走的。这不是变态吗？

这种种的变态现象影响到我们青年，又是造成烦闷心理的原因的一个。

　　这混乱与变态的观众又协同造成了第三种的现象——一切标准的颠倒。人类的生活的条件，不仅仅是衣食住；"人之异于禽兽者几希"，我们一讲到人道，就不能脱离相当的道德观念。这好比是无形的空气，他的清鲜是我们健康生活的必要条件。我们不能没有理想，没有信念，我们真生命的寄托绝不在单纯的衣食间。我们崇拜英雄——广义的英雄——因为在他们事业上表现的品性里，我们可以感到精神的满足与灵感，鼓舞我们更高尚的天性，勇敢的发挥人道的伟大。你崇拜你的爱人，因为她代表的是女性的美德。你崇拜当代的政治家，因为他们代表的是无私心的努力。你崇拜思想家，因为他们代表的是寻求真理的勇敢。这崇拜的涵义就是标准。时代的风尚尽管变迁，但道义的标准是永远不动摇的。这些道义的准则，我们向时代要求的是随时给我们这些道义准则的具体的表现。仿佛是在渺茫的人生道上给悬着几颗照路的明星。但现在给我们的是什么？我们何尝没有热烈的崇拜心？我们何尝不在这一件那一件事上，或是这一个人物那一个人物的身上安放过我们迫切的期望。但是，但是，还用我说吗！有哪一件事不使我们重大的迷惑，失望，悲伤？说到人的方面，哪有比普遍的人格的破产更可悲悼的？在不知哪一种魔鬼主义的秋风里，我们眼见我们心目中的偶像败叶似的一个个全掉了下来！眼见一个个道义的标准，都叫丑恶的人格给沾上了不可清洗的污秽！标准是没有了的。这种种道德方面人格方面颠倒的现象，影响到我们青年，又是造成烦闷心理的原因的一个。

　　跟着这种种征候还有一个惊心的现象，是一般创作活动的消沉，这也是当然的结果。因为文艺创作活动的条件是和平有秩序的社会状态，常态的生活，以及理想主义的根据。我们现在却只有混乱、变态，以及精神生活的破产。这仿佛是拿毒药放进了人生的泉源，从这里流出来的思想，哪还有什么真善美的表现？

　　这时代病的征候是说不尽的，这是最复杂的一种病，但单就我们上面说到的几点看来，我们似乎已经可以采得一点消息，至少我个人是这么想。——那一点消息就是生命的枯窘，或是活力的衰耗。我们所以得病是为我们生活的组织上缺少了思想的重心，它的使命是领导与指挥。但这又为什么呢？我的解释，是我们这民族已经到了一个活力枯窘的时期。生命之流的本身，已经是近于干涸了；再加之我们现得的病，又是直接克伐生命本体的致命症候，我们怎能受得住？这话可又讲远了，但又不能不从本原上讲起。我们第一要记得我们这民族是老得不堪的一个民族。我们知道什么东西都有它天限的寿命；一种树只能青多少年，过了这期限就得衰，一种花也只能开几度花，过此就为死（虽则从另一种看法，它们都是永生的，因为它们本身虽得死，它们的种子还是有机会继续发长）。我们这棵树在人类的树林里，已经算得是寿命极长的了。我们的血统比较又是纯粹的，就连我们的近邻西藏满蒙的民族都等于不和我们混合①。还有一个特点是我们历来因为四民制的结果，士之子恒为士，商之子恒为商，思想这任务完全为士民阶级的专利，又因为经济制度的关系，活力最充足的农民简直没有机会读书，因为士民阶级形成了一种孤单的地位。我们要知道知识是一种堕落，尤其从活力的观点看，这士民阶级是特别堕落的一个阶级，再加之我们旧教育观念的偏窄，单就知识论，我们思想本能活动的范围简直是荒谬的狭小。我们只有几本书，一套无生命的陈腐的文学，是我们唯一的工具。这情形就比是本来是一个海湾，和大海是相通的，但后来因为沙地的胀起，这一湾水渐渐隔离它所从来的海，而更成了湖。这湖原先也许还承受得着几股山水的来源，但后来又经过陵谷的变迁，这部分的来源也断绝了，结果这湖又干成一只小潭，乃至一小潭的止水，长满了青苔与萍梗，纯迟迟的眼看得见就可以完全干涸了去的一个东西。这是我们受教育的士民阶级的相仿情形。现在所谓知识亦无非是这潭死水里的比较泥草松动些风来还多少吹得绉的一洼臭水，别瞧它矜矜自喜，可怜它能有多少前程？还能有多少生命？

所以我们这病，虽则征候不止一种，虽然看来复杂，归根只是中医所谓气血两亏的一种本原病。我们现在所感觉的烦闷，也只见沉浸在这一洼离死不远的臭水里的气闷，还有什么可说的？水因为不流所以滋生了草，这水草的胀性，又帮助浸干这有限的水。同样的，我们的活力因为断绝了来源，所以发生了种种本原性的病症，这些病又回过来侵蚀本源，帮助消尽这点仅存的活力。

病性既是如此，那不是完全绝望了吗？

那也不是这么容易。一棵大树的凋零，一个民族的衰歇，也不是一朝一夕的事儿。我们当然还是要命。只是怎么要法，是我们的问题。

---

① 本文所用"民族"一词，从全文来看当指整个中华民族，但这里又单指汉民族，显然不妥。

我说过我们的病根是在失去了思想的重心，那又是原因于活力的单薄。在事实上，我们这读书阶级形成了一种极孤单的状况，一来因为阶级关系它和民族里活力最充足的农民阶级完全隔绝了，二来因为畸形教育以及社会的风尚的结果，它在生活方面是极端的城市化、腐化、奢侈化、惰化，完全脱离了大自然健全的影响变成自蚀的一种蛀虫，在智力活动方面，只偏向于纤巧的浅薄的诡辩的乃至于程式化的一道，再没有创造的力量的表示，渐次的完全失去了它自身的尊严以及统辖领导全社会活动的无上的权威。这一没有了统帅，种种紊乱的现象就都跟着来了。

这畸形的发展是值得寻味的。一方面你有你的读书阶级，中了过度文明的毒，一天一天往腐化僵化的方向走，但你却不能否认它智力的发达，只因为道义标准的颠倒以及理想主义的缺乏，它的活动也全不是在正理上。就说这一堂的翩翩年少——尤其是文化最发旺的江浙的青年，十个里有九个是弱不禁风的。但问题还不全在体力的单薄，尤其是智力活动本身是有了病，它只有毒性的载刺，没有健全的来源，没有天然的滋养。纤巧的新奇的思想不是我们需要的，我们要的是从丰满的生命与强健的活力里流露出来纯正的健全的思想，那才是有力量的思想。

同时我们再看看占我们民族十分之八九的农民阶级。他们生活的简单，脑筋的简单，感情的简单，意识的疏浅，文化的定位，几于使他们形成一种仅仅有生物作用的人类。他们的肌肉是发达的，他们是能工作的，但因为教育的不普及，他们智力的活动简直的没有机会，结果按照生物学的公例，因无用而退化，他们的脑筋简直不行的了。乡下的孩子当然比城市的孩子不灵，粗人的子弟当然比不上书香人的子弟，这是一定的。但我们现在为救这文化的性命，非得赶快就有健全的活力来补充我们受足了过度文明的毒的读书阶级不可。也有人说这读书阶级是不可救药的了，希望如其有，是在我们民族里还未经开化的农民阶级。我的意思是我们应得利用这部分未开凿的精力来补充我们开凿过分的士民阶级。讲到实施，第一得先打破这无形的阶级界限以及省分界限。通婚和婚是必要的，比较的说，广东、湖南乃至北方人比江浙人健全得多，乡下人比城里人健全得多，所以江浙人和北方人非得尽量的通婚，城市人非得与农人尽量的通婚不可。但是这话说着容易，实际上是极困难的。讲到结婚，谁愿意放弃自身的艳福，为的是渺茫的民族的前途上，哪一个翩翩的少年甘心放着窈窕风流的江南女郎不要，而去乡村找粗蠢的大姑娘作配，谁肯不就近结识血统逼近的姨妹表妹乃至于同学妹，而肯远去异乡到口音不相通的外省人中间去寻配偶？这是难的，我知道。但希望并不见完全没有——这希望完全是在教育上。第一我们得赶快认清这时代病无非是一种本原病，什么混乱的变态的现象、都无非是显示生命的缺乏，这种种病，又都就是直接克伐生命的，所以我们为要文化与思想的健全，不能不想方法开通路子，使这几洼孤立的呆定的死水重复得到天然泉水的接济，重复灵活起来，一切的障碍与淤塞自然会得消灭——思想非得直接从生命的本体里热烈的迸裂出来才有力量，才是力量。这过度文明的人种非得带它回到生命的本源上去不可，它非得重新生过根不可。按着这个目标，我们在教育上就不能不极力推广教育的机会到健全的农民阶级里去，同时奖励阶级间的通婚。假如国家的力量可以干涉到个人婚姻的话，我们仅可以用强迫的方法叫你们这些翩翩的少年都去娶乡下大姑娘子，而同时把我们窈窕风流的女郎去嫁给农民做媳妇。况且谁都知道，我们现在择偶的标准本身就是不健全的。女人要嫁给金钱、奢侈、虚荣、女性的男子；男人的口味也是同样的不妥当。什么都是不健全的，喔，这毒气充塞的文明社会！在我们理想实现的那一天，我们这文化如其有救的话，将来的青年男女一定可以兼有士民与农民的特长，体力与智力得到均平的发展，从这类健全的生命树上，我们可以盼望吃得着美丽鲜甜的思想的果子！

至于我们个人方面，我也有一部分的意见，只是今天时光局促了怕没有机会发挥，但总结一句话，我们要认清我们是什么病，这病毒是在我们一个个你我的身体上，血液里，无容讳言的。只要我们不认错了病多少总有办法。我的意见是要多多接近自然，因为自然是健全的纯正的影响，这里面有无穷尽性灵的滋养与启发与灵感。这完全靠我们各个自觉的修养。我们先得要立志不做时代和时光的奴隶，我们要做我们思想和生命的主人，这暂时的沉闷绝不能压倒我们的理想，我们正应得感谢这深刻的沉闷，因为在这里，我们才感悟着一些自度的消息，如我方才说的，我们还是得努力，我们还是得坚持，我们的态度是积极的。正如我两年前《落叶》的结束是喊一声 Everlasting Yea，我今天还是要你们跟着我来喊一声 Everlasting Yea。

原载《秋》，良友图书印刷公司 1931 年 11 月初版。

新月的态度①

And God said, Let there be light: and there was light.②

——The Genesis

If winter comes, can spring be far behind?③

——Shelley

我们这月刊题名《新月》，不是因为曾经有过什么新月社④，那早已散消；也不是因为有新月书店⑤，那是单独一种营业，它和本刊的关系只是担任印刷与发行。《新月》月刊是独立的。

我们舍不得"新月"这名字，因为它虽则不是一个怎样强有力的象征，但它那纤弱的一弯分明暗示着、怀抱着未来的圆满。

我们这几个朋友，没有什么组织除了这月刊本身，没有什么结合除了在文艺和学术上的努力，没有什么一致除了几个共同的理想。

凭这点集合的力量，我们希望为这时代的思想增加一些体魄，为这时代的生命添厚一些光辉。

但不幸我们正逢着一个荒歉的年头，收成的希望是枉然的。这又

---

① 这是徐志摩为《新月》月刊创刊号写的发刊词。该刊于 1928 年 3 月开始出版，当时徐为该刊主编，后由梁实秋接任。

② 这段英文题记引自《旧约·创世记》，意为："上帝说，让有光明，于是有了光明。"

③ 这段英文题记引自雪莱的《西风颂》一诗，意为："如果冬天来了，春天还会远吗？"

④ 新月社，1923 年 3 月在北京成立的文化团体，取名于泰戈尔的诗集《新月集》，主要成员有胡适、徐志摩、陈源、罗隆基等。

⑤ 新月书店，1927 年春由原新月社成员在上海开设的出版社，其初胡适任董事长，张嘉铸任经理，其他主要参与者有徐志摩、邵洵美、潘光旦等。

是个混乱的年头，一切价值的标准，是颠倒了的。

要寻出荒歉的原因并且给它一个适当的补救，要收拾一个曾经大恐慌蹂躏过的市场，再进一步要扫除一切恶魔的势力，为要重见天日的清明，要浚治活力的来源，为要解放不可制止的创造的活动——这项巨大的事业当然不是少数人，尤其不是我们这少数人所敢妄想完全担当的。

但我们自分还是有我们可做的一部分的事。连着别的事情我们想贡献一个谦卑的态度。这态度，就正面说，有它特别侧重的地方，就反面说，也有它郑重矜持的地方。

先说我们这态度所不容的。我们不妨把思想（广义的，现代刊物的内容的一个简称。）比作一个市场，我们来看看现代我们这市场上看得见的是些什么？如同在别的市场上，这思想的市场上也早摆满了摊子，开满了店铺，挂满了招牌，扯满了旗号，贴满了广告，这一眼看去辨认得清的至少有十来种行业，各有各的引诱，我们把它们列举起来看看——

一、感伤派

二、颓废派

三、唯美派

四、功利派

五、训世派

六、攻击派

七、偏激派

八、纤巧派

九、淫秽派

十、热狂派

十一、稗贩派

十二、标语派

十三、主义派

商业上有自由，不错。思想上言论上更应得有充分的自由，不错。但得在相当的条件下。最主要的两个条件是（一）不妨害健康的原则；（二）不折辱尊严的原则。买卖毒药，买卖身体，是应得受干涉的，因为这类的买卖直接违反健康与尊严两个原则。同时这些非法的或不正当的营业还是一样在现代的大都会里公然的进行——鸦片、毒

药、淫业，哪一宗不是利市三倍的好买卖？但我们却不能因它们的存在就说它们不是不正当而默许它们存在的特权。在这类的买卖上我们不能应用商业自由的原则。我们正应得觉到切肤的羞恶，眼见这些危害性的下流的买卖公然在我们所存在的社会里占有它们现有的地位。

同时在思想的市场上我们也看到种种非常的行业，例如上面列举的许多门类。我不说这些全是些"不正当"的行业，但我们不能不说这里面有很多是与我们所标举的两大原则——健康与尊严——不相容的。我们敢说这现象是新来的，因为连着别的东西思想自由观念本身就是新来的。这是个反动的现象，因此，我们敢说，或是暂时的。先前我们在思想上是绝对没有自由，结果是奴性的沉默；现在，我们在思想上是有了绝对的自由，结果是无政府的凌乱。思想的花式加多本来不是件坏事，在一个活力磅礴的文化社会里往往看得到，偎傍着刚直的本干，普盖的青荫，不少盘错的旁枝，以及恣蔓的藤萝。那本不关事，但现代的可忧正是为了一个颠倒的情形，盘错的，恣蔓的，尽有，这里那里都是的，却不见了那刚直的与普盖的。这就比是一个商业社会上不见了正宗的企业，却只有种种不正当的营业盘踞着整个的市场，那不成了笑话？

即如我们上面随笔写下的所谓现代思想或言论市场的十多种行业，除了"攻击"，"纤巧"，"淫秽"诸宗是人类不怎样上流的根性得到了自由（放纵）当然的发展，此外多少是由外国转运来的投机事业。我们不说这时代就没有认真做买卖的人，我们指摘的是这些买卖本身的可疑。碍着一个迷误的自由的观念，顾着一个容忍的美名，我们往往忘却思想是一个园地，它的美观是靠着我们随时的种植与铲除，又是一股水流，它的无限的效用有时可以转变成不可收拾的奇灾。

我们不敢附和唯美与颓废，因为我们不甘愿牺牲人生的阔大。为要雕镂一只金镶玉嵌的酒杯。美我们是尊重而且爱好的，但与其咀嚼罪恶的美艳不如省念德性的永恒，与其到海陀罗凹腔里去收集珊瑚色的妙乐还不如置身在扰攘的人间倾听人道那幽静的悲凉的清商。

我们不敢赞许伤感与热狂，因为我们相信感情不经理性的清滤是一注恶浊的乱泉，它那无方向的激射至少是一种精力的耗废。我们未尝不知道放火是一桩新鲜的玩艺，但我们却不忍为一时的快意造成不可救济的惨象。"狂风暴雨"有时是要来的，是狂风暴雨是不可终朝的。我们愿意在更平静的时刻中提防天时的诡变，不愿意借口风雨的猖狂放弃清风白日的希冀。我们当然不反对解放情感，但在这头骏悍的野马的身背上我们不能不谨慎的安上理性的鞍索。

我们不崇拜任何的偏激，因为我们相信社会的纪纲是靠着积极的情感来维系的，在一个常态社会的天平上，情爱的分量一定超过仇恨的分量，互助的精神一定超过互害与互杀的动机。我们不愿意套上着色眼镜来武断宇宙的光景。我们希望看一个真，看一个正。

我们不能归附功利，因为我们不信任价格可以混淆价值，物质可以替代精神，在这一切商业化恶浊化的急坂上我们要留住我们倾颠的脚步。我们不能依傍训世，因为我们不信现成的道德观念可以用作评价的准则，我们不能听任思想的矫健僵化成冬烘的臃肿。标准，纪律，规范，不能没有，但每一时代都得独立去发见它的需要，维护它的健康与尊严，思想的懒惰是一切准则颠覆的主要的根由。

末了还有标语与主义。这是一条天上安琪儿们怕践足的蹊径。可怜这些时间与空间，哪一间不叫标语与主义的芒刺给扎一个鲜艳！我们的眼是迷眩了的，我们的耳是震聋了的，我们的头脑是闹翻了的，辨认已是难事，评判更是不易。我们不否认这些殷勤的叫卖与斑斓的招贴中尽有耐人寻味的去处，尽有诱惑的迷宫。因此我们更不能不审慎，我们更不能不磨砺我们的理智，那剖解一切纠纷的锋刃，澄清我们的感觉，那辨别真伪和虚实的本能，放胆到这嘈杂的市场上去做一番审查和整理的工作。我们当然不敢预约我们的成绩，同时我们不踌躇预告我们的愿望。

这混杂的现象是不能容许它继续存在的，如其我们文化的前途还留有一线的希望。这现象是不能继续存在的，如其我们这民族的活力还不会消竭到完全无望的地步。因为我们认定了这时代是变态，是病态，不是常态。是病就有治。绝望不是治法。我们不能绝望。我们在绝望的边缘搜求着希望的根芽。

严重是这时代的变态。除了盘错的，恣蔓的寄生，那是遍地都看得见，几于这思想的田园内更不见生命的消息。梦人们妄想着花草的鲜明与林木的葱茏。

但他们有什么根据除了缥缈的记忆与想象？但记忆与想象！这就是一个灿烂的将来的根芽！悲惨是那个民族，它回头望不见一个庄严的已往。那个民族不是我们。该得灭亡是那个民族，它的眼前没有一个异象的展开。那个民族也不应得是我们。

我们对我们光明的过去负有创造一个伟大的将来的使命；对光明的未来又负有结束这黑暗的现在的责任。我们第一要提醒这个使命与责任。我们前面说起过人生的尊严与健康。在我们不曾发见更简赅的信仰的象征，我们要充分的发挥这一双伟大的原则——尊严与健康。尊严，它的声音可以唤回在歧路上彷徨的人生。健康，它的力量可以消灭一切侵蚀思想与生活的病菌。

我们要把人生看作一个整的。支离的，偏激的看法，不论怎样的巧妙，怎样的生动，不是我们的看法。我们要走大路。我们要走正路。我们要从根本上做功夫。我们只求平庸，不出奇。

我们相信一部纯正的思想是人生改造的第一个需要。纯正的思想是活泼的新鲜的血球，它的力量可以抵抗，可以克胜，可以消灭一切致病的霉菌。纯正的思想，是我们自身活力得到解放以后自然的产物，不是租借来的零星的工具，也不是稗贩来的琐碎的技术。我们先求解放我们的活力。

我们说解放因为我们不怀疑活力的来源。淤塞是有的，但还不是枯竭。这些浮荇，这些绿腻，这些潦泥，这些腐生的蝇蚋——可怜的清泉，它即使有奔放的雄心，也不易透出这些寄生的重围。但它是在着，没有死。你只须拨开一些污潦就可以发见它还是在那里汩汩的溢出，在可爱的泉眼里，一颗颗珍珠似的急溜着。这正是我们工作的机会。爬梳这壅塞，粪除这秽浊，浚理这淤积，消灭这腐化；开深这潴水的池潭，解放这江湖的来源。信心，忍耐。谁说这"一举手一投足"的勤劳不是一件伟大事业的开端，谁说这涓涓的细流不是一个壮丽的大河流域的先声？

要从恶浊的底里解放圣洁的泉源，要从时代的破烂里规复人生的尊严——这是我们的志愿。成见不是我们的，我们先不问风是在哪一个方向吹。功利也不是我们的，我们不计较稻穗的饱满是在哪一天。无常是造物的喜怒，茫昧是生物的前途，临到"闭幕"的那俄顷，更不分凡夫与英雄，痴愚与圣贤，谁都得撒手，谁都得走；但在那最后的黑暗还不曾覆盖一切以前，我们还不一样的得认真来扮演我们的名分？生命从它的核心里供给我们信仰，供给我们忍耐与勇敢。为此我们方能在黑暗中不害怕，在失败中不颓丧，在痛苦中不绝望。生命是一切理想的根源，它那无限而有规律的创造性给我们在心灵的活动上一个强大的灵感。它不仅暗示我们，逼迫我们，永远往创造的生命的方向走，它并且启示给我们的想象，物体的死只是生的一个节目，不是结束，它的威吓只是一个谎骗，我们最高的努力的目标是与生命本体同绵延的，是超越死线的，是与天外的群星相感召的。为此，虽则生命的势力有时不免比较的消歇，到了相当的时候，人们不能不醒起。我们不能不醒起，不能不奋争，尤其在人生的尊严与健康横受凌辱与侵袭的时日！来吧，那天边白隐隐的一线，还不是这时代的"创造的理想主义"的高潮的前驱！来吧，我们想象中曙光似的闪动，还不是生命的又一个阳光充满的清朝的预告？

原载 1928 年 3 月《新月》第一卷第一期。

我的彼得①

　　新近有一天晚上，我在一个地方听音乐，一个不相识的小孩，约莫八九岁光景，过来坐在我的身边，他说的话我不懂，我也不易使他懂我的话，那可并不妨事，因为在几分钟内我们已经是很好的朋友，他拉着我的手，我拉着他的手，一同听台上的音乐。他年纪虽则小，他音乐的兴趣已经很深：他比着手势告我他也有一张提琴，他会拉，并且说哪几个是他已经学会的调子。他那资质的敏慧，性情的柔和，体态的秀美，不能使人不爱；而况我本来是喜欢小孩们的。

　　但那晚虽则结识了一个可爱的小友，我心里却并不快爽；因为不仅见着他使我想起你，我的小彼得，并且在他活泼的神情里我想见了你，彼得，假如你长大的话，与他同年龄的影子。你在时，与他一样，也是爱音乐的；虽则你回去的时候刚满三岁，你爱好音乐的故事，从你襁褓时起，我屡次听你妈与你的"大大"讲，不但是十分的有趣可爱，竟可说是你有天赋的凭证，在你最初开口学话的日子，你妈已经写信给我，说你听着了音乐便异常的快活，说你在坐车里常常伸出你的小手在车栏上跟着音乐按拍；你稍大些会得淘气的时候，你妈说，只要把话匣开上，你便在旁边乖乖的坐着静听，再也不出声不闹：——并且你有的是可惊的口味，是贝德花芬②是槐格纳③你就爱，要是中国的戏片，你便盖没了你的小耳，决意不让无意味的锣鼓，打搅你的清听！你的大大（她多疼你！）讲给我听你得小提琴的故事：怎样那晚上买琴来的时候，你已经在你的小床上睡好，怎样她们为怕

---

　　① 彼得，徐志摩与前妻张幼仪生的第二个孩子，生于德国，故又名德生，1925 年三岁时死于柏林。

　　② 贝德花芬，通译贝多芬（1770—1827），德国作曲家。

　　③ 槐格纳，通译瓦格纳（1813—1883），德国作曲家。

你起来闹赶快灭了灯亮把琴放在你的床边，怎样你这小机灵早已看见，却偏不作声，等你妈与大大都上了床，你才偷偷的爬起来，摸着了你的宝贝，再也忍不住的你技痒，站在漆黑的床边，就开始你"截桑柴"的本领，后来怎样她们干涉了你，你便乖乖的把琴抱进你的床去，一起安眠。她们又讲你怎样欢喜拿着一根短棍站在桌上摹仿音乐会的导师，你那认真的神情常常叫在座人大笑。此外还有不少趣话，大大记得最清楚，她都讲给我听过；但这几件故事已够见证你小小的灵性里早长着音乐的慧根。实际我与你妈早经同意想叫你长大时留在德国学习音乐；——谁知道在你的早殇里我们失去了一个可能的毛赞德① （Mozart）：在中国音乐最饥荒的日子，难得见这一点希冀的青芽，又教命运无情的脚根踏倒，想起怎不可伤？

彼得，可爱的小彼得，我"算是"你的父亲，但想起我做父亲的往迹，我心头便涌起了不少的感想；我的话你是永远听不着了，但我想借这悼念你的机会，稍稍疏泄我的积愫，在这不自然的世界上，与我境遇相似或更不如的当不在少数，因此我想说的话或许还有人听，竟许有人同情。就是你妈，彼得，她也何尝有一天接近过快乐与幸福，但她在她同样不幸的境遇中证明她的智断，她的忍耐，尤其是她的勇敢与胆量；所以至少她，我敢相信，可以懂得我话里意味的深浅，也只有她，我敢说，最有资格指证或相诠释——在她有机会时——我的情感的真际。

但我的情愫！是怨，是恨，是忏悔，是怅惘？对着这不完全，不如意的人生，谁没有怨，谁没有恨，谁没有怅惘？除了天生颠顶的，谁不曾在他生命的经途中——葛德②说的——和着悲哀吞他的饭，谁不曾拥着半夜的孤衾饮泣？我们应得感谢上苍的是他不可度量的心裁，不但在生物的境界中他创造了不可计数的种类，就这悲哀的人生也是因人差异，各各不同，——同是一个碎心，却没有同样的碎痕，同是一滴眼泪，却难寻同样的泪晶。

彼得我爱，我说过我是你的父亲。但我最后见你的时候你才不满四月，这次我再来欧洲你已经早一个星期回去，我见着的只你的遗像，

---

① 毛赞德，通译莫扎特 （1756—1791），奥地利作曲家，自幼随父学琴，有音乐"神童"之称。

② 葛德，通译歌德 （1749—1832），德国诗人。

那太可爱，与你一撮的遗灰，那太可惨。你生前日常把弄的玩具——小车、小马、小鹅、小琴、小书——，你妈曾经件件的指给我看，你在时穿着的衣、褚、鞋、帽，你妈与你大大也曾含着眼泪从箱里理出来给我抚摩，同时她们讲你生前的故事，直到你的影像活现在我的眼前，你的脚踪仿佛在楼板上踹响。你是不认识你父亲的，彼得，虽则我听说他的名字常在你的口边，他的肖像也常受你小口的亲吻，多谢你妈与你大大的慈爱与真挚，她们不仅永远把你放在她们心坎的底里，她们也使我——没福见着你的父亲，知道你，认识你，爱你，也把你的影像、活泼、美慧、可爱，永远镂上了我的心版。那天在柏林的会馆里，我手捧着那收存你遗灰的锡瓶，你妈与你七舅站在旁边止不住滴泪，你的大大哽咽着，把一个小花圈挂上你的门前——那时间我，你的父亲，觉着心里有一个尖锐的刺痛，这才初次明白曾经有一点血肉从我自己的生命里分出，这才觉着父性的爱像泉眼似的在性灵里汩汩的流出；只可惜是迟了，这慈爱的甘液不能救活已经萎折了的鲜花，只能在他纪念日的周遭永远无声的流转。

彼得，我说我要借这机会稍稍爬梳我年来的郁积；但那也不见得容易；要说的话仿佛就在口边，但你要它们的时候，它们又不在口边：像是长在大块岩石底下的嫩草，你得有力量翻起那岩石才能把它不伤损的连根起出——谁知道那根长的多深！是恨，是怨，是忏悔，是怅惘？许是恨，许是怨，许是忏悔，许是怅惘。荆棘刺入了行路人的胫踝，他才知道这路的难走；但为什么有荆棘？是它们自己长着，还是有人存心种着的？也许是你自己种下的？至少你不能完全抱怨荆棘：一则因为这道是你自愿才来走的；再则因为那刺伤是你自己的脚踏上了荆棘的结果，不是荆棘自动来刺你。——但又谁知道？因此我有时想，彼得像你倒真是聪明：你来时是一团活泼，光亮的天真，你去时也还是一个光亮，活泼的灵魂；你来人间真像是短期的作客，你知道的是慈母的爱，阳光的和暖与花草的美丽，你离开了妈的怀抱，你回到了天父的怀抱，我想他听你欣欣的回报这番作客——只尝甜浆，不吞苦水——的经验，他上年纪的脸上一定满布着笑容——你的小脚踝上不曾碰着过无情的荆棘，你穿来的白衣不曾沾着一斑的泥污。

但我们，比你住久的，彼得，却不是来作客；我们是遭放逐，无形的解差永远在后背催逼着我们赶道：为什么受罪，前途是哪里，我们始终不曾明白，我们明白的只是底下流血的胫踝，只是这无恩的长路，这时候想回头已经太迟，想中止也不可能，我们真的羡慕，彼得，像你那谪期的简净。

在这道上遭受的，彼得，还不止是难，不止是苦，最难堪的是逐步相迫的嘲讽，身影似的不可解脱。我既是你的父亲，彼得，比方说，为什么我不能在你的生前，日子虽短，给你应得的慈爱，为什么要到这时候，你已经去了不再回来，我才觉着骨肉的关连？并且假如我这番不到欧洲，假如我在万里外接到你的死耗，我怕我只能看作水面上的云影，来时自来，去时自去：正如你生前我不知欣喜，你在时我不知爱惜，你去时也不能过分动我的情感。我自分不是无情，不是寡恩，为什么我对自身的血肉，反是这般不近情的冷漠？彼得，我问为什么，这问的后身便是无限的隐痛；我不能怨，我不能恨，更无从悔，我只是怅惘，我只能问！明知是自苦的揶揄，但我只能忍受。而况揶揄还不止此，我自身的父母，何尝不赤心的爱我；但他们的爱却正是造成我痛苦的原因：我自己也何尝不笃爱我的亲亲，但我不仅不能尽我的责任，不仅不曾给他们想望的快乐，我，他们的独子，也不免加添他们的烦愁，造作他们的痛苦，这又是为什么？在这里，我也是一般的不能恨，不能怨，更无从悔，我只是怅惘——我只能问。昨天我是个孩子，今天已是壮年；昨天腮边还带着圆润的笑涡，今天头上已见星星的白发；光阴带走的往迹，再也不容追赎，留下在我们心头的只是些揶揄的鬼影；我们在这道上偶尔停步回想的时候，只能投一个虚圈的"假使当初"，解嘲已往的一切。但已往的教训，即使有，也不能给我们利益，因为前途还是不减启程时的渺茫，我们还是不能选择自由的途径——到那天我们无形的解差喝住的时候，我们唯一的权利，我猜想，也只是再丢一个虚圈更大的"假使"，圆满这全程的寂寞，那就是止境了。

原载《自剖文集》，新月书店 1928 年 1 月初版。

伤双栝老人①

看来你的死是无可致疑的了，宗孟先生，虽则你的家人们到今天还没法寻回你的残骸。最初消息来时，我只是不信，那其实是太奇特，太荒唐，太不近情。我曾经几回梦见你生还，叙述你历险的始末，多活现的梦境！但如今在栝树凋尽了青枝的庭院，再不闻"老人"的謦欬；真的没了，四壁的白联仿佛在微风中叹息。这三四十天来，哭你有你的内眷、姊妹、亲戚，悼你的私交；惜你有你的政友与国内无数爱君才调的士夫。志摩是你的一个忘年的小友。我不来敷陈你的事功，不来历叙你的言行；我也不来再加一份涕泪吊你最后的惨变。魂兮归来！此时在一个风满天的深夜握笔，就只两件事闪闪的在我心头：一是你的谐趣天成的风怀，一是髫年失怙的诸弟妹，他们，你在时，哪一息不是你的关切，便如今，料想你彷徨的阴魂也常在他们的身畔飘逗。平时相见，我倾倒你的语妙，往往含笑静听，不叫我的笨涩羼杂你的莹澈，但此后，可恨这生死间无情的阻隔，我再没有那样的清福了！只当你是在我跟前，只当是消磨长夜的闲谈，我此时对你说些琐碎，想来你不至厌烦吧。

先说说你的弟妹。你知道我与小孩子们说得来，每回我到你家去，他们一群四五个，连着眼珠最黑的小五，浪一般的拥上我的身来，牵住我的手，攀住我的头，问这样，问那样；我要走时他们就着了忙，抢帽子的，锁门的，嗄着声音苦求的——你也曾见过我的狼狈。自从你的噩耗到后，可怜的孩子们，从不满四岁到十一岁，哪懂得生死的意义，但看了大人们严肃的神情，他们也都发了呆，一个个木鸡似的

---

① 双栝老人，即林长民，字宗孟，晚清立宪派人士，辛亥革命后曾任临时参议院和众议院秘书长，1917 年任北洋政府司法总长。1926 年 12 月死于奉系军阀张作霖与其部下郭松龄的混战。

在人前愣着。有一天听说他们私下在商量，想组织一队童子军，冲出山海关去替爸爸报仇！

"桕安"那虚报到的一个早上，我正在你家。忽然间一阵天翻似的闹声从外院陡起，一群孩子拥着一位手拿电纸的大声的欢呼着，冲锋似的陷进了上房。果然是大胜利，该得庆祝的："爹爹没有事"！"爹爹好好的"！徽①那里平安电马上发了去，省她急。福州电也发了去，省他们跋涉。但这欢喜的风景运定活不到三天，又叫接着来的消息给完全煞尽！

当初送你同去的诸君回来，证实了你的死信。那晚，你的骨肉一个个走进你的卧房，各自默恻恻的坐下，啊，那一阵子最难堪的噤寂，千万种痛心的思潮在各个人的心头，在这沉默的暗惨中，激荡、汹涌起伏。可怜的孩子们也都泪滢滢的攒聚在一处，相互的偎着，半懂得情景的严重。霎时间，冲破这沉默，发动了决声的号啕，骨肉间至性的悲哀——你听着吗，宗孟先生，那晚有半轮黄月斜觇着北海白塔的凄凉？

我知道你不能忘情这一群童稚的弟妹。前晚我去你家时见小四小五在灵帏前翻着筋斗，正如你在时他们常在你的跟前献技。"你爹呢？"我拉住他们问。"爹死了，"他们嘻嘻的回答，小五搂住了小四，一和身又滚做一堆！他们将来的养育是你身后唯一的问题——说到这里，我不由的想起了你离京前最后几回的谈话。政治生活，你说你不但尝够而且厌烦了。这五十年算是一个结束，明年起你准备谢绝俗缘，亲自教课膝前的子女；这一清心你就可以用功你的书法，你自觉你腕下的精力，老来只是健进，你打算再化二十年工夫，打磨你艺术的天才；文章你本来不弱，但你想望的却不是什么等身的著述，你只求沥一生的心得，淘成三两篇不易衰朽的纯晶。这在你是一种觉悟；早年在国外初识面时，你每每自负你政治的异禀，即在年前避居津地时你还以为前途不少有为的希望，直至最近政态诡变，你才内省厌倦，认真想回复你书生逸士的生涯。我从最初惊讶你清奇的相貌，惊讶你更清奇的谈吐，我便不阿附你从政的热心，曾经有多少次我讽劝你趁早回航，领导这新时期的精神，共同发现文艺的新土。即如前半年泰戈

---

① 徽，即林徽因（1905—1955），林长民的女儿，建筑学家，有文才，当时在美国留学。徐志摩曾追求过她，但她1928年与梁思成结婚。

尔来时，你那兴会正不让我们年轻人；你这半百翁登台演戏，不辞劳倦的精神正不知给了我们多少的鼓舞！

不，你不是"老人"；你至少是我们后生中间的一个。在你的精神里，我们看不见苍苍的鬓发，看不见五十年光阴的痕迹；你的依旧是二三十年前"春痕"故事里的"逸"的风情——"万种风情无地着"，是你最得意的名句，谁料这下文竟命定是"辽原白雪葬华颠"！

谁说你不是君房①的后身？可惜当时不曾记下你摇曳多姿的吐属，蓓蕾似的满缀着警句与谐趣，在此时回忆，只如天海远处的点点航影，再也认不分明。你常常自称厌世人。果然，这世界，这人情，哪经得起你锐利的理智的解剖与抉剔？你的锋芒，有人说，是你一生最吃亏的所在。但你厌恶的是虚伪，是矫情，是顽老，是乡愿的面目，那还不是该的？谁有你的豪爽，谁有你的倜傥，谁有你的幽默？你的锋芒，即使露，也绝不是完全在他人身上应用，你何尝放过你自己来？对己一如对人，你丝毫不存姑息，不存隐讳。这就够难能，在这无往不是矫揉的日子。再没有第二人，除了你，能给我这样脆爽的清谈的愉快。再没有第二人在我的前辈中，除了你，能使我感受这样的无"执"无"我"精神。

最可怜是远在海外的徽徽，她，你曾经对我说，是你唯一的知己；你，她也曾对我说，是她唯一的知己。你们这父女不是寻常的父女。"做一个有天才的女儿的父亲，"你曾说，"不是容易享的福，你得放低你天伦的辈分先求做到友谊的了解。"徽，不用说，一生崇拜的就只你，她一生理想的计划中，哪件事离得了聪明不让她自己的老父？但如今，说也可怜，一切都成了梦幻，隔着这万里途程，她那弱小的心灵如何载得起这奇重的哀惨！这终天的缺陷，叫她问谁补去？佑着她吧，你不昧的阴灵，宗孟先生，给她健康，给她幸福，尤其给她艺术的灵术——同时提携她的弟妹，共同增荣雪池双栝的清名！

十五年二月二日新月社

原载 1926 年 2 月 3 日《晨报副刊》。

---

① 君房，疑指张君房，宋代官僚、学者，曾修校《道藏》，并撮其精要，辑成《云笈七签》一书。

《猛虎集》^① 序

在诗集子前面说话不是一件容易讨好的事。说得近于夸张了自己面上说不过去，过分谨恭又似乎对不起读者。最干脆的办法是什么话也不提，好歹让诗篇它们自身去承当。但书店不肯同意；他们说如其作者不来几句序言书店做广告就无从着笔。作者对于生意是完全外行，但他至少也知道书卖得好不仅是书店有利益，他自己的版税也跟着像样，所以书店的意思，他是不能不尊敬的。事实上我已经费了三个晚上，想写一篇可以帮助广告的序。可是不相干，一行行写下来只是仍旧给涂掉，稿纸糟蹋了不少张；诗集的序终究还是写不成。

况且写诗人一提起写诗他就不由得伤心。世界上再没有比写诗更惨的事；不但惨，而且寒伧。就说一件事，我是天生不长髭须的，但为了一些破烂的句子，就我也不知曾经捻断了多少根想象的长须。

这姑且不去说它。我记得我印第二集诗的时候曾经表示过此后不再写诗一类的话。现在如何又来了一集，虽则转眼间四个年头已经过去。就算这些诗全是这四年内写的（实在有几首要早到十三年^②份）每年平均也只得十首，一个月还派不到一首，况且又多是短短一橛的。诗固然不能论长短，如同 Whistler^③ 说画幅是不能用田亩来丈量的。但事实是咱们这年头一口气总是透不长——诗永远是小诗，戏永远是独幕，小说永远是短篇。每回我望到莎士比亚的戏，丹丁^④的《神曲》，歌德的《浮士德》一类作品，比方说，我就不由的感到气馁，觉得我们即使有一些声音，那声音是微细得随时可以用一个小拇指给掐死的。

---

① 《猛虎集》是徐志摩的第三本诗集，1931 年 8 月由新月书店出版。
② 十三年，指民国十三年，即 1924 年。
③ Whistler，通译惠斯勒（1834—1903），美国画家。他长期侨居英国。
④ 丹丁，通译但丁（1265—1321），意大利诗人。

天呀！哪天我们才可以在创作里看到使人起敬的东西？哪天我们这些细嗓子才可以豁免混充大花脸的急涨的苦恼？

说到我自己的写诗，那是再没有更意外的事了。我查过我的家谱，从永乐①以来我们家里没有写过一行可供传诵的诗句。在二十四岁以前我对于诗的兴味远不如对于相对论或民约论的兴味。我父亲送我出洋留学是要我将来进"金融界"的，我自己最高的野心是想做一个中国的 Hamilton②！在二十四岁以前，诗，不论新旧，于我是完全没有相干。我这样一个人如果真会成功一个诗人——哪还有什么话说？

但生命的把戏是不可思议的！我们都是受支配的善良的生灵，哪件事我们作得了主？整十年前我吹着了一阵奇异的风，也许照着了什么奇异的月色，从此起我的思想就倾向于分行的抒写。一份深刻的忧郁占定了我；这忧郁，我信，竟于渐渐的潜化了我的气质。

话虽如此，我的尘俗的成分并没有甘心退让过；诗灵的稀小的翅膀，尽他们在那里腾扑，还是没有力量带了这整份的累坠往天外飞的。且不说诗化生活一类的理想那是谈何容易实现，就说平常在实际生活的压迫中偶尔挣出八行十二行的诗句都是够艰难的。尤其是最近几年有时候自己想着了都害怕：日子悠悠的过去内心竟可以一无消息，不透一点亮，不见丝纹的动。我常常疑心这一次是真的干了完了的。如同契玦腊③的一身美是问神道通融得来限定日子要交还的，我也时常疑虑到我这些写诗的日子也是什么神道因为怜悯我的愚蠢暂时借给我享用的非分的奢侈。我希望他们可怜一个人可怜到底！

一眨眼十年已经过去。诗虽则连续的写，自信还是薄弱到极点。"写是这样写下了"，我常自己想，"但准知道这就能算是诗吗"？就经验说，从一点意思的晃动到一篇诗的完成，这中间几乎没有一次不经过唐僧取经似的苦难。诗不仅是一种分娩，它并且往往是难产！这份甘苦是只有当事人自己知道。一个诗人，到了修养极高的境界，如同泰戈尔先生比方说，也许可以一张口就有精圆的珠子吐出来，这事实上我亲眼见过来的不打谎，但像我这样既无天才又少修养的人如何

---

① 永乐，明成祖朱棣的年号（1403—1424）。

② Hamilton，通译汉密尔顿（1757—1804），美国建国初期最重要的政治家之一，在华盛顿总统任期内先后主持财政和军备工作。

③ 契玦腊，泰戈尔的同名剧本中的女主人公。

说得上？

只有一个时期我的诗情真有些像是山洪暴发，不分方向的乱冲。那就是我最早写诗那半年，生命受了一种伟大力量的震撼，什么半成熟的未成熟的意念都在指顾间散作缤纷的花雨。我那时是绝无依傍，也不知顾虑，心头有什么郁积，就付托腕底胡乱给爬梳了去，救命似的迫切，哪还顾得了什么美丑！我在短时期内写了很多，但几乎全部都是见不得人面的。这是一个教训。

我的第一集诗——《志摩的诗》——是我十一年①回国后两年内写的；在这集子里初期的汹涌性虽已消灭，但大部分还是情感的无关阑的泛滥，什么诗的艺术或技巧都谈不到。这问题一直要到民国十五年我和一多②、今甫③一群朋友在《晨报副镌》刊行《诗刊》时方才开始讨论到。一多不仅是诗人，他也是最有兴味探讨诗的理论和艺术的一个人。我想这五六年来我们几个写诗的朋友多少都受到《死水》④的作者的影响。我的笔本来是最不受羁勒的一匹野马，看到了一多的谨严的作品我方才憬悟到我自己的野性；但我素性的落拓始终不容我追随一多他们在诗的理论方面下过任何细密的工夫。

我的第二集诗——《翡冷翠的一夜》——可以说是我的生活上的又一个较大的波折的留痕。我把诗稿送给一多看，他回信说"这比《志摩的诗》确乎是进步了——一个绝大的进步"。他的好话我是最愿意听的，但我在诗的"技巧"方面还是那楞生生的丝毫没有把握。

最近这几年生活不仅是极平凡，简直是到了枯窘的深处。跟着诗的产量也尽"向瘦小里耗"。要不是去年在中大认识了梦家⑤和玮德⑥两个年青的诗人，他们对于诗的热情在无形中又鼓动了我奄奄的诗心，第二次又印《诗刊》⑦，我对于诗的兴味，我信，竟可以消沉到几于完

---

① 十一年，指民国十一年，即 1922 年。

② 一多，即闻一多（1899—1946），诗人，当时在清华大学任教。

③ 今甫，即杨振声（1890—1956），小说家，当时在清华大学任教。

④ 《死水》，闻一多的诗作。

⑤ 梦家，即陈梦家（1911—1966），新月派后期代表诗人，曾编辑《新月诗选》。三十年代后期开始转向历史考古研究。

⑥ 玮德，即方玮德（1909—1935），新月派后期代表诗人，著有《丁香花诗集》、《玮德诗集》等。

⑦ 第二次又印《诗刊》，指 1930 年初由新月书店出版的《诗刊》。

成没有。今年在六个月内在上海与北京间来回奔波了八次，遭了母丧，又有别的不少烦心的事，人是疲乏极了的，但继续的行动与北京的风光却又在无意中摇活了我久蛰的性灵。抬起头居然又见到天了。眼睛睁开了心也跟着开始了跳动。嫩芽的青紫，劳苦社会的光与影，悲欢的图案，一切的动，一切的静，重复在我的眼前展开，有声色与有情感的世界重复为我存在；这仿佛是为了要挽救一个曾经有单纯信仰的流入怀疑的颓废，那在帷幕中隐藏着的神通又在那里栩栩的生动：显示它的博大与精微，要他认清方向，再别错走了路。

我希望这是我的一个真的复活的机会。说也奇怪，一方面虽则明知这些偶尔写下的诗句，尽是些"破破烂烂"的，万谈不到什么久长的生命，但在作者自己，总觉得写得成诗不是一件坏事，这至少证明一点性灵还在那里挣扎，还有它的一口气。我这次印行这第三集诗没有别的话说，我只要借此告慰我的朋友，让他们知道我还有一口气，还想在实际生活的重重压迫下透出一些声响来的。

你们不能更多的责备。我觉得我已是满头的血水，能不低头已算是好的。你们也不用提醒我这是什么日子；不用告诉我这遍地的灾荒，与现有的以及在隐伏中的更大的变乱，不用向我说正今天就有千万人在大水里和身子浸着，或是有千千万人在极度的饥饿中叫救命；也不用劝告我说几行有韵或无韵的诗句是救不活半条人命的；更不用指点我说我的思想是落伍或是我的韵脚是根据不合时宜的意识形态的……这些，还有别的很多，我知道，我全知道；你们一说到只是叫我难受又难受。我再没有别的话说，我只要你们记得有一种天教歌唱的鸟不到呕血不住口，它的歌里有它独自知道的别一个世界的愉快，也有它独自知道的悲哀与伤痛的鲜明；诗人也是一种痴鸟，他把他的柔软的心窝紧抵着蔷薇的花刺，口里不住的唱着星月的光辉与人类的希望非到他的心血滴出来把白花染成大红他不住口。他的痛苦与快乐是浑成的一片。

原载《猛虎集》，新月书店 1931 年 8 月初版。

爱眉小札①·日记
（节选）

八月九日起日记

"幸福还不是不可能的"，这是我最近的发现。

今天早上的时刻，过得甜极了。我只要你；有你我就忘却一切，我什么都不想什么都不要了，因为我什么都有了。与你在一起没有第三人时，我最乐。坐着谈也好，走道也好，上街买东西也好。厂甸②我何尝没有去过，但哪有今天那样的甜法；爱是甘草，这苦的世界有了它就好上口了。眉③，你真玲珑，你真活泼，你真像一条小龙。

我爱你朴素，不爱你奢华。你穿上一件蓝布袍，你的眉目间就有一种特异的光彩，我看了心里就觉着不可名状的欢喜。朴素是真的高贵。你穿戴齐整的时候当然是好看，但那好看是寻常的，人人都认得

---

① 《爱眉小札》最初由上海良友图书印刷公司 1936 年 3 月出版，这里依据的是该公司 1945 年 6 月的再版本。原书分"志摩日记""志摩书信"和"小曼日记"三辑，本书删去"小曼日记"一辑，将徐志摩的日记、书信分置《爱眉小札·日记》《爱眉小札·书信》两编。在《爱眉小札·书信》一编中增收作者 1925 年 6 月以后写给陆小曼的五十五封信。

② 厂甸，北京旧地名。清富察敦崇《燕京岁时记·厂甸儿》记述：厂甸在正阳门外二里许，古曰海王村，即今工部之琉璃厂也。街长二里许，廛肆林立，南北皆同。所售之物以古玩、字画、纸张、书帖为正宗，乃文人鉴赏之所也。

③ 眉，即陆小曼（1900—1965），又称龙儿，徐志摩后来的夫人。她擅长琴棋书画，会唱京剧，通晓英语、法语，二十世纪二十年代初在北京社交界颇有名气，1924 年在新月社俱乐部活动中与徐志摩相识，未久两人即陷入热恋。《爱眉小札》基本上是他们恋爱过程的情感记录。他们后于 1926 年 10 月 3 日在北京结婚。

的，素服时的眉，有我独到的领略。

"玩人丧德，玩物丧志"，这话确有道理。

我恨的是庸凡，平常，琐细，俗；我爱个性的表现。

我的胸膛并不大，决计装不下整个或是甚至部分的宇宙。我的心河也不够深，常常有露底的忧愁。我即使小有才，决计不是天生的，我信是勉强来的；所以每回我写什么多少总是难产，我唯一的靠傍是刹那间的灵通。我不能没有心的平安，眉，只有你能给我心的平安。在你完全的蜜甜的高贵的爱里，我享受无上的心与灵的平安。

凡事开不得头，开了头便有重复，甚至成习惯的倾向。在恋中人也得提防小漏缝儿，小缝儿会变大窟窿，那就糟了。我见过两相爱的人因为小事情误会斗口，结果只有损失，没有利益。我们家乡俗谚有："一天相骂十八头，夜夜睡在一横头。"意思说是好夫妻也免不了吵。我可不信，我信合理的生活，动机是爱，知识是南针；爱的生活也不能纯粹靠感情，彼此的了解是不可少的。爱是帮助了解的力，了解是爱的成熟，最高的了解是灵魂的化合，那是爱的圆满功德。

没有一个灵性不是深奥的，要懂得真认识一个灵性，是一辈子的工作。这工夫愈下愈有味，像逛山似的，唯恐进得不深。

眉，你今天说想到乡间去过活，我听了顶欢喜，可是你得准备吃苦。总有一天我引你到一个地方，使你完全转变你的思想与生活的习惯。你这孩子其实是太娇养惯了！我今天想起丹农雪乌的《死的胜利》的结局；但中国人，哪配！眉，你我从今起对爱的生活负有做到他十全的义务。我们应得努力。眉，你怕死吗？眉，你怕活吗？活比死难得多！眉，老实说，你的生活一天不改变，我一天不得放心。但北京就是阻碍你新生命的一个大原因，因此我不免发愁。

我从前的束缚是完全靠理性解开的；我不信你的就不能用同样的方法。万事只要自己决心；决心与成功间的是最短的距离。

往往一个人最不愿意听的话，是他最应得听的话。

八月十日

我六时就醒了，一醒就想你来谈话，现在九时半了，难道你还不曾起身，我等急了。

我有一个心，我有一个头，我心动的时候，头也是动的。我真应得谢天，我在这一辈子里，本来自问已是陈死人，竟然还能尝着生活的甜味，曾经享受过最完全，最奢侈的时辰，我从此是一个富人，再没有抱怨的口实，我已经知足。这时候，天坍了下来，地陷了下去，霹雳种在我的身上，我再也不怕死，不愁死，我满心只是感谢。即使眉你有一天（恕我这不可能的设想）心换了样，停止了爱我，那时我的心就像莲蓬似的栽满了窟窿，我所有的热血都从这些窟窿里流走——即使有那样悲惨的一天，我想我还是不敢怨的，因为你我的心曾经一度灵通，那是不可灭的。上帝的意思到处是明显的，他的发落永远是平正的；我们永远不能批评，不能抱怨。

八月十一日

这过的是什么日子！我这心上压得多重呀！眉，我的眉，怎么好呢？刹那间有千百件事在方寸间起伏，是忧，是虑，是瞻前，是顾后，这笔上哪能写出？眉，我怕，我真怕世界与我们是不能并立的，不是我们把他们打毁成全我们的话，就是他们打毁我们，逼迫我们的死。眉，我悲极了，我胸口隐隐的生痛，我双眼盈盈的热泪，我就要你，我此时要你，我偏不能有你，喔，这难受——恋爱是痛苦的，是的眉，再也没有疑义。眉，我恨不得立刻与你死去，因为只有死可以给我们想望的清静，相互的永远占有。眉，我来献全盘的爱给你，一团火热的真情，整个儿给你，我也盼望你也一样拿整个，完全的爱还我。

世上并不是没有爱，但大多是不纯粹的，有漏洞的，那就不值钱，平常，浅薄。我们是有志气的，决不能放松一屑屑，我们得来一个直纯的榜样。眉，这恋爱是大事情，是难事情，是关生死超生死的事情——如其要到真的境界，那才是神圣，那才是不可侵犯。有同情的朋友是难得的，我们现有少数的朋友，就思想见解论，在中国是第一流。他们都是真爱你我，看重你我，期望你我的。他们要看我们做到一般人做不到的事，实现一般人梦想的境界。他们，我敢说，相信你我有这天赋，有这能力；他们的期望是最难得的，但同时你我负着的责任，那不是玩儿。对己，对友，对社会，对天，我们有奋斗到底，做到十全的责任！眉，你知道我这来心事重极了，晚上睡不着不说，睡着了就来怖梦，种种的顾虑整天像刀光似的在心头乱刺，眉，你又是在这样的环境里嵌着，连自由谈天的机会都没有，咳，这真是哪里

说起！眉，我每晚睡在床上寻思时，我仿佛觉着发根里的血液一滴滴的消耗，在忧郁的思念中黑发变成苍白。一天二十四时，心头哪有一刻的平安——除了与你单独相对的俄顷，那是太难得了。眉，我们死去吧，眉，你知道我怎样的爱你，啊眉！比如昨天早上你不来电话，从九时半到十一时我简直像是活抱着炮烙似的受罪，心那么的跳，那么的痛，也不知为什么，说你也不信，我躺在榻上直咬着牙，直翻身喘着哪！后来再也忍不住了，自己拿起了电话，心头那阵的狂跳，差一点把我晕了。谁知你一直睡着没有醒，我这自讨苦吃多可笑，但同时你得知道，眉，在恋中人的心理是最复杂的心理，说是最不合理可以，说是最合理也可以。眉，你肯不肯亲手拿刀割破我的胸膛，挖出我那血淋淋的心留着，算是我给你最后的礼物？

今朝上睡昏昏的只是在你的左右。那怖梦真可怕，仿佛有人用妖法来离间我们，把我迷在一辆车上，整天整夜的飞行了三昼夜，旁边坐着一个瘦长的严肃的妇人，像是运命自身，我昏昏的身体动不得，口开不得，听凭那妖车带着我跑，等得我醒来下车的时候有人来对我说你已另订约了。我说不信，你带约指的手指忽在我眼前闪动。我一见就往石板上一头冲去，一声悲叫，就死在地下——正当你电话铃响把我振醒，我那时虽则醒了，但那一阵的凄惶与悲酸，像是灵魂出了窍似的，可怜呀，眉！我过来正想与你好好的谈半句钟天，偏偏你又得出门就诊去，以后一天就完了，四点以后过的是何等不自然而局促的时刻！我与"先生"谈，也是凄凉万状，我们的影子在荷池圆叶上晃着，我心里只是悲惨，眉呀，你快来伴我死去吧！

八月十二日

这在恋中人的心境真是每分钟变样，绝对的不可测度。昨天那样的受罪，今儿又这般的上天，多大的分别！像这样的艳福，世上能有几个人享着；像这样奢侈的光阴，这宇宙间能有几多？却不道我年前口占的"海外缠绵香梦境，销魂今日竟燕京"，应在我的甜心眉的身上！B明白了，我真又欢喜又感激！他这来才够交情，我从此完全信托他了。眉，你的福分可也真不小，当代贤哲你瞧都在你的妆台前听候差遣。眉，你该睡着了吧，这时候，我们又该梦会了！说也真怪，这来精神异常的抖擞，真想做事了，眉，你内助我，我要向外打仗去！

八月十四日

昨晚不知哪儿来的兴致，十一点钟跑到 W 家里，本想与奚谈天，他买了新鲜核桃、葡萄、莎果、莲蓬请我，谁知讲不到几句话，太太回来了，那就是完事。接着 W 和 M 也来了，一同在天井里坐着闲话，大家嚷饿，就吃蛋炒饭，我吃了两碗，饭后就嚷打牌，我说那我就得住夜，住夜就得与他们夫妇同床，M 连骂"要死快哩，疯头疯脑"，但结果打完了八圈牌，我的要求居然做到，三个人一头睡下，熄了灯，M 躲紧在 W 的胸前，格支支的笑个不住，我假装睡着，其实他说话等等我全听分明，到天亮都不曾落瞌。

眉，娘真是何苦来。她是聪明，就该聪明到底；她既然看出我们俩都是痴情人容易钟情，她就该得想法大处落墨，比如说禁止你与我往来，不许你我见面，也是一个办法；否则就该承认我们的情分，给我们一条活路才是道理。像这样小鹅鹅的溜着眼珠当着人前提防，多说一句话该，多看一眼该，多动一手该，这可不是真该，实际毫无干系，只叫人不舒服，强迫人装假，真是何苦来。眉，我总说有真爱就有勇气，你爱我的一片血诚，我身体磨成了粉都不能怀疑，但同时你娘那里既不肯冒险，他那里又不肯下决断，生活上也没有改向，单叫我含糊的等着，你说我心上哪能有平安，这神魂不定又哪能做事？因此我不由不私下盼望你能进一步爱我，早晚想一个坚决的办法出来，使我早一天定心，早一天能堂皇的做人，早一天实现我一辈子理想中的新生活。眉，你爱我究竟是怎样的爱法？

我不在时你想我，有时很热烈的想我，那我信！但我不在时你依旧有你的生活，并不是怎样的过不去；我在你当然更高兴，但我所最要知道的是，眉呀，我是否你"完全的必要"，我是否能给你一些世上再没有第二人能给你的东西，是否在我的爱你的爱里你得到了你一生最圆满，最无遗憾的满足？这问题是最重要不过的，因为恋爱之所以为恋爱就在他那绝对不可改变不可替代的一点；罗米乌爱玖丽德，愿为她死，世上再没有第二个女子能动他的心；玖丽德爱罗米乌，愿为他死，世上再没有第二个男子能占她一点子的情，他们那恋爱之所以不朽，又高尚，又美，就在这里。他们俩死的时候彼此都是无遗憾的，因为死成全他们的恋爱到最完全最圆满的程度，所以这，"Die

upon a kiss"① 是真钟情人理想的结局，再不要别的。反面说，假如恋爱是可以替代的，像是一支牙刷烂了可以另买，衣服破了可以另制，他那价值也就可想。"定情"——the spiritual engagement, the great mutual giving up②——是一件伟大的事情，两个灵魂在上帝的眼前自愿的结合，人间再没有更美的时刻——恋爱神圣就在这绝对性，这完全性，这不变性；所以诗人说：

> ...the light of a whole life dies,
> When love is done. ③

恋爱是生命的中心与精华；恋爱的成功是生命的成功，恋爱的失败，是生命的失败，这是不容疑义的。

眉，我感谢上苍，因为你已经接受了我；这来我的灵性有了永久的寄托，我的生命有了最光荣的起点，我这一辈子再不能想望关于我自身更大的事情发现，我一天有你的爱，我的命就有根，我就是精神上的大富翁。因此我不能不切实的认明这基础究竟是多深，多坚实，有多少抵抗侵凌的实力——这生命里多的是狂风暴雨！

所以我不怕你厌烦我要问你究竟爱到什么程度？有了我的爱，你是否可以自慰已经得到了生命与生命中的一切？反面说，要没有我的爱，是否你的一生就没有了光彩？我再来打譬喻：你爱吃莲肉，爱吃鸡豆肉；你也爱我的爱！在这几天我信莲肉、鸡豆、爱都是你的需要；在这情形下爱只像是一个"加添的必要"——An additional necessity，不是绝对的必要，比如有气，比如饮食，没了一样就没有命的。有莲时吃莲，有鸡豆时吃鸡豆；有爱时"吃"爱。好；再过几时时新就换样，你又该吃蜜桃，吃大石榴了，那时假定我给你的爱也跟着莲与鸡豆完了，但另有与石榴同时的爱现成可以"吃"——你是否能照样过你的活，照样生活里有跳有笑的？再说明白的，眉呀，我祈望我的爱是你的空气，你的饮食，有了就活，缺了就没有命的一样东西；不是鸡豆或是莲肉，有时吃固然痛快，过了时也没有多大交关，石榴柿子

---

① 意即"一吻而亡"。莎士比亚《奥赛罗》一剧中的台词。
② 意即"精神上的订亲，伟大的彼此献身"。
③ 意即"恋爱成功，整个生命之火熄灭了"。

青果跟着来替口味多着吧！眉，你知道我怎样的爱你，你的爱现在已是我的空气与饮食，到了一半天不可少的程度，因此我要知道在你的世界里我的爱占一个什么地位？

  May, I miss your passionately appealing gazings and soul-communicating glances which once so overwhelmed and ingratiated me. Suppose I die suddenly tomorrow morning. Suppose I change my heart and love somebody else, what then would you feel and what would you do? These are very cruel supposition. I know, but all the same I can't help making them, such being the lover's psychology.

  Do you know what would I have done if in my coming back, I should have found my love no longer mine! Try and imagine the situation and tell me what you think.①

  日记已经第六天了，我写上了一二十页，不管写的是什么，你一个字都还没有出世哪！但我却不怪你，因为你真是贵忙；我自己就负你空忙大部分的责。但我盼望你及早开始你的日记，纪念我们同玩厂甸那一个蜜甜的早上。我上面一大段问你的话，确是我每天郁在心里的一点意思，眉，你不该答复我一两个字吗？眉，我写日记的时候我的意绪益发蚕丝似的绕着你；我笔下多写一个眉字，我口里低呼一声我的爱，我的心为你多跳了一下。你从前给我写的时候也是同样的情形我知道，因此我益发盼望你继续你的日记，也使我多得一点欢喜，多添几分安慰。

  我想去买一只玲珑坚实的小箱，存你我这几月来交换的信件，算是我们定情的一个纪念，你意思怎样？

------

  ① 这两段英文意为："眉，我想念你那曾经使我惶惑又讨我喜欢的热情恳切的凝视和交流心灵的秋波频送。假如我明天早晨突然死去，假如我变了心爱上别人，你会怎么想，怎么办？我明知这种假设太残酷了，可是我还要这样假设，这就是情人心理学。""要是我回来时发现我情之所钟的人不再是我的了，你知道我会怎么办！想想那情景，告诉我你怎么想的。"

爱眉小札·书信

（节选）

一九二五年三月三日自北京

小曼：

这实在是太惨了，怎叫我爱你的不难受？假如你这番深沉的冤曲有人写成了小说故事，一定可使千百个同情的读者滴泪，何况今天我处在这最尴尬最难堪的地位，怎禁得不咬牙切齿的恨，肝肠迸断的痛心呢？真的太惨了，我的乖，你前生作的是什么孽，今生要你来受这样惨酷的报应？无端折断一枝花，尚且是残忍的行为，何况这生生的糟蹋一个最美最纯洁最可爱的灵魂。真是太难了，你的四周全是铜墙铁壁，你便有翅膀也难飞，咳，眼看着一只洁白美丽的稚羊让那满面横肉的屠夫擎着利刀向着她刀刀见血的蹂躏谋杀——旁边站着不少的看客，那羊主人也许在内，不但不动怜惜，反而称赞屠夫的手段，好像他们都挂着馋涎想分尝美味的羊羔哪！咳，这简直的不能想，实有的与想象的悲惨的故事我亦闻见过不少，但我爱，你现在所身受的却是谁都不曾想到过，更有谁有胆量来写？我倒劝你早些看哈代那本 *Jude the Obscure*① 吧，那书里的女子 Sue 你一定很可同情她，哈代写的结果叫人不忍卒读，但你得明白作者的意思，将来有机会我对你细讲。

咳，我真不知道你申冤的日子在哪一天！实在是没有一个人能明白你，不明白也算了，一班人还来绝对的冤你，阿呸，狗屁的礼教，狗屁的家庭，狗屁的社会，去你们的，青天里白白的出太阳，这群人

---

① 即《无名的裘德》。

血管的水全是冰凉的！我现在可以放怀的对你说，我腔子里一天还有热血，你就一天有我的同情与帮助；我大胆的承受你的爱，珍重你的爱，永葆你的爱，我如其凭爱的恩惠还能从我性灵里放射出一丝一缕的光亮，这光亮全是你的，你尽量用吧！假如你能在我的人格思想里发现有些许的滋养与温暖，这也全是你的，你尽量使吧！最初我听见人家诬蔑你的时候，我就热烈的对他们宣言，我说你们听着，先前我不认识她，我没有权利替她说话，现在我认识了她，我绝对的替她辩护，我敢说如其女人的心曾经有过纯洁的，她的就是一个。Her heart is as pure and unsoiled as any women's heart can be；and her soul as noble.① 现在更进一层了，你听着这分别，先前我自己仿佛站得高些，我的眼是往下望的，那时我怜你惜你疼你的感情是斜着下来到你身上的，渐渐的我觉得我的看法不对，我不应得站得比你高些，我只能平看着你。我站在你的正对面，我的泪丝的光芒与你的泪丝的光芒针对的交换着，你的灵性渐渐的化入了我的，我也与你一样觉悟了一个新来的影响，在我的人格中四布的贯彻；——现在我连平视都不敢了，我从你的苦恼与悲惨的情感里憬悟了你的高洁的灵魂的真际，这是上帝神光的反映，我自己不由的低降了下去，现在我只能仰着头献给你我有限的真情与真爱，声明我的惊讶与赞美。不错，勇敢，胆量，怕什么？前途当然是有光亮的，没有也得叫他有。一个灵魂有时可以到最黑暗的地狱里去游行，但一点神灵的光亮却永远在灵魂本身的中心点着——况且你不是确信你已经找着了你的真归宿，真想望，实现了你的梦？来，让这伟大的灵魂的结合毁灭一切的阻碍，创造一切的价值，往前走吧，再也不必迟疑！

你要告诉我什么，尽量的告诉我，像一条河流似的尽量把他的积聚交给天边的大海，像一朵高爽的葵花，对着和暖的阳光一瓣瓣的展露她的秘密。你要我的安慰，你当然有我的安慰，只要我有我能给；你要什么有什么，我只要你做到你自己说的一句话——"Fight On"② ——即使运命叫你在得到最后胜利之前碰着了不可躲避的死，我的爱，那时你就死，因为死就是成功，就是胜利。一切有我在，一

---

① 意为：她的心同其他女子的心一样纯洁无瑕；她的灵魂也同其他女子的灵魂一样高尚。

② 意即"搏斗吧"。

切有爱在。同时你努力的方向得自己认清，再不容丝毫的含糊，让步牺牲是有的，但什么事都有个限度，有个止境；你这样一朵希有的奇葩，绝不是为一对不明白的父母，一个不了解的丈夫牺牲来的。你对上帝负有责任，你对自己负有责任，尤其你对于你新发现的爱负有责任，你已往的牺牲已经足够，你再不能轻易糟蹋一分半分的黄金光阴。人间的关系是相对的，应职也有个道理，灵魂是要救度的，肉体也不能永远让人家侮辱蹂躏，因为就是肉体也是含有灵性的。

总之一句话：时候已经到了，你得 Assert your own personality①。你的心肠太软，这是你一辈子吃亏的原因，但以后可再不能过分的含糊了，因为灵与肉实在是不能绝对分家的，要不然 Nora② 何必一定得抛弃她的家，永别她的儿女，重新投入渺茫的世界里去？她为的就是她自己人格与性灵的尊严，侮辱与蹂躏是不应得容许的。且不忙慢慢的来，不必悲观，不必厌世，只要你抱定主意往前走，绝不会走过头，前面有人等着你。

以后的信，你得好好的收藏起来，将来或许有用，在你申冤出气时的将来，但暂时绝不可泄露，切切！

摩　一九二五年三月三日

---

① 意即"力争自己的人格"。

② Nora，即娜拉，易卜生剧作《玩偶之家》中的女主人公。